T93

Die deutsche Zombie-Serie
von

Clayton Husker

D1697569

nation-zombie

Band 13

Wisse!

1. Auflage
August 2016

HJB Verlag & Shop KG
Im Kai 1
78259 Mühlhausen-Ehingen
Deutschland
Tel.: 0 77 33 – 9 77 34 30
Fax: 0 77 33 – 9 77 34 39
www.nation-zombie.de
hjb@bernt.de

Umschlaggestaltung: Clayton Husker
Redaktion: Tom Weinberg
Printed in EU

Besuchen Sie unsere Homepage www.nation-zombie.de

Wir Toten, wir Toten sind größere Heere
Als ihr auf der Erde, als ihr auf dem Meere!
Wir pflügten das Feld mit geduldigen Taten,
Ihr schwinget die Sicheln und schneidet die Saaten,
Und was wir vollendet und was wir begonnen,
Das füllt noch dort oben die rauschenden Bronnen,
Und all unser Lieben und Hassen und Hadern,
Das klopft noch dort oben in sterblichen Adern,
Und was wir an gültigen Sätzen gefunden,
Dran bleibt aller irdische Wandel gebunden,
Und unsere Töne, Gebilde, Gedichte
Erkämpfen den Lorbeer im strahlenden Lichte,
Wir suchen noch immer die menschlichen Ziele –
Drum ehret und opfert! Denn unser sind viele!

»Chor der Toten« von Conrad Ferdinand Meyer

Prolog

Was für ein beschissener Tag. Die Sommer in Moskau waren auch nicht besser als daheim in Wanne-Eickel. Herbert Rellergert kämpfte sich durch den dichten Fußgängerverkehr auf dem Roten Platz, der an diesem Tag besonders zäh schien. Es war außerordentlich warm, die Temperaturen lagen seit über einer Woche weit über dem ortsüblichen Durchschnitt. Mühsam kämpfte er sich durch die heterogene Menge aus Europäern, Asiaten und anderen Menschen, die wer weiß woher kamen, um mit ihren Smartphones an albernen Stöcken auf dem Roten Platz affige *Selfies* zu schießen, die Basiliuskathedrale im Hintergrund. Man sah erstaunlich wenig Russen. Sein Weg hatte ihn über die Moskwa an der Ostmauer des Kreml entlang zum Roten Platz geführt, den er nun überquerte, um sein eigentliches Ziel anzusteuern.

Aus den Augenwinkeln nahm er wahr, dass einige Meter entfernt ein Taschendieb einer fetten Amerikanerin den Geldbeutel aus ihrer Designerhandtasche zog. Tja, das passierte, wenn man nicht vorsichtig war. Rellergert beschloss, die wild gestikulierende und sich in lautstarkem Yankee-Akzent verständigende Dame nicht über ihren Verlust zu informieren. Er war sowieso schlecht gelaunt und heute nicht besonders philanthropisch veranlagt. Sollte dieser lebende Entsorgungsbehälter für verfettete Fast-Food-Gerichte doch sehen, wie es lief, wenn man zu sehr damit beschäftigt war, sich selbst in Szene zu setzen.

Herbert Rellergert war da aus ganz anderem Holz geschnitzt. Ein dezent und adrett gekleideter Mann mit Sinn für funktionale Anzugmode. Korrekt sitzende brünette Kurzhaarfrisur, maßgeschneiderte Büffellederschuhe, frisches, aber nicht aufdringliches Rasierwasser, blaue Augen, durchtrainierter Körper. Er selbst fand sich mit 38 im besten Alter, war nicht verheiratet, hatte keine Kinder und lebte als Junggeselle im Haus seiner ausgesprochen konservativen Mutter; dort bewohnte er das Souterrain-Appartement. Damenbekanntschaften pflegte er nicht, aber hin und wieder führte ihn sein Lustdruck in ein entsprechendes Etablissement, wo er der gestrengen Lady Daniela für annehmbares Salär ab und an die Füße ablecken durfte, was ihm höchste Sinnesfreuden bescherte und der Lady im Gegenzug das Geld für die Wochenmiete.

Seinen Lebensunterhalt verdiente er redlich als internationaler Vertreter der Ruhr-Trikotagen KG in gehobener administrativer Funktion. Er war für den Bereich Großhandel/Osteuropa zuständig und dirigierte ein lokales Vertreternetzwerk. Die Kollegen kannten ihn als zuverlässig und ordnungsliebend bis hin zur Pedanterie. Seine Erwartungen, was Pünktlichkeit anging, waren berüchtigt in der Firma.

Jetzt gerade befand er sich auf dem Weg ins Kaufhaus GUM, wo das Unternehmen, das er repräsentierte, im zweiten Obergeschoss des Vorderhauses eine Dependance unterhielt. In den Verwaltungsräumen, die sich hinter dem Verkaufsraum befanden, sollte heute um exakt dreizehn Uhr ein Arbeitstreffen der Vertreter für das europäische Russland stattfinden, zu dem Rellergert geladen hatte, da die Verkaufszahlen im Großhandelssektor zurzeit nicht eben befriedigend waren, ja sogar rückläufig notierten.

Zwölf-dreiundfünfzig. Ein kurzer Blick auf die teure Uhr am Handgelenk ließ ihn seine Schritte beschleunigen. Er würde den südwestlichen Personaleingang nutzen, den Lift ignorieren und im Treppenhaus zwei Stufen auf einmal nehmen. Dann sollte es wahrscheinlich sein, dass er den Laden um zwölf-neunundfünfzig betreten konnte; Auftritt im Besprechungssaal um Punkt dreizehnhundert. Wenn nur nicht zu viele dieser wohlgenährten transatlantischen Erlebnishungrigen mit ihren gefährlich ausladenden Hinterteilen zwischen ihn und das anvisierte Ziel kamen. Rellergert drängelte sich durch die Touristenmenge auf dem Platz. Eben wollte er den unscheinbaren Seiteneingang des Warenhauses betreten, da passierte es.

Irgendetwas geschah. Die Menge auf dem Roten Platz geriet in eine Art wellenförmige Bewegung. Schreie, hysterisches Kreischen und sogar Schüsse konnte man deutlich vernehmen. Ein Terroranschlag? Oder doch nur wieder so ein Pussy-Riot-Debakel, bei dem sogenannte *Femen* irgendwo ihre Milchdrüsen in die Kameras halten wollten, um Aufmerksamkeit für irgendein internationales Problem zu erheischen. *Attention Whores* – dieser Begriff schoss ihm durch den Kopf. So hatte Knirske aus der Finanzbuchhaltung diese Form des weiblichen Protests abwertend genannt. Rellergert fand die Bezeichnung passend, denn die weiblichen Attribute, welche er als leidenschaftlicher Fetischist glühend verehrte, dermaßen plakativ öffentlich zur Schau zu stellen, das hatte etwas von Hurerei, meinte er.

Kurz darauf allerdings stellte er fest, dass es sich bei dem Aufruhr wohl doch um etwas anderes handelte, denn ein Mann löste sich aus der Menge und kam auf ihn zugerannt. Der Kerl sah furchterregend aus. Speichel troff aus dem Mund und Blut lief aus der Nase. Der Schweiß floss förmlich in Strömen über die Stirn und das Gesicht. Aus dem Hintergrund konnte Rellergert Stimmen vernehmen, die auf Russisch riefen, der Mann solle stehen bleiben.

»Stoi! Stoi!«

›Bleib doch stehen, du Idiot!‹, dachte Rellergert. ›Sie werden dich sonst abknallen!‹

Der Mann rannte weiter, unmenschliche Schreie ausstoßend, immer weiter in Rellergerts Richtung. Der begann, sich zu fürchten. Schüsse fielen. Treffer. Der Leib des Wahnsinnigen, der nur noch wenige Meter von Rellergert entfernt war, zuckte, als er von Polizeikugeln getroffen wurde. Doch seltsamerweise rannte er einfach weiter. Wie in einer Zeitlupenaufnahme liefen die Ereignisse vor Rellergerts Augen ab. Er konnte sogar sehen, wie zwei Kugeln den Brustkorb des Mannes von hinten durchschlugen und wie Blut und Gewebe von den Austrittsöffnungen fortgeschleudert wurden. Trotzdem brach er nicht tot zusammen.

Zwölf-sechsundfünfzig. Das pünktliche Erscheinen zum Termin rückte in weite Ferne. Fasziniert und gleichermaßen erschrocken verfolgte Rellergert die Ereignisse um sich herum. Während die kreischende Menge auseinanderstob, Frauen hastig ihre Kinder an sich rissen und eine Gruppe von Polizisten aus dem Hintergrund heranstürmte, lief der offensichtlich verwirrte und nun schwer verletzte Mann auf ihn zu, streckte seine Arme nach vorn und gab seltsame, an tierisches Knurren erinnernde Geräusche von sich. Dann traf eine Kugel seinen Hinterkopf und er brach sofort zusammen. Nicht einmal drei Schritte von Rellergert entfernt.

»Stoi!«, riefen die Polizisten und richteten ihre Waffen nun plötzlich auf ihn. Er hob sofort die Hände. Einer der Männer trat an ihn heran, während sich die anderen mit der Leiche befassten. Der Mann befummelte Rellergerts Kleidung, fasste ihn ans Kinn und drehte es hin und her. Rellergert ließ das alles geschehen, denn immerhin waren diese Männer bewaffnet und hatten offensichtlich keinerlei Skrupel, von ihren Waffen auch Gebrauch zu machen.

»Hat er Sie gebissen oder berührt?«, fragte der Polizist in barschem Ton auf Russisch. Rellergert antwortete in etwas gebrochenem Russisch.

»Nein, nein … äh … ich glaube nicht, wieso?«

»Denken Sie scharf nach. *Hat er Sie berührt?*«

»Nein, er hat mich nicht berührt. Er ist da vorn zusammengebrochen, nachdem Sie ihn erschossen haben.«

»Gut, dann gehen Sie! Gehen Sie! Dawai!«

Der Polizist schubste Rellergert unsanft weg in Richtung Tür. So schnell es ging, verschwand dieser in dem Eingang, ohne sich noch einmal umzusehen. Mechanisch blickte er auf seine Uhr. Dreizehn-null-eins. Zu spät. Nachdem er seine Kleidung zurechtgerückt hatte, machte er sich an den Aufstieg ins zweite Obergeschoss. Von unten jaulten die Sirenen der Polizeifahrzeuge.

»Ich bitte Sie, meine Verspätung zu entschuldigen, meine Damen und Herren, ich hatte …«

Rellergert brach mitten im Satz ab und blickte sich in dem Besprechungsraum um, den er soeben betreten hatte. Kurzer Kontrollblick. Dreizehn-null-vier. Er war allein. Kein einziger der zwölf Delegierten war zu dem Termin pünktlich erschienen. Das würde wohl ein paar haarige Aktennotizen geben, malte Rellergert sich aus.

Er begab sich wieder nach vorn in den Verkaufsraum, in dem sich der Chefverkäufer und drei Assistentinnen aufhielten.

»Wo sind meine Vertreter?«, fragte er Uljakow, den Verkaufsstellenleiter, einen aalglatt geschniegelten Mittzwanziger mit unverhohlenen Aufstiegsavancen.

»Ich bedaure, Herr Rellergert, aber außer Ihnen ist bislang niemand erschienen. Ich vermute, das hängt mit den vielen Polizeieinsätzen zusammen, die seit heute Morgen laufen. Vielleicht gab es einen Anschlag auf die Metro oder man verhaftet Terroristen. In den Nachrichten hört man noch nichts. In der Nordstadt und den umliegenden Oblasts ist kein Durchkommen mehr. Man munkelt hinter vorgehaltener Hand etwas von einem Giftgasanschlag oder Biowaffen.

»Ich würde jetzt gern nach Hause gehen«, warf eine der Verkäuferinnen mit zitternder Stimme ein. »Wir hatten sowieso noch keinen Kunden heute und es wird wohl auch niemand mehr kommen.«

»Wieso?«, fragte Rellergert.

»Na sehen Sie doch einmal hinaus! Das GUM ist fast leer. Alle bleiben zu Hause und verstecken sich wegen der Irren, die seit einigen Tagen hier durch die Straßen laufen und Menschen verletzen.«

»Wollen Sie damit sagen, das da draußen war kein Einzelfall?«

»Verzeihung, Herr Rellergert, aber wo leben Sie

denn? Das geht schon seit Tagen so. Überall tauchen Verrückte auf und fallen andere Menschen an. Man sagt, es sind Kannibalen, völlig durchgedrehte Irre, die Menschenfleisch essen. Mein Schwager meinte, die seien aus einem Institut entkommen, wo die Armee irgend so ein Gas testet oder so.«

Der Verkaufsleiter brachte sie mit einem strengen Blick zum Schweigen. Rellergert ging zur Tür, öffnete sie und trat auf die Balustrade hinaus. Diese Balkongalerien waren in eiserne Gitter gefasst und man konnte von hier aus den gesamten Betrieb im Vorderhaus beobachten. An einigen Stellen waren beide Gebäudeseiten mit Brücken verbunden. Dort saßen öfter gestresste Scheichs, die auf ihre Damen warteten, die in den Luxusboutiquen die Kreditkarten ihrer Männer belasteten. Es herrschte stets so ein gewisses Grundrauschen dort draußen, das sich aus dem Gemurmel mehrerer Hundert Menschen ergab, die zeitgleich durch die Gänge streiften oder in den kleinen Bistros im Zentralbereich unter der Hauptkuppel entspannten. Heute jedoch trat Rellergert in eine seltsam anmutende Stille hinaus, die nur hier und da von einigen Betriebsgeräuschen unterbrochen wurde. Vereinzelte Stimmen waren zu vernehmen, doch diese stammten wohl ausschließlich von Geschäftsleuten und Angestellten, die sich über die seltsame Konsumflaute unterhielten. Von dem starken Kundenandrang, der die Mall sonst zu dieser Zeit heimsuchte, war nichts zu bemerken. Ein Blick entlang der kunstvoll geschmiedeten Gitter zeigte, dass in den Geschäften gähnende Leere herrschte. Aus keiner der vielen Türen kamen plappernde, mit Markentüten behängte Frauen, nirgendwo sah man Pulks von jungen Models in den Modeschuppen verschwinden, wo sie sich für ihre oligarchischen Gönner täglich aufs Neue herausputzten. Das Kaufhaus GUM war wie ausgestorben an diesem Tag.

Verwundert begab sich Rellergert wieder in das Geschäft. Er sah die völlig verängstigten Kollegen an und meinte:

»Ich weiß nicht, was das zu bedeuten hat. Aber ich habe vorhin einem solchen Irren gegenübergestanden, und wenn da noch mehr von der Sorte herumlaufen, sollten wir uns nicht dort draußen aufhalten. Herr Uljakow, schließen Sie bitte das Geschäft. Wir werden hier drin ausharren, bis die Polizei Entwarnung gibt. Ich setze die Zentrale in Kenntnis.

»Ich will hier raus!«, rief die junge Verkäuferin von eben. »Sie haben nicht das Recht, uns hier festzuhalten!«

»Junge Dame«, erwiderte Rellergert streng, »Sie arbeiten für die Ruhr-Trikotagen KG, und ich vertrete das höhere Management in diesem Geschäft. Es ist Ihre Pflicht, während der Öffnungszeiten hier im Ladenlokal Ihren Dienst zu versehen.«

»Wenn Herr Uljakow abschließt, haben wir nicht geöffnet. Dann gibt es auch keinen Dienst zu versehen, Herr höheres Management!«

Rellergert platzte fast der Kragen.

»Von mir aus können Sie Inventur machen, auf den Regalen Staub wischen oder die Teppichflusen zählen«, polterte er ungehalten los, »aber wenn ich Ihnen sage, Sie bleiben hier, dann bleiben Sie hier. Das ist doch nur zu Ihrem Schutz, verdammt!«

»Sie haben mir gar nichts zu befehlen, ich gehe.«

»Dann nehme ich Ihre Kündigung zur Kenntnis.«

»Pah!«

Die junge Frau drehte sich in trotziger Manier um, griff nach ihrer Handtasche, die unter dem Ladentisch lag, und wackelte auf ihren Pumps Richtung Ausgang.

»Noch jemand, der seinen Job an den Nagel hängen möchte?«, fragte Rellergert gereizt in die Runde, doch die beiden anderen Damen verhielten sich ruhig.

»Herr Uljakow, schließen Sie bitte die Tür hinter der Dame.«

Der Verkaufsleiter geleitete die junge Frau zur Tür und ließ sie hinaus. Dann verschloss er den Eingang und ließ das schwere Rollgitter langsam herunter. Dabei sah er der Verkäuferin hinterher, die über die erste Verbindungsbrücke trippelte, hin zu den Aufzügen. Sie kam nicht weit. Wenige Meter vor den Aufzugtüren wurde sie plötzlich von rechts attackiert. Eine Frau in einem teuren Kostüm sprang sie an und warf sie zu Boden. Wie eine Furie kam die überaus aggressive Person über die junge Dame, ihre Haare flogen strähnig umher und sie kreischte völlig losgelöst.

Rellergert stand auf einmal neben Uljakow und schaute ebenfalls durch das sich noch immer absenkende Gitter. Draußen schlug die Amokläuferin auf ihr völlig überraschtes Opfer ein, das nun ebenfalls zu schreien anfing. Uljakow wollte den Schalter für das elektrisch angetriebene Rollgitter in die andere Richtung drehen, doch Rellergert hielt ihn davon ab. Er legte eine Hand auf Uljakows Arm und schüttelte den Kopf.

»Aber ... wir müssen doch ...«, stammelte er.

In diesem Moment zerrissen gellende Schreie der jungen Verkäuferin die Luft. Die Angreiferin hatte ihr in den Hals gebissen und das Blut spritzte in einer hohen Fontäne aus ihrer geöffneten Halsschlagader. Der erste Strahl reichte sogar über die Brüstung hinaus und das Blut fiel hinunter ins Erdgeschoss, wo es auf den Steinfußboden klatschte. Das Kostüm-Monster musste über enorme Kräfte verfügen, fand Rellergert, der die Szene mit einer Mischung aus Abscheu und Faszination betrachtete. Die Bestie schüttelte den Kopf wie eine Hyäne, um Brocken von Fleisch aus dem Körper ihrer Beute zu reißen. Unter dem Körper bildete sich eine große Blutlache, die das noch immer zappelnde Opfer auf dem Boden verteilte. Blut spritzte gegen die sandsteinfarbenen Wände und die Schaufenster, wo es bizarre Verlaufsmuster hinterließ. Die Füße der schwer verletzten Verkäuferin trommelten ein irres Stakkato auf den Boden, während sich die Zähne der anderen Frau in ihr Fleisch gruben.

Mit einem Mal war Stille. Der Körper, der noch eben in extremen konvulsivischen Zuckungen gegen das Unvermeidliche angekämpft hatte, gab auf. Man konnte sehen, wie die Glieder erschlafften und die Gegenwehr nachließ. Die Bestie mit dem blutverschmierten Kostüm nagte noch immer schmatzend an der Schulter ihres Opfers, als das Gitter des Ladens deutlich hörbar am Boden einrastete, wo zwei schwere Klammern es fixierten. Der Kopf der Bestie ruckte herum und Rellergert stockte der Atem. Uljakow drehte sich auf dem Absatz und lief nach hinten zum Personal-WC, wo man hören konnte, wie er sich in das Waschbecken erbrach.

Eine groteske, hassverzerrte Fratze starrte Rellergert von der anderen Seite der Galerie an. Strähniges Haar, das blutverklebt vor dem herunterhing, was einst ein Gesicht gewesen war, verbarg mehr schlecht als recht einen ebenso blutverschmierten Mund und Augen, die gefährlich hinter dem makabren Vorhang funkelten. Aufgeschreckt von dem Geräusch des Gitters ließ die Bestie von der Toten ab und sprang mit einem raubkatzenhaften Satz auf die Balkonbrüstung. Da jedoch alles an ihr blutverschmiert war, rutschte sie ab, verlor den

Halt und stürzte zwei Stockwerke nach unten auf die Steinfliesen.

Rellergert fand, das geschähe der Furie recht, immerhin hatte sie gerade einen Menschen getötet. Hatte sie? Durch die backsteingroßen Lücken in dem Schutzgitter hatte Rellergert den verzweifelten Todeskampf der jungen Verkäuferin beobachten können. Doch dort drüben regte sich etwas. Lebte die Frau etwa noch? Das konnte nicht sein.

Rellergerts linke Hand bewegte sich in Richtung des Schalters für das Rollgitter, als er plötzlich zurückzuckte. Auf der anderen Seite erhob sich die junge Frau, die eben noch um ihr Leben geschrien hatte, vom Boden und stand auf. Deutlich konnte man die große klaffende Wunde rechts an ihrem Hals erkennen; die andere Frau hatte sich förmlich in ihre Schulter hineingefressen. Entsprechend untätig baumelte der um die Schultermuskulatur beraubte rechte Arm an der jungen Frau herunter. Sie war über und über besudelt mit Blut, das aus ihrer versifften Kleidung tropfte.

Rellergert wollte nicht glauben, was er da sah. Kein Mensch konnte eine so schwere, mit erheblichem Blutverlust verbundene Verwundung überleben. Kein *Mensch …*

Zombies! Es fiel ihm wie Schuppen von den Augen. Das waren Zombies, wie im Film. Wandelnde Leichen, Untote, die nach Menschenfleisch gierten! Die Angreiferin musste die junge Dame, ihr Opfer, mit irgendeinem Zombievirus infiziert haben, das sie als Tote wieder auferstehen ließ. Ein Teil von Rellergerts Verstand wollte dies nicht wahrhaben, versuchte auf einer Sinnestrübung zu bestehen, aber die Tatsachen belehrten ihn schnell eines Besseren. Die Untote torkelte in Richtung Laden, denn sie hatte Rellergert gesehen – oder erinnerte sie sich gar an ihn? Unwillkürlich trat der Mann einige Schritte von der Scheibe zurück. Zum Glück war das Gitter sehr stabil und die Eingangstür lag noch mal einen guten Meter dahinter, aber als die Zombiebraut gegen das Metall krachte, schepperte es ganz ordentlich. Sie drückte ihren geschundenen Leib dagegen und versuchte, mit dem noch intakten linken Arm durch das Gitter hindurchzulangen, natürlich vergeblich. Dabei fauchte und knurrte sie wie ein Tier.

Uljakow, der gerade von der Toilette kam, sah das und machte auf dem Absatz kehrt, um sich wieder in das Waschbecken zu entleeren. Rellergert zog kopfschüttelnd das Sonnenschutzrollo an der Tür herunter und wandte sich ab. Sein Blick fiel auf die beiden Verkäuferinnen, von der eine soeben ohnmächtig zu Boden sank. Ihre Kollegin konnte sie mit Mühe einigermaßen abfangen, so dass sich die Frau nicht den Kopf anschlug. Rellergert eilte hinzu, nahm einige hochwertige Strickwesten von der Stange, rollte sie zusammen und schob der Frau die Rolle unter den Kopf.

»Holen Sie ein Glas Wasser!«, rief er der anderen, noch immer zitternden Frau zu. Diese verschwand sofort in der kleinen Teeküche im Personalbereich, während Rellergert mit leichten Klapsen auf die Wangen versuchte, die Bewusstlose zurückzuholen. Als die Kollegin mit dem Wasser kam, öffnete die nicht mehr ganz junge Dame die Augen. Sie setze sich auf, trank einen Schluck von dem angebotenen Wasser und fing sogleich an, bittere Tränen zu vergießen.

Von der Tür her waren laute Geräusche zu vernehmen. Außerdem deuteten quietschende Töne darauf hin, dass die Untote ihre blutbeschmierten Hände über die Schaufensterscheiben schob. Auch hier waren die Gitter heruntergegangen, so dass ein Eindringen der Kreatur unwahrscheinlich blieb, selbst wenn das Fenster zu Bruch ging.

»Gibt es hier eine Feuertreppe?«, fragte Rellergert den Verkaufsstellenleiter, der gerade wieder aus dem Personal-WC kam. Der Mann war blass wie eine Leiche, was angesichts der aktuellen Situation nicht einer gewissen – wenn auch makabren – Komik entbehrte. Uljakow nickte und deutete auf eine Tapetentür im hinteren Bereich des Ladens.

»Im Lager gibt es eine Tür, die zu einem der vorderen Treppenhäuser führt. Von dort aus kommt man in den Aufgang, durch den Sie hereinkamen. Ich benutze diesen Weg morgens, wenn ich den Laden öffne.«

Rellergert nickte. Er zückte sein Mobilfunkgerät, steckte es jedoch kopfschüttelnd wieder weg. Das Netz schien völlig überlastet zu sein; er hatte keinen Empfang. Auch der Versuch, das Festnetztelefon am Ladentisch zu benutzen, scheiterte. Rellergert fasste einen Plan.

»Gut, dann schlage ich vor, wir harren hier aus, bis die Lage sich beruhigt und die Milizen alles im Griff haben. Sie halten hier vorn Wache, Uljakow. Die Damen begeben sich in die Teeküche. Ich werde mir vom Besprechungsraum aus einen Überblick verschaffen. Wenn die Ordnungskräfte die Sache im Griff haben, verlassen wir das Ladenlokal durch den Hinterausgang.«

Ohne ein weiteres Wort zu verlieren, begab sich Rellergert in den Besprechungsraum, in dem eigentlich um diese Zeit den Regionalvertretern die Leviten gelesen werden sollten, doch der ovale Konferenztisch war leer. Er ging zu einem der vier Fenster hinüber, die den Blick auf den Roten Platz zuließen. Das Ruhr-Trikotagen-Geschäft befand sich in der Nähe des südöstlichen Eckturmes, so dass er schräg nach rechts zum Leninmausoleum hinüberschaute, hinter dem sich die Kremlmauer erhob. Etwas linker Hand stand einer der Haupttürme des Kreml, der Spasskaya-Turm. Hinter der Mauer erhoben sich das Parlamentsgebäude und der Präsidentenpalast. Vor dem GUM-Gebäude standen einige noch recht junge Linden, die man auch im Sommer noch gut überblicken konnte. Was Rellergert da auf dem Roten Platz sah, raubte ihm erneut den Atem. Schockiert hielt er sich die Hand vor den Mund, um einen entsetzten Aufschrei zu unterdrücken.

Auf dem Platz war buchstäblich die Hölle los. Man konnte Gruppen von entsetzlich zugerichteten Menschen erkennen, die in einer Art gestrecktem Galopp über den Platz hetzten und völlig wahllos Passanten anfielen. Sie sprangen die – zu Recht – um ihr Leben fürchtenden Menschen katzengleich an und verbissen sich in ihnen. Überall spritzte Blut und zahllose Personen rannten in wilder Flucht über das Pflaster, verfolgt von Bestien, die den schlimmsten Albtraum wie ein Kindermärchen erscheinen ließen. Viele der Kreaturen, die dort unbescholtenen Bürgern nachjagten, waren schwerst verletzt; einigen hingen sogar ihre Eingeweide aus geöffneten Bauchhöhlen. Und überall war Blut. So viel Blut, dass der Rote Platz diesen Namen nicht nur wegen seines Bezuges zum russischen Wort *krasny* für *schön* verdiente, sondern wegen der Farbe seines Bodens. Denn schön war dieser Platz heute nicht. Überall lagen Leichen von bestialisch getöteten Menschen herum. Abgetrennte Körperteile und riesige Blutpfützen bedeckten den schwarzen Basalt der gut einhundert Jahre alten Pflasterung.

Als sei dies und die Monstrositäten, die sich über die geschundenen Leiber beugten und an ihnen fraßen, nicht genug, erhoben sich einige der Überfallenen und taten es ihren Peinigern nach. Männer, Frauen, Kinder, ja sogar Hunde erhoben sich aus dem Tode und stellten nun ihrerseits anderen Menschen nach. Am Rand des Platzes marschierte Militär auf und begann, wahllos in die Menge zu feuern. Wer jetzt noch auf den Roten Platz war, der würde nicht mit dem Leben davonkommen.

»Iszverg!«

Rellergert drehte sich ruckartig zur Seite. Rechts von ihm stand die jüngere der beiden verbliebenen Verkäuferinnen, die der anderen Wasser gebracht hatte.

»Iszverg. Ungeheuer«, wiederholte sie leise, als Rellergert sie ansah.

»Ja«, stimmte er ihr zu, »Ungeheuer. Es sind Zombies.«

»Ja, oder? *Zombies*.«

Die junge Frau bewegte den Kopf hin und her, wie ein Kopfschütteln in Zeitlupe. Sie wirkte irgendwie seltsam teilnahmslos, fand Rellergert. Wahrscheinlich war das dem schweren Schock zuzuschreiben, unter dem sie stand. Er nahm ihre linke Hand mit beiden Händen und sprach beruhigend auf sie ein.

»Machen Sie sich keine Sorgen. Hier drin sind wir in Sicherheit. Sobald die Soldaten die Gefahr gebannt haben, können wir das Gebäude verlassen. Sie werden sehen, alles wird gut.«

Sie holte tief Luft, und als sie ihn erneut ansah, atmete sie aus. Noch immer bewegte sich ihr Kopf leicht hin und her.

»Es wird nicht gut«, gab sie tonlos zurück. »Wir kommen hier nicht raus, Herr Rellergert, wir werden hier sterben. Und dann werden wir auch *Iszverg*.«

Damit drehte sie sich weg, zog ihre Hand aus den seinen und ging fort, zurück in den Laden. Rellergert musste sich eingestehen, dass er angesichts der Ereignisse dort unten auf dem Platz auch nicht recht daran glauben mochte, dass das hier ein gutes Ende nehmen würde. Als er wieder aus dem Fenster sah, glaubte er, seinen Augen nicht zu trauen. Aus dem Haupteingang kam eine Gestalt gehumpelt, die Rellergert wiederzuerkennen meinte. Ihre merkwürdig verrenkte Körperhaltung bestätigte seinen Verdacht. Es handelte sich um die Frau im Kostüm. Die der jungen Verkäuferin das Leben genommen hatte und dann zwei Stockwerke nach unten gestürzt war. Der Aufprall auf den Steinfliesen im Erdgeschoss musste ihr einige Knochen gebrochen haben, denn ihr Gang wirkte sehr unruhig und unsicher. Sie musste sicher unglaubliche Schmerzen erleiden, doch das sah man ihr nicht an, im Gegenteil. Mit einer Geschwindigkeit, die Rellergert einer Frau mit multiplen Knochenbrüchen gewiss nicht zugetraut hätte, stürzte sie sich auf ein kleines, etwa dreijähriges Mädchen, das hinter einer der Linden Schutz suchte. Ohne jede Verzögerung riss sie der Kleinen an den langen, blonden Haaren den Kopf in den Nacken und biss ihr in die Kehle. Der im zweiten Stock hinter Glas nicht hörbare Schrei des Kindes erstickte in einem Schwall aus Blut.

Rellergert hatte genug gesehen. Er begab sich wieder in den Verkaufsraum, der inzwischen von Lärm erfüllt war, denn an den Außengittern rüttelten einige Dutzend Zombies. Das laute Scheppern schien noch mehr von ihnen anzulocken, denn die Geräusche intensivierten sich zusehends. Glücklicherweise waren die Schaufenster von Stellwänden verdeckt, so dass die im Laden Gefangenen ihre Augen nicht auf die Abscheulichkeiten richten mussten, die an den Gittern zerrten, um hier drin ihr martialisches Werk fortzusetzen. In der Teeküche fand Rellergert die anderen drei. Er fühlte sich berufen, die Führung des Grüppchens an sich zu nehmen.

»Möglicherweise müssen wir länger als zunächst erwartet hier ausharren; bis sich die Lage normalisiert. Herr Uljakow, haben wir schon wieder eine Verbindung nach draußen?«

»Nein, Herr Rellergert, nichts zu machen.«

Das ist schlecht. Dann könnten Sie ... wie heißen Sie eigentlich?«

Er sah die beiden Damen an.

»Das ist Katharina Melnikowa«, erwiderte die Jüngere und deutete auf die Dame, die noch immer völlig erschöpft in der Ecke der Teeküche auf einem Schemel saß, »und mein Name ist Natalja Peroschenkowa.«

»Gut, Fräulein Peroschenkowa. Seien Sie bitte so nett und machen eine Inventur, damit wir einen Überblick bekommen, was uns hier an Nahrung und Getränken zur Verfügung steht. Außerdem sollten wir Eimer und ähnliche Gefäße mit Wasser füllen, falls es zu Versorgungsengpässen kommt. Herr Uljakow, bitte sorgen Sie dafür, dass die hintere Tür im Lager gut verriegelt und nach Möglichkeit verbarrikadiert wird. Wir werden aus einigen Schals eine Art weiße Fahne machen und aus dem Fenster hängen, damit man von unten sieht, dass hier noch Menschen am Leben sind. Frau Melnikowa, fühlen Sie sich in der Lage, uns einen Tee aufzubrühen? Ich glaube, den haben wir alle jetzt nötig.«

Die ältere Dame nickte und machte sich am Teeautomaten zu schaffen; ein hochmodernes Gerät, das alles auf Knopfdruck erledigte. Nun waren alle beschäftigt und Rellergert hatte die Hoffnung, dass dies für die Eingeschlossenen die Situation etwas erträglicher machen würde. Zehn Minuten später saßen die vier beim Tee zusammen; um sich herum hörten sie die tobende Meute.

»Es werden immer mehr«, bemerkte Uljakow sichtlich erregt. »Ich glaube nicht, dass es von allein aufhört. Wir müssen einen Weg finden, aus dieser Mausefalle zu entkommen.«

»Ich bitte Sie, bewahren Sie Ruhe, Herr Uljakow«, entgegnete Rellergert so ruhig es eben ging, aber dennoch bestimmt. »Wir können hier nicht einfach rausspazieren. Wir befinden uns nun einmal in einer Art Belagerungszustand und müssen versuchen, dieser Situation standzuhalten. Das Wichtigste ist, nicht den Mut zu verlieren. Resignation führt zu triebgesteuerter Furcht, die wiederum falsche Entscheidungen zeitigt. Mutiges, willensbasiertes Agieren hingegen erhöht die Überlebenschancen erheblich.«

Rellergert hatte die Weisheiten auf einem Extrem-Outdoor-Survivaltrip aufgeschnappt, den er vor einiger Zeit im Rahmen eines Managementseminars in Australien absolviert hatte. Das Überlebenstraining mit einem deutschen Kursleiter hatte Blut, Schweiß und Tränen gefordert, aber Rellergerts Einstellung zu Krisen und Widerständen grundsätzlich verändert. Genau das hatten die Chefs auch beabsichtigt, als sie pro Person mehr als zwanzigtausend Euro in das Bootcamp für ihre Manager gesteckt hatten.

»Ach, hören Sie doch auf mit diesen Sprüchen, Mann«, giftete der Verkaufsstellenleiter. »Das mag ja in der Taiga gelten oder bei Ihnen in Wanne-Eickel, aber wir befinden uns hier mitten in Moskau. Da draußen laufen Abertausende von Monstern herum, Zombies, die uns nach dem Leben trachten, und Sie wollen abwarten und Tee trinken, bis der Sicherheitsdienst nachfragt, ob er etwas für uns tun kann? Aber gut, ich werde Ihren Ratschlag beherzigen. Ich werde jetzt da rausgehen und mich ins Auto setzen. Dann fahre ich diese Pest über den Haufen und sehe zu, dass ich zu meiner Familie komme!«

Damit sprang er abrupt auf und warf seine Teetasse an die Wand. Der schwarze Tee verspritzte in der Küche und intensivierte den ohnehin vorhandenen Geruch noch einmal. Bevor Rellergert reagieren konnte, war Uljakow bereits im Lager verschwunden und versuchte, die Hintertür zum Personaltreppenhaus zu öffnen. Das gelang ihm just in dem Moment, als Rellergert im Laden die Tapetentür aufriss, um ihm nachzusetzen und ihn aufzuhalten – doch zu spät. Als Uljakow in seinem Angstwahn den Schlüssel drehte und die Türklinke herunterdrückte, wurde die Tür nach innen gestoßen, ja sie flog förmlich an die Wand.

Eine Horde sich unbändig gebärdender Horrorgestalten flutete den Lagerraum förmlich und stürzte sich auf den völlig überraschten Verkaufsstellenleiter, dessen Leben in diesem Moment verwirkt war. Gleich die ersten Zombies, die in den Lagerraum drängten, verbissen sich in den vor Schreck erstarrten Mann und rangen ihn nieder. Darüber hinweg tobte die weitere Meute, die sich durch das Lager hindurch auf die Lichtquelle, die Öffnung in der Wand zum Laden, zubewegte und Rellergert ansteuerte. Der war völlig schockiert, versuchte noch, die Tapetentür zu schließen, was sich allerdings als unnütz erwies, denn die Zombies brachen ohne Mühe durch die dünne Sperrholzwand und drangen in den Verkaufsraum ein. In seiner Panik hob Rellergert abwehrend die Hände, als hätte dies irgendeinen Nutzen, doch die zerlumpten Gestalten ließen sich durch derartige zivilisatorische Gesten nicht sonderlich beeindrucken.

Als sie über ihn kamen, nahm er einen furchtbar intensiven Eisengeruch wahr, vermischt mit dem Odeur von Exkrementen und Körperflüssigkeiten. Ein besonders schneller und agiler Zombie stürzte sich auf ihn und biss ihm ohne Umschweife direkt in die Brust. Zwei oder mehr andere Zombies bissen ebenfalls in sein Fleisch, und unglaubliche Schmerzen brandeten durch sein Nervengewebe in einer Intensität, die er niemals für möglich gehalten hätte. Ein Feuer, das ihm nach und nach die Sinne raubte, bemächtigte sich seines Bewusstseins, während er zappelnd und schreiend am Boden lag.

Er bekam nicht mehr mit, wie die Meute durch das einstmals vornehme Geschäft tobte. Die Kleiderständer wurden umgestoßen. Aggressive Zombies rannten durch die Ausstellungsfläche und rissen jede Menge Miederwaren mit sich, ein Vorgang, der unter anderen Umständen sicher witzig dahergekommen wäre. Aber hier ging es um Leben und Tod. Auch die beiden Verkäuferinnen wurden Opfer der Kreaturen, ohne jede Chance auf Gegenwehr. Die Zombies zerrissen sie förmlich und fraßen an ihnen.

Rellergert, ein durchtrainierter Sportler, wollte sein Leben nicht als Beute für widerwärtige, stinkende Bestien beenden. In einem letzten Aufbäumen riss er sich blutüberströmt von seinen Peinigern los und rannte durch das Lager ins Treppenhaus, verfolgt von etwa einem Dutzend Zombies. Hastig stürzte er die Treppe hinunter, auf der ihm weitere Untote entgegenkamen. Diese rannte er einfach um, soviel Schwung hatte er drauf. Aus zahlreichen Wunden lief helles und dunkles Blut heraus und er hinterließ eine schmierige Spur auf den Steinstufen.

Er wusste nicht, wohin er rannte; nur vorwärts, einfach vorwärts, so weit ihn seine Beine zu tragen vermochten. ›Renn! Renn! Renn!‹, hämmerte es in seinem Schädel. Er verstand nicht mehr, was er tat, er dachte nicht nach, er sah nicht nach rechts und links. Er rannte über den Roten Platz, hinunter zum Fluss und dann am Ufer entlang auf der Promenade. Weiter am Ufer der Jausa, Richtung Osten. Er bemerkte überhaupt nicht, dass ihn die Kräfte nicht verließen, obschon er schwer verletzt war. Die tiefen Wunden und der Blutverlust, den er erlitten hatte, waren tödlicher Natur. Und der Tod pflegte keine Ausnahmen zu machen.

Irgendwann hielt er an. Einfach so. Er blieb stehen. Um ihn herum war es still, nur aus der Ferne drangen die tumultartigen Geräusche und die Schreie der Menschen zu ihm durch wie durch eine Nebelwand. Aber die nahe Stille war es, die sich seltsam anfühlte. Irgendetwas fehlte. Da wummerte kein strapaziertes Herz, da hämmerte kein überzogener Puls, das Blut pochte nicht in den Schläfen. Herbert Rellergert war tot. Er war mitten im Laufen gestorben und hatte sich blitzartig verwandelt. Der durch die Flucht hyperventilierende Kreislauf hatte das ins Gewebe eingedrungene Virus binnen Sekunden verteilt und es sich explosionsartig verbreiten lassen. Hierbei war es zu gewissen *Abweichungen* in der Prionenfaltung der RNA des Virus gekommen, was dafür sorgte, dass seine Wahrnehmung nicht aussetzte.

Als er sich umsah, umrundete ihn gerade eine Horde von Zombies. Sie schnüffelten an ihm und zogen sich dann zurück. In seinem Kopf setzte sich eine Erkenntnis durch, nämlich die, dass er nun zu *denen* gehörte. Das Gefühl, das ihn erfüllte, war ... seltsam ... nicht bekannt, schwer zuzuordnen. Die Gedanken schossen wild durcheinander. Woher war er gekommen? Warum lief er? *Wohin* lief er? Diese Dinge verschwammen.

Wie er da so stand und nicht recht wusste, was zu tun war, bemerkte er, dass sich irgendetwas in seiner Gedankenwelt bewegte. Einiges verschwand, anderes wiederum wurde klarer und tauchte aus dem Nebel auf. Er stellte fest, dass er die Gefühle der *anderen* quasi hören konnte. Ihre Gedankenblitze, völlig rudimentär und triebgesteuert, verursachten Töne in seinem Kopf, sie erzeugten eine Resonanz.

Hitze stieg in ihm auf, gefühlte, unbändige Hitze. Gepaart mit einer Wut, die ihn dazu veranlasste, ein dumpfes Knurren auszustoßen, das ebenfalls eine gedankliche Resonanz erzeugte, die er emittierte wie ein Kraftfeld. Dann spürte er, wie sich in seiner Kehle etwas emporkämpfte, eine Regung, als würde er einen Tennisball hochwürgen. Der Atem, den er vermisst hatte, setzte ein, doch nur kurz füllten sich die Lungenflügel mit Luft, dann trieben sie das Hochgewürgte durch die Stimmbänder aus seiner Kehle. Ein monströses Brüllen, einem Löwen gleich, entwand sich seiner Kehle und donnerte durch die nähere Umgebung.

Eine kleinere Rotte von Zombies, die sich einige Meter weiter gerade daranmachen wollte, eine hysterisch kreischende junge Frau auszuweiden, ließ von ihrer Beute ab, nicht ohne diese jedoch zu umrunden und am Weglaufen zu hindern. Mit dem lässig-weichen Gang eines südamerikanischen Koksdealers näherte er sich der Gruppe, ein seltsam unruhiges Gefühl in seinem tiefsten Inneren verspürend. Das Gefühl war ihm unbekannt, es brandete in seinem Bewusstsein auf wie eine Sturmflut, die ihre Wellen krachend auf den Deich senkte. Brodelnd erhob sich die unbändige Gier, das verzehrende Verlangen, dieser Trieb, etwas zu tun, das rational nicht erklärbar war.

Die anderen Zombies, die das völlig paralysierte Mädchen umrundet hatten, schnüffelten intensiv, sahen einander an und öffneten eine schmale Gasse hin zu dem Neuankömmling. Der festigte seinen Schritt und hielt auf die Gruppe zu. Einer der Zombies verbeugte sich ungelenk vor ihm und hielt eine Handfläche nach oben, die der Neue mit den Fingern leicht berührte. Das Mädchen flehte ihn an.

»Oh bitte, Herr! Helfen Sie mir! Retten Sie mich! Sie ...«

Das Mädchen stockte, als er sich ihr näherte und sie in seine blutrot unterlaufenen Augen sah. Sie erkannte, dass die vermeintliche Rettung aus höchster Not keine war. Als sie die endgültige Ausweglosigkeit ihrer Lage erkannte, begann sie zu wimmern. Der Zombie baute sich vor ihr auf und erstickte ihr verzweifeltes Gewimmer in einer Blutfontäne, die er aus ihrer Halsschlagader saugte, als er ihr in den Hals biss.

Der olfaktorische Kontakt mit dem roten Lebenssaft veränderte die Selbstwahrnehmung des Zombies komplett. In ihm entfaltete sich das volle genetische Potenzial der Sprungmutation der Virus-RNA. Anders als bei den Zombies, die das Mädchen – die Beute – gestellt hatten, erweckte die Aufnahme frischen, warmen Blutes in ihm tiefsitzende, archaische Verhaltensmuster, die ihn in eine Jahrmillionen alte morphische Spirale katapultierten. Seine Zellererinnerungen erwachten.

Diese biogenetischen Programme, die älter waren als die Dinosaurier, befähigten ihn, das Licht der noch lebenden Zellen seiner Beute zu transformieren. Was genau das bedeutete, würde er in Bälde erfahren, doch nun gab er sich zunächst dem ungezügelten Blutrausch hin und zerriss seine Beute förmlich. Gierig schlang er das Fleisch, das er in großen Brocken aus ihrem warmen, weichen Körper riss, in sich hinein und vertilgte Haut, Muskeln, Fett und Eingeweide mit wachsender Begeisterung. Schwer zu deutende gutturale Knurrlaute kamen aus seiner Kehle, während er biss, riss und schlang. Bereits nach kurzer Zeit traten die Knochen des Opfers hervor, derweil er noch immer die Muskelfasern davon abriss, was ein Geräusch erzeugte, das an reißenden Jeansstoff erinnerte.

Die anderen Zombies hatten sich vom Ort des Geschehens bereits entfernt und wandten sich weiteren Opfern zu. Sie hatten gerochen, dass es sich bei dem Neuen um ein genetisch höherwertiges Wesen handelte, dem sie in jeder Hinsicht unterlegen waren, und durch die Überlassung der Beute hatten sie Respekt und Unterwürfigkeit bezeugt.

Als der neu entstandene Zombie sich am Fleisch des unschuldigen Opfers nach Gutdünken gelabt hatte, schleuderte er die knochigen Reste beiseite und suchte sich einen Unterschlupf, denn es drängte ihn nach einer Ruhephase. Er hatte nun fast vierzig Kilo Fleisch und

Innereien aufgenommen, hatte ein Gehirn, Augen, Brüste, Arme, Beine, Gedärme, ja im Grunde einen gesamten menschlichen Körper verschlungen, und eine entsprechende Form hatte sein Leib auch angenommen. Die Situation irritierte ihn zunächst, so dass er sich einen ruhigen Platz im Wald auf einer Insel mitten im Fluss in der Nähe des Kurskaja-Bahnhofs suchte, wo er die nächste Phase abwarten wollte.

Unbeschadet erreichte er das Eiland und verbarg sich in einem Hohlraum unter dem Gebäude eines kleinen Wasserkraftwerkes. Kaum hatte er sich hingelegt, bemerkte er erhebliche Veränderungen in seiner Physis. Der Zombiekörper schien das Fleisch der jungen Frau innerhalb kürzester Zeit zu verdauen und in seine Bestandteile zu zerlegen, die an die Liquide des Körpers übergeben und in all seine Körperteile transportiert wurden. In dieser Phase entstand erhebliche Temperatur im Zombiekörper, die weit über den für Menschen verträglichen zweiundvierzig Grad Celsius lag. Diese Wärme wurde in das Gewebe abgeleitet, das nun enorm schnell zu wachsen begann. Die Muskelfasern verdickten nicht nur, sie vermehrten sich auch, Sehnen und Bänder festigten sich, die einstige Haut verfestigte sich zu einer Schwarte und die Knochensubstanz begann, sich zu verstärken. Man konnte förmlich zusehen, wie Muskelpakete aufpoppten, als seien sie Maiskörner in einer Mikrowelle.

Der gesamte Körper wurde hierbei von einem enormen Beben ergriffen, das mit extremen spastischen Zuckungen einherging. Der Zombie wurde in seinem Versteck hin- und hergeworfen, bis eine gnädige Ohnmacht ihn von der Wahrnehmung dessen, was mit ihm geschah, erlöste. Der Vorgang selbst zog sich über Stunden hin; ein Zeitraum, den das nun aktivierte virale morphogenetische Programm benötigte, um die gesamte Physiognomie des Wirtes zu rekonfigurieren. Ganze zwei Tage verbrachte der Zombie in dieser Art Verpuppungszustand.

Dann, an einem sonnigen, warmen Morgen, erhob sich ein völlig veränderter Zombie aus tiefem Schlaf. Als er sich auf dem Boden abstützte, um aufzustehen, schaute er seine Arme verwundert an. Aus Händen waren Pranken geworden, die Unterarme glichen Oberschenkeln von Hochleistungssportlern und der Brustkorb hätte jeden Bodybuildingweltmeister vor Neid blass werden lassen. Zunächst hatte er noch einige Schwierigkeiten bei der Koordination seiner Bewegungen, er wankte herum wie ein betrunkener Russe. Dieser Effekt legte sich jedoch schnell, und als er das Ufer des kleinen Stausees erreichte, war er bereits schrittsicher. Auf baumstammdicken Beinen stampfte er zum Ufer und besah sein Spiegelbild im Wasser. Der kantige Schädel, auf dem dünnes, strähniges Haar mühsam gedieh, erweckte einen ausgesprochen massiven Eindruck.

Weit auseinanderstehende, von wulstigen Brauen beschattete Augen – mit großen, schwarzen, von gelblichroten Augäpfeln umrandete Pupillen – starrten ihn an. Die Nase war breit und flach gewachsen, und was vor weniger als achtundvierzig Stunden noch ein Mund mit gepflegten Zahnreihen gewesen war, entsprach nun eher dem Maul einer Bestie, wie sie in Horrorgeschichten beschrieben wurden. Er verzog die abstoßende Visage zu einer Art perversem Grinsen und entblößte eine Reihe unnatürlich großer und spitz zulaufender Hauer, die man eher im Kiefer eines Tyrannosaurus vermutet hätte als in der Kauleiste eines Menschen. Viel Menschliches war an dieser Gestalt nicht mehr auszumachen, abgesehen von dem Umstand, dass sie auf zwei Beinen lief und Arme besaß, die in der Länge diesen Beinen fast gleichkamen. Die Kleider des Menschen, der dieser Furcht einflößende Untote einst gewesen war, hingen zum Teil in Fetzen an seinem Körper herab, doch das kümmerte die Gestalt nicht im Mindesten. Sie besah sich ausgiebig im Wasser und grunzte.

Obwohl diese Ausgeburt der Hölle es nicht nötig hatte zu atmen, sog der Zombie Luft durch die breiten Nasenflügel ein. Die biologisch neu konfigurierten Geruchssensoren im Inneren des Nasen-Rachen-Raumes meldeten verschiedenste Düfte und Aromen, die er binnen weniger Augenblicke zuzuordnen wusste. Da war Brandgeruch, Staub, das Wasser, die seltsam gärig und faulig riechende Duftwolke, die von den Gebäuden am Ostufer stammte, aber auch der Geruch von *Fleisch*. Er konnte mit seinen feinen Rezeptoren sehr genau unterscheiden zwischen dem Duft von *kaltem* und *warmem* Fleisch. Kalt waren jene, die so waren wie die mageren Burschen, die ihm am Ufer kampflos ihre *Atzung* als Geste der Unterwerfung überlassen hatten. Diese Kalten waren unbedeutende Niedere, von schwächlicher Konstitution. Einige waren etwas stärker gebaut und schneller auf den Beinen, doch sie konnten ihm kräftemäßig nicht das Wasser reichen, nicht zehn von ihnen. Das Fleisch der Warmen hingegen verhieß Entzücken, es duftete über weite Strecken verführerisch. Als er sich an den metallischen Geschmack des warmen, roten Saftes erinnerte, liefen wonnige Schauer über seinen Körper. Er fand, dass es Zeit wurde, sich mit frischem, warmem Fleisch zu versorgen, und orientierte sich. Er befand sich auf einer kleinen Landmasse inmitten des Flüssigen, das ihn spiegelte. Von der anderen Seite her konnte er viele Geräusche vernehmen, darunter auch die entsetzten Schreie sterbender Warmer. Auch waren viele kurze, harte Knallgeräusche zu hören, deren Ursprung er nicht zu erfassen in der Lage war, da ihm jede Erinnerung an sein menschliches Vorleben fehlte.

Im Grunde kam die Verwandlung einer Geburt gleich. Der Schock des Erlebnisses war derart intensiv, dass die

Erinnerungsengramme bei der Invasion der Viren komplett überschrieben wurden. Der Zombie war genaugenommen auch kein Mensch mehr. Seine gesamte DNA wurde bei der Aktivierung der morphogenetischen Programme, die das Virus in den Körper einschleuste, komplett neu strukturiert. In diesem Fall waren durch die besonderen Umstände der Wandlung spontane Veränderungen in dem Prozess aufgetreten, so dass es bei der Vermehrung der Viren zur Bildung einer Varianz kam, welche einen ungewöhnlich kräftigen und besonders robusten Körper erschuf.

Doch nicht nur im Äußeren, auch innerlich unterschied sich dieses Wesen extrem von den in Massen auftretenden Zombies, die gerade dabei waren, die Welt zu entseelen. Er spürte, wie die aufgenommene Atzung binnen kürzester Zeit in seinem Inneren umgewandelt wurde und wie der Körper sich stets neu konfigurierte nach einem Plan, der ihm nicht bewusst war. Doch dieser Umbau von Biomasse erforderte ungeheure Mengen an Energie und so machte der Zombie sich auf, neue Atzung zu erringen. Er wandte sich dem Licht des Firmaments zu und schlich durch die gemauerten Schluchten der Stadt. Die Umgebung war ihm fremd. Immer wieder blieb er stehen und verharrte, um die verschiedenen Dinge und Formen, die er sah, verinnerlichen zu können. Er sah Warme, die in Dingen umherhuschten, die keine Beine besaßen. Sie saßen darin und bewegten sich geräuschvoll in den Schluchten. Diese Warmen sahen sich sehr ähnlich. Sie trugen auch etwas, das ihren Leib bedeckte, nur dass es bei ihnen nicht zerrissen war.

Er betrachtete diese Art von Haut, die nicht die seine war, und verglich. Er sah Warme, die von Kalten angefallen wurden und kurze Zeit später als Kalte wieder aufstanden. Er verstand, dass es hier zu Wandlungen kam, dass die Kalten an die Warmen etwas weitergaben, dass sie umwandelte. Damit einher ging die Erkenntnis, dass er selbst wahrscheinlich auch aus einem warmen Wesen hervorgegangen war, nur dass er eben kein Niederer war, sondern ein Höheres Wesen. Nun ergab auch das unterwürfige Verhalten der Jagdmeute neulich einen Sinn. Und dann diese Dinge in seinem Kopf. Viele Dinge, die er dort bemerkte, waren nicht die seinen, er konnte sie sogar einzelnen Kalten zuordnen, die ihm begegneten.

Dass die Warmen nicht völlig wehrlos waren, erfuhr der Zombie auch relativ schnell auf seinem ersten Beutezug. Er konnte beobachten, wie eine Gruppe von Warmen sich hinter einem Geröllhaufen aufrichtete und mit langen Gegenständen auf die herannahenden Kalten zielte. Es knallte schnell und häufig und einige der Kalten brachen sofort zusammen, unfähig, sich weiter zu bewegen. Der Zombie beobachtete diese Vorgänge aus sicherer Entfernung und zog klug seine Schlüsse daraus. Seine sämtlichen Sinne deuteten darauf hin, dass diese länglichen Gegenstände den Kalten Dinge entgegenschleuderten, die ihre Körper durchschlugen und sie beschädigten. Wurden sie am Kopf getroffen, brachen sie meist sofort zusammen. Treffer an anderer Stelle führten zwar zu Beschädigungen, jedoch waren diese eher leichter Natur, auch wenn sie viel Flüssigkeit und sogar Fleisch verloren.

Noch während er darüber nachsann, wie groß das Gefahrenpotenzial dieser Gegenstände tatsächlich sein mochte, hörte er diese Knallgeräusche hinter sich. Er spürte, dass kleine Dinge in sein Fleisch drangen, und sah, dass Beschädigungen am Leib angerichtet wurden. Auch sein Kopf wurde getroffen, doch in Gegensatz zu den Niederen schalteten ihn diese Treffer nicht sofort aus. Das merkte auch der Warme, der ihn verletzt hatte, denn er begann zu schreien, als der massive Zombie sich zu ihm umdrehte und ihn anbrüllte.

Der Warme versuchte zu fliehen, doch der Zombie war mit wenigen Sätzen bei ihm. Er konnte schneller und weiter springen und laufen als jeder dieser Warmen. Er bekam die magere Figur zu fassen und schleuderte sie herum. Diese benutzte ein Stück Metall und rammte es dem Zombie in dem Leib, was ihn jedoch nicht besonders beeindruckte. Im Gegenzug rammte dieser seine gewaltigen Hauer in den Hals des Warmen und saugte den roten Saft aus ihm heraus. Dann brach er die dünne Schale des Schädels auf und schlürfte genüsslich das rosa Zeug darin aus. Es war bekömmlich und enthielt besonders viel Lichtkraft.

Während er sich seiner Atzung hingab, bemerkte er, dass die Beschädigungen, die der Warme ihm mit diesen Projektilen beigebracht hatte, sich veränderten. Das zerrissene Fleisch fügte sich wieder zusammen, und die kleinen Metallgegenstände im Körper fielen heraus. Mit Wohlwollen nahm der Zombie dies zur Kenntnis, zeigte es doch die Überlegenheit, die er gegenüber Warmen und Niederen besaß. Diese Regenerationsfähigkeit machte ihn zu einem mächtigen Krieger. Ein Begriff, dessen Herkunft ihm schleierhaft blieb, tauchte in seinen Gedanken auf: *Iszverg!*

*

Zwei Sommer gingen ins Land und der Zombie bekam zusehends Schwierigkeiten, die benötigte Atzung sicherzustellen. Die Warmen wurden immer weniger in seinem Revier, das sehr groß war, aber auch von vielen Kalten bewohnt wurde. Hin und wieder, wenn es sich nicht anders einrichten ließ, verspeiste er auch schon mal einen der Lahmen, deren Fleisch aber häufig faulig und nur von geringem Wert war. Als die Kälte wieder auf die Schluchten am Fluss herabfiel, beschloss er, sein Revier zu verlassen und bewegte sich vom Zentrum fort.

Als er in Richtung Stadtrand ging, fiel ihm ein Geräusch am Himmel auf, das er seit Langem schon nicht mehr vernommen hatte. Ein sonores Brummen in großer Höhe, verursacht von einem der fliegenden Geräte, die er zum Anfang der Veränderung oft gesehen hatte.

Sie hatten damals sehr zerstörerische Dinge vom Himmel geworfen: Feuer und die Kraft der unsichtbaren Riesenfaust, die viele seiner Artgenossen zerschmettert hatte. Auch der Zombie hatte zum Teil schwere Beschädigungen erlitten, doch seine Selbstheilungskräfte hatten ihn stets wieder instand gesetzt. Auch diesmal fiel etwas vom Himmel, das langsam dem Boden entgegenschwebte. Eine Art Kiste, die unter einem bunten Pilzdach hing.

Sie trudelte herab, doch plötzlich explodierte sie mitten in der Luft und erzeugte einen starken violetten Schein, der sich wie ein Regen über die Schluchten absenkte. Der Zombie, der sich bereits im äußeren Gürtel aufhielt, fühlte eine starke Ermattung, er spürte förmlich, wie das Licht seinen Körper verließ.

Das farbige Licht, das sich auf das Land herabsenkte, löste in dem Zombie etwas aus, das er bis dahin nicht gekannt hatte, nämlich einen Fluchtreflex. Die Äonen zurückreichende Zellerinnerung seiner DNS rief ihm ins Gedächtnis, dass er zwar schwer zu verletzen, jedoch nicht unzerstörbar war und jenes Licht zu den Dingen gehörte, die ihm extrem gefährlich werden konnten.

Sein Verstand wusste nicht, dass es sich dabei um ein von Menschen initiiertes, stabiles DOR-Kraftfeld handelte, eine exotische Energieform, die jede Art von Leben prinzipiell vernichtete, und zwar im Wortsinn. Die Zombies, die an sich ja nicht einmal zu den Lebewesen im engeren Sinne zählten, konnten dieser negativen Lebensenergie nichts entgegensetzen. Sie hörten einfach auf zu existieren, wenn sie in den Kreis der Strahlung kamen. Ihre Funktionen und Reflexe verringerten sich und die lebensähnlichen Merkmale wurden immer schwächer, bis die Zombies umfielen und die Steuerung der Zellstruktur durch das Virus versagte. Ihnen fiel buchstäblich das Fleisch von den Knochen. Sie zerfielen schlicht und ergreifend in ihre Bestandteile beziehungsweise verwitterten, denn selbst die mikrobiotischen Lebensformen wie Bakterien und Pilze, welche die Körper hätten zersetzen können, wurden abgetötet.

Das DOR, freigesetzt von den Bomben der Operation *Cold Fire* der Menschen, sterilisierte die betroffenen Landstriche komplett. Sogar in Boden, Gestein, Stahl und Beton drangen die tödlichen Frequenzen mühelos vor. Der Wirkungsradius der in wenigen Hundert Metern Höhe detonierten Waffen betrug fünf Kilometer in jede Richtung. Im zweiten Jahr der Apokalypse zündeten die Menschen mehr als zwei Dutzend dieser furchtbaren Bomben über den größten europäischen Städten und töteten Millionen von Zombies, die seitdem an den entsprechenden Orten von Wind und Wetter erodiert wurden. Das Heimtückische daran war, dass die Strahlung nicht einfach verschwand oder geringer wurde, sondern dass sie durch einen Akkumulationseffekt bestehen blieb, bis ein entsprechendes technisches Gerät zum Einsatz kam, das sie neutralisierte. Der Zombie spürte die Gefahr, denn die Strahlungsart hatte vor etwa fünfhundert Millionen Jahren schon einmal fast fünfundneunzig Prozent des irdischen Lebens ausgerottet. Dieses große Massenaussterben hatte sich tief in die DNS-Engramme, die den Körper des Zombies über das Virus steuerten, eingegraben.

Als er spürte, wie das Fleisch in den oberen, äußeren Schichten seines Körpers nicht mehr dem Willen der viralen Okkupatoren in den Zellkernen gehorchte und zu zerfallen begann, brachte er seine gesamte Kraft auf, um dem zerstörerischen Strahlengürtel zu entkommen. Er rannte, was das Zeug hielt, sprang in riesigen Sätzen über Autowracks und Barrikaden aus den Zeiten des letzten Kampfes, den die Warmen hier auf verlorenem Posten verzweifelt geführt hatten, und hetzte durch die Straßenschluchten, als sei der leibhaftige Gottseibeiuns hinter ihm her. Erst als die Dunkelheit wieder begann, sich über die Trümmer ausgebrannter und zerbombter Häuser zu senken und als die urbanen Strukturen denen der ausgedehnten Vorstädte Moskaus wichen, drosselte er sein Tempo. Er legte schließlich eine Rast ein, als er spürte, dass seine Selbstheilungskräfte die entstandenen Schäden zu reparieren begannen, statt nur gegen den rasanten Zerfall zu kämpfen.

Am äußeren östlichen Rand des Moskowskaja-Oblast sank er nieder und fiel sogleich in einen tiefen Schlaf, in dessen Zuge er seltsame Wahrnehmungen verspürte: Bilder, Gefühle, ja sogar Töne, die er zunächst nicht verstand. In den fast anderthalb Jahren seit dem Ausbruch der Seuche hatte dieser Zombie viele Gelegenheiten genutzt, das Verhalten der Kalten und auch das der Warmen zu beobachten. Er hatte sich das Gebaren der *Horde* eingeprägt, zu der sich die Kalten nach und nach formierten, bis sie in der zahlenmäßigen Stärke einer Armee marodierend durch die leeren Straßen und Gebäude zogen, um der Beute in den Kellerverstecken und in den besonders schwer zu erobernden Bunkern habhaft zu werden. Wenn sie eine Beute oder gar mehrere Warme aufgescheucht hatten, brauchte der Zombie sich nur zu erheben und gedanklich sein bestialisches Brüllen in den Äther zu senden, um die Tötungsgier der Horde zu besänftigen und dafür zu sorgen, dass ihm der erste Fang zuteilwurde. Die Niederen trieben die noch lebendige Atzung dann zusammen und offerierten sie ihrem Alpha in einer Art ritueller Darbietung. Niemand labte sich, bevor nicht der Alpha seinen Teil genommen und den Stärksten der Horde durch das Bestreichen ihrer nach oben gekehrten Handflächen sein Wohlwollen ausgedrückt hatte. Wenn das Höhere Wesen, als das die Zombies ihn sahen, seinen ungeheuren Durst nach Blut und seinen immensen Hunger nach frischem, warmem Fleisch gestillt hatte, fielen sie über das her, was der Anführer ihnen gelassen hatte.

Oh ja, ein Anführer war er gewiss, denn die Zombies, egal von welcher Art und gleichgültig, von welcher Herkunft sie waren, konnten seine Gedanken hören und unterwarfen sich bedingungslos seiner Dominanz.

So ging es eine Weile und es war ihm ein Wohlgefallen, doch mit der Zeit wurde die Beute knapp und die Niederen begannen damit, sich gegenseitig zu fressen. Viele der Untersten, die Lahmen, verendeten auch einfach und blieben in den weiten Wäldern Russlands als Haufen verwesenden Fleisches und bleicher Knochen zurück. Auch wurden große Kontingente von den stark abfallenden Temperaturen in der weißen Masse, die vom Himmel fiel, gebunden und verhärteten darin zu grotesken Mahnmalen der Gottlosigkeit. Viele von ihnen unterlagen nunmehr auch in den Kämpfen gegen die Warmen – die *Sk'ot* –, die aus der Richtung kamen, in die das Licht des Firmaments täglich zu wandern schien. Und die mit zunehmendem Erfolg gegen die Kalten – die *Iszverg* – zu Felde zogen. Das gipfelte darin, dass sie eine Barrikade errichteten, die selbst für einen starken Alpha-Zombie kaum zu überwinden war. Es gab viele gemeine Dinge dort an der Barrikade. Dinge, die schwerste Verletzungen brachten. Der Zombie vermied es, in die Nähe dieser Dinge zu gehen.

Inzwischen gab es um ihn herum mehrere von ähnlicher Art wie er: Besonders starke Flinke, die jedoch nicht über dieselben Heilungspotenziale verfügten wie der Alpha-Zombie selbst. Sie dienten ihm als Vasallen, waren aber deutlich über die Niederen erhoben.

Sein Lager hatte der Zombie bei einer Stadt aufgeschlagen, die einst Kirow geheißen hatte; sie lag einen Tagesmarsch von der Barrikade entfernt. Einen Tagesmarsch für den Alpha, wohlgemerkt; ein Lahmer bräuchte eine Woche für diese Strecke. Von Zeit zu Zeit näherte er sich dem Schutzwall der Warmen, um ihre Taktiken zu studieren und ihre Schwächen auszumachen.

In diesen Zeiten ausreichende Atzung zu erjagen, wurde immer schwieriger. Weit, weit nach Süden hatte ihn sein Weg geführt. Hier fühlten sich die nach Licht lechzenden Muskeln weicher und funktionaler an als im eisigen Norden, wo das Fleisch im Gehen knirschte und sich sogar ohne schwere Verletzungen über Gebühr erneuern musste. In der Gegend des ehemaligen und völlig verwüsteten Wolgograd befanden sich noch einigermaßen ertragreiche Jagdgründe. Hier gab es Ansammlungen von Warmen, die mit der Errichtung der Barrikade beschäftigt waren. Hier konnte man manch unvorsichtiges Wesen von der Herde trennen und erlegen, wie er es gern tat, um sich am noch warmen roten Saft zu laben.

Auf einem seiner Jagdzüge ereilte ihn ein Schicksal, das seine künftige Existenz nachhaltig beeinflussen sollte. Es war ein heller Tag, das Licht des Firmaments spiegelte sich tausendfach in den weißen Kristallen, die hüfthoch den Boden bedeckten. Der Zombie hatte tags zuvor eine Atzung genommen und befand sich auf dem Rückweg zu seinem Unterschlupf, als er plötzlich innehielt. Sein Kopf ruckte zuerst nach rechts und dann nach links herum. Er witterte eine Beute, ein frischer, warmer Körper, nicht unweit der Stelle, an der er sich befand. Vorsichtig, nach allen Seiten seine feinen Sinne ausbreitend, näherte er sich der Stelle, die eine weitere Portion des warmen Saftes versprach.

Misstrauisch sah er sich um, schnüffelte, roch erneut. Etwas war seltsam. Dort auf der Lichtung lag zwar ein Körper, in dem noch Wärme war, doch es gab Gerüche, Nuancen, die nicht so recht zu dem passen wollten, was seine Augen sahen. Eine Weile hielt er sich am Rande der Lichtung auf, aufmerksam, lauernd, doch nichts geschah. Dann endlich siegte die Gier über die Vorsicht; der Trieb rang den Instinkt nieder und er betrat die Lichtung.

Das war ein Fehler. Unter ihm öffnete sich die Erde und der Zombie fiel in die Tiefe, wo ihn ein Geflecht aus engmaschig verknüpften Stahlseilen auffing, das sich über ihm schloss. Er wehrte sich nach Kräften, riss, zerrte und bog an dem Stahl, doch selbst seine enormen Kräfte reichten nicht aus, um die Maschen zu sprengen. Er kämpfte Stunde um Stunde gegen sein Gefängnis, doch vergeblich.

Als das Licht des Tages aus der tiefen Grube, in der er saß, entwich, stachen helle fremde Lichter in seine Augen. Der Lärm von Maschinen erklang und der Zombie wurde mitsamt seinem Gefängnis aus der Grube in den Himmel gehoben.

Die Eisenmaschinen der Warmen, die sich über den Himmel bewegten, trugen den tobenden Zombie mitsamt seinem Gefängnis fort zu einem Platz, an dem man ihn in eine andere Maschine beförderte, ohne ihn aus dem schweren Stahlnetz zu befreien. Die halbe Nacht wurde er durch die Luft transportiert. Er analysierte mit seinen besonderen Sinnen die Linien der Kraft und stellte fest, dass man ihn tief in das Territorium der Warmen brachte.

Als die Maschine wieder am Boden war, wurde er von Warmen umringt, die ihn mit Eisenbändern auf eine Platte fesselten und diese dann in einen Raum rollten, wo man ihn einigermaßen aufrichtete. Die starken und breiten Eisenbänder verhinderten, dass er sich viel bewegte. Er konnte erkennen, dass sich Sk'ot mit ihm in dem Raum befanden. Sie tauschten Laute in ihrer Sprache aus und betrachteten ihn eingehend.

Einer der Warmen, offensichtlich ihr Anführer, baute sich vor der Anordnung auf und bleckte die Zähne. Der Zombie tat es ihm nach und schaute sein Gegenüber fragend an. Der andere, dem die Warmen so willfährig dienten, sah ihm direkt in die Augen und sprach.

»Wer bist du denn, mein Hübscher?«

Der Zombie sah den Warmen zornerfüllt an, pumpte Luft in seinen Körper und erzeugte einen brüllenden, kehligen Ton, der die Wände erzittern ließ.

»Kzu'uuuuuuuuul!«

Jahr drei, 3. Mai, Nachmittag

»Es war in letzter Sekunde. Ein oder zwei Minuten später und der Diensthabende hätte ihn nicht noch einmal zurückholen können. Der Mann hat sehr viel Glück gehabt. Ich schätze, er ist jetzt stabil.«

Oberstabsarzt Doktor Ernst Brunner, der Leiter der chirurgischen Abteilung im Militärlazarett von Toulouse, stand mit General Pjotrew, Alv, Wolfgang und Gertrud im Flur des dritten Stockwerks des Gebäudes und besprach die gesundheitliche Situation von Eckhardt Zinner.

»Der Flug mit dem Helikopter vom Schiff hierher hatte seinen Kreislauf derart stark belastet, dass er es beinahe nicht überstanden hätte. Doch nach dem letzten Eingriff besteht nun eine gute Chance auf vollständige Genesung. Die Anästhesie müsste bald abklingen, der Tubus ist entfernt und er atmet selbstständig. Wir gehen davon aus, dass die Gehirnblutung, die ich operativ beheben konnte, das Extrem seines vorherigen Zustands auslöste. Nun befindet er sich definitiv auf dem Wege der Besserung.«

»Wann können wir ihn sehen?«, fragte Alv, der hier im Divisionsstandort in voller Uniform auftrat, was für Wolfgang und Gertrud äußerst gewöhnungsbedürftig war.

»Sie können ihn jederzeit besuchen. Ob und inwieweit er ansprechbar ist, kann ich zum jetzigen Zeitpunkt natürlich noch nicht sagen. Etwas Geduld ist da sicherlich angebracht, Herr Generalmajor. Wenn Sie gestatten, ich habe dann noch zu tun.«

Man salutierte voreinander und der Chefarzt verschwand in einem der linoleumverkleideten Gänge, in denen es nach einer Mischung aus Desinfektionsmittel und Bohnerwachs roch.

»Sollen wir?«, fragte Pjotrew in die Runde. Wenige Minuten später standen sie in Eckhardts Krankenzimmer, wo er gerade von einem der Stationsärzte untersucht wurde. Die Besucher bildeten ein kleines Grüppchen am Fußende des Bettes. Hier und da wurde die Stille des Raumes durch ein Piepsen und Brummen der medizinischen Geräte unterbrochen, bis schließlich ein vertrautes Geräusch die Aufmerksamkeit der Besucher erregte.

»Hrmpfl! Verdammt! Wo zum Henker … Wo ist mein Auto?«, grunzte es missmutig hinter dem Rücken des Generals, der sich lächelnd zum Bett umdrehte.

»Aha. Er lebt und es geht ihm gut«, konstatierte Gertrud, lief am Arzt vorbei und fiel Eckhardt um den Hals, der sich gerade mühsam aufrappelte.

»Ich bin ja so froh, dich zu sehen, Eckhardt!«

Sie drückte ihn noch einmal, was den alten Haudegen sichtlich rührte. Dann ließ sie ihn sich aufsetzen. Auch Wolfgang drückte seinen Bruder, und Alv ließ es sich ebenfalls nicht nehmen, ihn zu herzen. Er war wirklich froh, Eckhardt wieder unter den Lebenden zu wissen. Eckhardt ließ es geschehen und nickte dem General zu, der auch erleichtert aussah.

»Jetzt im Ernst. *Was ist mit meinem Auto?*«, hakte Eckhardt nach.

Alv sah ihn mit diesem ›echt jetzt?‹-Blick an und meinte lapidar:

»Nun, ich schätze, das Eisenschwein wird wohl für die nächsten ein-, zweihundert Jahre Bestandteil des amerikanischen Kontinentalschelfs sein.«

»Och nööö … echt jetzt? Mein Eisenschwein? Verdammte Scheiße!«

Alv regierte etwas angesäuert.

»Eckhardt! Du hast die Nummer beinahe nicht überlebt, insgesamt dreimal haben dich die Ärzte zurückgeholt und du machst dir Sorgen um die alte Schrottkiste? Sei einfach froh, dass du noch – oder wieder – lebst, Mann!«

Eckhardt nickte und sah Mikail an.

»Und? Alles klar bei euch? Niemand verletzt?«

Der nickte langsam. Alv antwortete an seiner Stelle.

»Nee, alter Brummbär. Der Truck ist unversehrt geblieben; Patty, Ernst, Sepp, Birte und der Kleinen geht es gut, sie sind bereits in Rennes-le-Château angekommen. Die Besatzung der Boote hat den General und dich in der Bucht drüben aus dem Eisenschwein geholt, bevor es versunken ist. Der Rest eures Teams hat es nicht geschafft.«

»Verdammt! Okay, ich muss jetzt erst mal raus, eine rauchen.«

Als er Anstalten machte, aufzustehen, begann der Arzt – ein Franzose – sofort, wortreich mit ihm zu schimpfen und machte Gesten, ihn aufzuhalten. Er sagte etwas von *Tagen, erholen, unter Beobachtung* und so weiter. Eckhardt kümmerte das wenig. Er schob den kleinen, schmächtigen Mann einfach beiseite und suchte nach seiner Kleidung. Aus dem EKG-Gerät hörte man einen lang gezogenen Piepton, der aber nicht bedeutete, dass Eckhardt nun verstorben war, sondern lediglich, dass er sich die Elektroden vom Leib gerissen hatte, um sich anzuziehen. Seine Kleidung fand er, frisch gewaschen und fein säuberlich zusammengelegt, in einem altertümlich anmutenden Spind.

»Hat jemand Zigaretten dabei?«

Der General lachte laut und schüttelte den Kopf. Aus seiner Brusttasche holte er eine zerknitterte Schachtel Machorka und wedelte damit.

»Also gut«, bemerkte Alv, ich muss rüber in die Kommandantur, mich mit den Bürohengsten dort herumschlagen, wo ich schon mal da bin. Wir sehen uns dann am Abend, zum Essen, ja?«

Eckhardt ging mit dem General auf den Balkon zum Rauchen, während Wolfgang und Gertrud versuchten, dem Arzt klar zu machen, dass Eckhardt für die Zeit seiner Erholung in Rennes-le-Château mindestens ebenso gut aufgehoben wäre wie hier im Krankenhaus und dass ein Beharren auf dem Verbleib des Patienten in Toulouse lediglich zur Desertion durch Bettflucht führen würde. Sie versuchten, dem diensthabenden Arzt zu verdeutlichen, mit welchen Komplikationen er zu rechnen habe, falls er darauf bestehe, Eckhardt gegen dessen Willen weiterhin hier auf der Station zu behalten. Nach einem kurzen Ausblick auf die soziale Katastrophe namens Eckhardt Zinner brach der Widerstand des Arztes in sich zusammen und er gab seinen Patienten schließlich frei.

Eckhardt und General Pjotrew hatten sich inzwischen auf den Balkon verzogen und genossen das laue, vorsommerliche Wetter, das so ganz anders war als das in Texas, New Mexico oder Colorado. Der Geruch von Wäldern, von Meer und von Rosmarin lag in der Luft, die eine angenehme Feuchte besaß und sich warm, jedoch nicht heiß anfühlte.

»Verdammt!«, fluchte Eckhardt. »Die ganze Tour ist gut gegangen, wir haben sogar fast alles bekommen, was wir brauchen. Und dann – auf den letzten Metern buchstäblich – *so was!* Ich könnte mich schwarz ärgern.«

Der General blies den Rauch aus seinen Lungen in den Wind.

»Aber wir haben überlebt. Nicht alle. Aber wir sind die Überlebenden.«

»Ja, das sind wir wohl. Aber manchmal frage ich mich, wie hoch der Preis für das Überleben noch steigen wird? Wen werden wir noch alles verlieren?«

Pjotrew ließ diese Bemerkung unkommentiert. Dann griff er in seine Jackentasche.

»Ach, übrigens«, meinte er fast beiläufig, »Alv bat mich, dir etwas zu geben. Er meinte – wie formulierte er es noch? –, er habe keine Lust, sich weiter mit Speichelleckern und Emporkömmlingen herumzuschlagen, weshalb er den Wunsch hege, die verbleibende Division in Toulouse unter angemessenem Kommando zu wissen.«

»Verbleibende Division? Ach so, stimmt ja. Eine Division wird in Marsch gesetzt, nein, *wurde*. Richtig?«

»Das ist korrekt.«

Pjotrew holte etwas aus der Tasche und hielt es Eckhardt hin. Es waren Schulterstücke.

»Oberst Zinner. Hiermit befördere ich Sie kraft meiner Befugnis zum Generalmajor und übertrage Ihnen das Kommando der Sechsten Division Süd in der Armee der eurasischen Streitkräfte.«

Eckhardt wirkte überrascht. Der General salutierte, Eckhardt erwiderte den Gruß formell. Pjotrew half ihm dabei, die Schulterstücke aufzuziehen.

»Mikail«, sagte er, »ich bin ergriffen und sehr stolz darauf, dass du mir dieses Kommando überträgst. Ich nehme das sehr ernst und werde das Kommando in einer Weise ausüben, die hier vielleicht ein paar Leuten nicht gefällt.«

»Nur zu, Eckhardt, du bist der Divisionskommandeur.«

»Na, die werden sich Alv Bulvey aber noch zurückwünschen.«

Eckhardt grinste breit, der General tat es ihm nach. Die beiden steckten sich noch eine Zigarette an und ließen ihre Blicke über den Divisionsstandort schweifen.

»Tja, vom Hauptmann zum Generalmajor in nur zwei Jahren, das soll mir mal einer nachmachen«, scherzte Eckhardt.

»Na, da gibt es ja nun einiges zu berichten im Kriegslogbuch, was?«, meinte der General scherzhaft.

»Oh ja«, antwortete Eckhardt mit ironischem Unterton. »Liebes Tagebuch. Heute war ich tot. Zum Glück bin ich kein Zed geworden. War in Amerika. Uncle Sam wirkte verdammt desolat und Micky Maus war auch nicht zu Haus.«

Die beiden sahen sich an und lachten.

Jahr drei, 3. Mai, Abend

Als er zu Hause ankam, entledigte er sich zunächst der Uniform. Das war das Wichtigste nach so einem Tag, diese Lumpen loswerden. Er schlüpfte dann zwar erneut in Militärkleidung, die gewiss schon bessere Tage gesehen hatte, aber das war *seine* Uniform, nicht die der Armee.

Alv Bulvey hatte grundsätzlich ein etwas ambivalentes Verhältnis zur Armee. Gewiss, er war ein wehrhafter Charakter und durch und durch ein Krieger, aber mit der Bundeswehr hatte er es sich in jungen Jahren recht schnell verscherzt. Eigentlich eher zufällig, als ihm ein Offizier anlässlich eines Eignungstests klarzumachen versuchte, man würde ihn schon *ziehen,* ob ihm das nun passe oder nicht. Alv nahm damals die Herausforderung an, grüßte mit einem freundlichen »Heil Hitler« und verließ das Büro. Danach hatte er nie wieder etwas von der Truppe, die er gern als *Ypsilon-Reisegruppe* bezeichnete, gehört. Und dann hatte man ihn quasi aus dem Stand zum hochrangigen Offizier befördert, der seinen Dienst als Divisionskommandeur verrichten sollte.

Was für ein Unsinn, fand er. Sollten diese komischen Offiziere da in Toulouse sich doch mit Eckhardt herumschlagen, der hatte ein Händchen fürs organisierte Militärische.

Als er wieder in seinen bequemen Klamotten steckte, begab er sich nach draußen in den Obstgarten, der hinterm Haus zum Verweilen einlud. Alv liebte es, den Bäumen beim Wachsen zuzuschauen.

Als er mit der Prepper-Truppe hierhergekommen war, hatte er Stecklinge von seinen Obstbäumen aus der alten Heimat mitgebracht und die vorhandenen Bäume damit veredelt. Jetzt konnte man sehen, dass die Apfel-, Birn- und Kirschbäume hier in diesem Sommer auch holsteinische Früchte tragen würden. Für Alv war dies ein gelungener Umzug, er hatte ein Stück Heimat mitgebracht.

Er setzte sich auf die grob gezimmerte, stabile Gartenbank, die im letzten Sommer schon so oft zentraler Ort der familiären Wohngemeinschaft geworden war, und es dauerte nicht lange, bis eine seiner Töchter vorbeischaute. Es war Rhea, die Älteste.

»Na, Papsi«, begrüßte sie ihn lächelnd, »auch 'nen Tee?«, Sie hielt ihm einen Becher hin, den er gern annahm.

»Danke, mein Kind. Den kann ich jetzt gut gebrauchen.«

Sie setzte sich zu ihm und drehte sich eine Zigarette.

»Habt ihr Eckhardt mit zurückgebracht?«

»Ja, sein Arzt meinte, es sei dem Krankenhaus nicht zuzumuten, einen nörgeligen Patienten zu beherbergen.«

»Ach«, winkte sie ab, »Gertrud wird sich schon um ihn kümmern. Der wird schon wieder, der alte Haudegen.«

»Nicht auszudenken, wenn es ihn da in Amerika erwischt hätte. Er hätte mir wirklich gefehlt, der alte Sack.«

Die beiden lachten und tranken Tee. Einige Augenblicke später kam Sepp mit dem Gast aus Amerika.

»Ah, hier versteckst du dich also«, rief Sepp erfreut, »wir suchen dich schon. Das hier ist Patty Donahan, unser Verbindungsoffizier aus den USA. Das hier ist quasi ihr Antrittsbesuch.«

Die junge Frau nahm Haltung an und salutierte vorschriftsmäßig.

»First Sergeant Patricia Donahan, US Marine Corps, in besonderer Mission, meldet sich zur Stelle, Generalmajor Bulvey!«

Alv sah sie einen Moment an und wandte sich dann an seine Tochter.

»Sei so lieb, und bring für uns alle noch Tee, ja?«

Rhea nickte und verschwand in Richtung Küche. Alv wandte sich wieder seiner Besucherin zu.

»Also erstens, junge Dame, man sagt hier ›hallo‹ oder ›moin‹, wenn man jemanden in dessen Garten besucht. Und zweitens heiße ich Alv und nicht Generalmajor. Wir pflegen hier untereinander nicht diesen militärisch korrekten Mist von Umgang, hier ist jeder Mensch ein Du.

Und drittens: Wieso sprichst du so ausgezeichnet deutsch, Mädchen?«

»Patty. Ich heiße Patty. Mein Großvater und meine Mutter waren lange Zeit in Deutschland stationiert.«

»Großvater, soso ... dieser General Dempsey, hm?«

»So ist es.«

»Na komm, Patty, setz dich zu mir. Ah, da kommt der Tee. Erzähl mir von deiner Heimat, Patty.«

Rhea schenkte Tee ein und reichte Becher herum; außerdem stellte sie einen Teller mit belegten Broten bereit.

Patty erzählte aus Amerika, von ihrer Jugend, der Familie, dem Dienst bei den Marines. Nach einer Weile verabschiedete sich Sepp, weil er nach Birte und der Kleinen sehen wollte, und so saßen Alv und Rhea mit Patty allein in dem beschaulichen Garten.

»Nach den letzten Erlebnissen, die ich hatte«, bemerkte Patty, »hätte ich nie gedacht, dass ich noch einmal so etwas Schönes erleben könnte wie diesen Garten. Ich hatte vermutet, dass meine Männer und ich in dieser stinkenden Garage mitten in Texas verrecken oder irgendwann als Zombies herumlaufen würden. Das hier kommt mir wie ein Paradies vor, wie ein Garten Eden. Man möchte am liebsten nie wieder aufstehen, einfach nur hier sitzen und dem Wind zusehen, wie er mit den Blättern spielt.«

»Du bist jederzeit willkommen bei uns und kannst dir

Blätter anschauen«, antwortete Rhea und lächelte Patty an.

»Ich habe gehört, dass du dich bei deinen Jungs ganz schön durchgesetzt hast. Ist sicher nicht immer einfach als Frau bei den Marines, hm? Wieso eigentlich Marines und nicht Army?«

»Die Frage höre ich oft«, entgegnete Patty und gab die entsprechende Antwort. Alv nahm das schulterzuckend hin und bemerkte, wie Patty und seine Tochter Blicke austauschten.

»Na«, warf er ein, »ich werde dann mal nach meinem Nilpferd sehen, ihr könnt euch ja noch weiter unterhalten, ihr beiden.«

Er sah das Leuchten in den Augen seiner Tochter und lächelte sie an. Dann erhob er sich und machte sich auf den Weg zur Villa Béthania, wo Eckhardt logierte.

»Ihr habt ein Nilpferd?«, fragte Patty erstaunt.

»Nicht wirklich«, antwortete Rhea, »das sind nur ihre Spitznamen: Krokodil und Nilpferd. Ich glaub, die haben die beiden aus ihrer aktiven Internetzeit.«

»Okay, dann will ich mal nicht länger ...«

»... stören? Du störst nicht. Echt nicht! Bleib doch noch ein bisschen, ich würde gern mehr über Amerika erfahren.«

Patty sah Rhea an und entschloss sich, noch ein Weilchen zu bleiben.

Alv hatte derweil forschen Schrittes den Weg zur Villa

hinter sich gebracht und wurde dort von Eckhardt an der Tür empfangen.

»Gehen wir ein Stück«, fragte Alv, »oder bist du noch nicht fit?«

»Alles gut, mein Bester. Warte, ich hole meine Zigaretten und sage Gertrud Bescheid.«

Einen Moment später schlenderten die beiden hinüber zum Südwall und bewegten sich an der Mauer entlang nach rechts in Richtung Orangerie, von der seit dem Angriff der Streitkräfte auf das Dorf nur noch ein paar rostige Eisenstangen standen, die gerade von Weinranken erobert wurden.

»Und, wie geht es dir, Eckhardt?«, fragte Alv.

»Na ja, ich bin noch mal davongekommen, war aber wohl knapp. Wie geht es Mikail?«

»Der ist bereits mit dem Heli zur *Pjotr Weliki* rüber; er wird mit rauf zur Krim fahren. Er meinte, seine Anwesenheit bei den Truppen sei in dieser Phase erforderlich. Immerhin ist große Mobilmachung und da ist es wohl nur richtig, wenn der Häuptling bei seinen Indianern ist.«

»Na toll, und mir hast du ganz galant die Toulouse-Indianer aufs Auge gedrückt.«

»Was du natürlich totaaaal blöde findest, was?«

»Das nun nicht gerade, aber …«

»Ach komm, Eckhardt, du warst beim Militär. Hast die entsprechende Ausbildung. Du kannst mit solchen

Holzköppen umgehen, die da rumrennen und auf dicke Hose machen. Du kannst das besser als ich.«

»Na ja, sicher, ich bin natürlich etwas mehr bewandert in der militärischen Struktur, das stimmt schon.«

»Na siehste? Ich bleib lieber hier und passe auf meine Appelbäume auf und sehe zu, dass aus unserem Dorf was wird. Ich mag Rennes-le-Château, es liegt mir am Herzen. Toulouse, das geht mir am Achtersteven vorbei. Das mach du mal schön. Häng dir mal hübsch deine Ordensspange aus der NVA-Zeit an und bieg die Hanseln da etwas zurecht. Ich weiß, das wird dir Spaß machen.«

»Was gibt es an meiner Ordensspange auszusetzen?«

»Oh, gar nichts. Alles easy.« Alv lachte.

Eckhardt grinste auch, und als sie die alte Orangerie erreicht hatten, setzte er sich auf einen Stein und holte seine Zigaretten heraus. Als der Glimmstängel qualmte, meinte er:

»Die Amerikaner haben drüben eine ziemlich fette Basis, mit allem erdenklichen Schnickschnack. Die können sich da total abschotten, was sie auch tun. Dort geht man mit der Apokalypse anders um als hier. Die Militärs reagieren auch komplett anders als unsere. Die igeln sich in ihren Basen ein, die sie hart verteidigen, aber sie unternehmen keinerlei Versuche, die Gesamtsituation zu ändern. Man könnte meinen, die wollen das aussitzen.«

»Ja, der Amerikaner als solcher scheint mehr von Individualismus geprägt zu sein als unsereiner. Du sagtest, die Zeds dort sind eher Durchschnitt?«

»Hunter gibt es dort schon, auch viele, aber die scheinen sich mehr auf die Städte zu konzentrieren. Außerhalb sind es mehr Walker. Auffällig war, dass in den besonders heißen und trockenen Gegenden die Zeds ziemlich ausgezehrt wirkten. Trockener Hitze haben sie wohl nicht allzu viel entgegenzusetzen, wie es aussieht. Man trifft hier und da wohl Überlebende, sagten mir die Soldaten, aber die igeln sich auch ein und wollen mit niemandem etwas zu tun haben. Und Räuberbanden treiben da ihr Unwesen, die Überlebende ausplündern, vergewaltigen und umbringen. Alles in allem ist Amerika zurzeit nicht das Land meiner Träume.«

»Was hältst du von Patty? Ist sie okay?«

Eckhardt zog an seiner Zigarette, inhalierte und ließ den Rauch durch die Nasenlöcher ausströmen. Dann nickte er langsam.

»Hab sie als sehr pflichtbewusst und ehrenhaft erlebt. Keine Angst vor Kämpfen, auch nicht vor kräftemäßig überlegenen Zeds. Ich glaube, sie passt gut zu uns.«

Eckhardt berichtete von den Kampfeinsätzen in Amerika, in denen Patty sich stets hervorragend geschlagen hatte, was Alv ein bestätigendes Nicken zum Zeichen des Respekts abnötigte. Er war sicher, dass Patty sich gut in die Gemeinschaft hier einfügen würde. ›Wer weiß‹, dachte er, ›am Ende will sie vielleicht gar nicht mehr heim.‹

Ein anderes Thema brannte Alv noch auf der Seele, das er über Satellit nicht mit Eckhardt hatte besprechen können.

»Hör mal«, begann er, »ich habe mich in den letzten Wochen intensiv mit Tom über unser Nanobot-Programm unterhalten ...«

»Und? Kriegt er es hin?«

»Ja, ich schätze schon. Aber genau das ist es, was mir auch Sorgen bereitet. Er meint, es sei möglich, Naniten zu konstruieren, die sich im Körper der Zeds selbst zusammensetzen und diese dann langsam zerstören. Und zwar so langsam, dass deren Immunsystem nicht darauf reagiert.«

Eckhardt grinste und entgegnete:

»Wie sagst du immer? ›Die langsame Klinge durchdringt den Schild.‹ Ist doch 'ne gute Nachricht.«

»Nur, wir sind hier nicht auf Arrakis und unser Gegner ist nicht Baron Harkonnen. Ich sehe da eine ernste Gefahr. Tom meint zwar, er könne die Naniten mit einem Selbstzerstörungsmechanismus versehen, den er per Ultraschall aktivieren kann; was aber, wenn der nur bei einer Handvoll von den Dingern versagt? Immerhin sind die kleinen Scheißerchen mit einem *Seek-and-destroy-Programm* ausgestattet, das sie dazu auffordert und befähigt, menschliche Zellen zu zerstören und Human-DNS zu manipulieren. Also, was passiert, wenn die Hundepfeife versagt?«

»Ja, das könnte zu einem ernsten Problem werden, da hast du recht. Dann muss Tom halt zusehen, dass er Sicherungen einbaut, wie auch immer. Ein Zerfallsdatum oder irgendetwas, das die Zeds nicht haben ... Das T93! Das haben doch nur die Menschen!«

»Aber es gibt viele Menschen, die kein T93 bekommen haben und es gibt im Gegenzug viele Menschen, die trotz T93 verwandelt wurden. Das kommt als Marker nicht infrage. Ein Zerfallsdatum ist insoweit schwierig, als dass wir nicht wissen, ob wir alle Zeds mit der Attacke erwischen. Zumal ja auch der Verbreitungsweg bislang bestenfalls theoretischer Natur ist. Wir müssen eine Sicherung einbauen, sonst können wir diese Waffe nicht aktivieren, ohne die Existenz der gesamten Menschheit aufs Spiel zu setzen.«

Eckhardt nickte zustimmend, zog an seiner Zigarette und trat den Rest auf dem Boden aus.

»Grundsätzlich hast du recht, Alv«, erwiderte er. »Ich denke sowieso, dass diese Nanogeschichte nur der allerletzte Ausweg sein sollte. Von mir aus können die Generäle noch ein bisschen die atomaren Kopfkissen aufschütteln und uns hier 'ne weiße Weihnacht bescheren, aber diese Bots – wenn die unterwegs sind, holst du sie nicht zurück.«

»Allerletzter Ausweg – ja. Weißt du, Eckhardt, ich schätze Mikail und vertraue ihm als Oberbefehlshaber. Aber wenn ein General in die Ecke getrieben wird, was wird er dann tun? Er wird den allerletzten Ausweg nehmen. Es ist im Grunde keine Frage, *ob* die Naniten zum Einsatz kommen, sondern lediglich eine Frage, *wann*.«

»Vielleicht«, gab Eckhardt in seltsam resigniertem Ton zurück, »ist es auch eine Art Bestimmung, die sich hier erfüllt. Vielleicht ist unsere Zeit als Spezies auch gekommen. Der Mensch hat nur Tod und Verderben in die Welt gebracht. Unter Umständen könnte dies eine Reaktion auf den Parasitenbefall des Planeten Erde mit Menschen sein. Vielleicht ist das Zed-Virus so eine Art Immunreaktion?«

»Eine, die der Mensch durch Gärtners Horrorkabinett sofort an sich gerissen hat, um alles noch schlimmer zu machen? Von der marodierenden Kriegerrasse hin zu unsterblichen Nephilim, die bis ans Ende der Zeiten auf der Erde wandeln und am Ende alles auffressen, was lebt? Falls du wirklich recht hast, haben wir einmal mehr der Natur ins Handwerk gepfuscht.«

»Ja, wenn wir Menschen eines besonders gut können, dann ist es Verschlimmbesserung. Traurige Wahrheit. Was werden wir Tom und Mikail sagen?«

Alv atmete einmal tief durch.

»Schätze, egal was wir tun, es ist sowieso falsch. Also,

öffnen wir Pandoras Büchse. Ich hoffe, Gott steht uns bei.«

Eckhardt grinste schnippisch.

»Bist du sicher, dass ihn das interessiert?«

Alv winkte wortlos ab. Die beiden genossen still noch ein wenig die Aussicht über die Südwesthänge, die von der untergehenden Sonne in warmes, gelbliches Licht getaucht wurden. Im Westen konnte man in der Aude-Niederung die Siedlungen Campagne-sur-Aude und Espéraza erkennen, über denen sich die sanften grünen Hügel der Vorpyrenäen aufwölbten. Im Hintergrund erhoben sich die Berge, über die sich die vom Ostwind herangetragenen Wolken quälten, die wahrscheinlich das halbe Mittelmeer davontrugen. Im Grunde genommen lebten sie alle etwa seit Jahresanfang in einer malerischen Idylle, fand Alv. In letzter Zeit hatte es nur selten und vereinzelt Zed-Angriffe gegeben. Dabei handelte es sich meist um Streuner und hier und da kleinere Gruppen von Hunter-Zeds, die das inzwischen eingespielte und gut organisierte Team des Dorfes nicht ernsthaft gefährdeten. Der schlimmste Feind, den es hier zurzeit zu bekämpfen galt, hieß *Routine*. Stete Alarmübungen und Manöver sorgten jedoch dafür, dass die Wachmannschaften immer auf Zack waren. Daran hatte sich auch in der Zeit der Abwesenheit Eckhardts nichts geändert. In der Versammlung gab es hin und wieder Stimmen, die meinten, es sei sicher bald an der

Zeit, die extremen Abwehrmaßnahmen etwas zu reduzieren, um den Wohnkomfort zu steigern. Doch letzten Endes gelang es den Befürwortern hoher Sicherheitsstandards immer wieder, die Zweifler von der Richtigkeit erhöhter Wachsamkeit zu überzeugen. Rennes-le-Château würde sicherlich noch eine ganze Weile ein äußerst wehrhaftes Dörfchen bleiben. So viel stand fest.

Jahr drei, 14. Mai, Mittag

»Okay, Tor zwei öffnen.«

Ein halbes Dutzend Rundumlampen und ein Sirenenton zeigten an, dass die Order ausgeführt wurde. Jaulend pressten die Hydraulikpumpen Öl in die Stempel, welche die großen Tore auf dem Schleusendamm öffneten. Langsam rollte der Spezialtransport mit den beheizten Ladeflächen über die Schleusenbrücke und stoppte an der vorgesehenen Position. Wie immer. Als sich die Luken öffneten und die dampfende Fracht entluden, gab es Unruhe am dritten Tor, dem am anderen Ufer, hinter dem sich wie jeden Tag die Zeds versammelten, um sich an den Toten der Eurasischen Union zu laben.

Nach wie vor wurden die Verstorbenen in den Siedlungsgebieten eingesammelt und entwertet, um sie an die Zeds auf der anderen Seite des Zaunes zu verfüttern. Man schoss den Leichen einen Bolzen in den Kopf, um das Gehirn unbrauchbar zu machen. Zwar konnten die Zeds keine Toten infizieren, aber man ging lieber auf Nummer sicher. Natürlich hatte dies auch etwas mit symbolischer Außenwirkung zu tun. Die ohnehin schon erbosten Menschen sollten wenigstens sicher sein können, dass ihr verstorbener Verwandter nicht irgendwann von den Toten auferstand und wieder zurückkehrte, um sein grausames, ungöttliches Mahl an ihnen zu halten.

Zähneknirschend hatte die Gesellschaft es akzeptiert, dass die Leichen aller verstorbenen Personen eingesammelt und an die Ostgrenze gebracht wurden, wo man sie auftaute und an die Zeds verfütterte. Für viele war das ein *No-Go* gewesen, nachdem bekannt geworden war, dass zu den Zeiten von Marschall Gärtners Diktatur die Zombies zu Nahrungsersatzstoffen für Menschen industriell verarbeitet wurden. Doch der Lohn für dieses enorme Opfer war ein Waffenstillstand mit den Zeds, den die Menschen unbedingt brauchten, um sich vom Horror der Apokalypse und den nachfolgenden Schlachten zu erholen.

Der nukleare Winter, in den der Marschall den europäischen Kontinent gestürzt hatte, ging langsam zurück und eine Neuorganisation der Siedlungsgebiete stand nicht nur in militärischer Hinsicht auf der Agenda. Das Militär zog sich aus dem gesellschaftlichen Tagesgeschehen weitgehend zurück und zivile Verwaltungsinstanzen fassten Fuß. Hauptaufgabe der Streitkräfte war nunmehr die Verteidigung beziehungsweise Sicherung der befestigten Ostgrenze der europäischen Siedlungen.

Um also hier nicht ständig gegen Kzu'uls gewaltige Zombiearmee antreten zu müssen, hatte man mit dem Anführer der Zombies eine Übereinkunft geschlossen, die im Osten jenseits des Befestigungsbauwerkes, das überall nur *der Zaun* genannt wurde, die Installation der sogenannten *Nation Zombie* ermöglichte, also den Untoten das Land östlich der Linie Krim-Archangelsk zusprach. Dieser Waffenstillstand war fragil und wurde nicht selten zumindest gebeugt, wenn Einsatzteams der Spezialkräfte in das Territorium der Nation Z einflogen, um Menschen zu evakuieren, die sie dort ausgemacht hatten. Doch Kzu'ul, der in diesen unglaublich riesigen Gebieten, die fast die halbe Landmasse der Erde ausmachten, herrschte wie ein Kaiser, hielt seine Zeds einigermaßen unter Kontrolle. Hin und wieder versuchten einige Zeds oder Gruppen von ihnen, den über zweitausend Kilometer langen Grenzzaun zu überwinden oder auf anderen Wegen in südlicheren Gebieten die Grenze zu umgehen, doch diese Scharmützel entschieden die Menschen in aller Regel für sich.

Doch an diesem Tag bahnte sich ein Ereignis an, das geeignet war, die Regeln des Spiels zu ändern. Als die aus aufgewärmten Leichen bestehende Fracht wie immer auf der Schleuseninsel zwischen Zawolzye und Zabrowo abgekippt wurde, verdichtete sich der übliche Tumult der Zeds auf der anderen Seite der Wolga zu einem ernst zu nehmenden Aufstand. Wo sonst einige Hundert Zeds kreischend und schreiend gegen die stählernen Tore mit ihren Wachtürmen und ferngesteuerten MG-Nestern drängten, rotteten sich diesmal bestimmt etliche Tausend dort zusammen – die meisten von ihnen Hunter – und warfen sich in Wogen gegen die Gitter der Tore. Viele von ihnen wurden dabei schwer beschädigt oder völlig zerquetscht, doch darauf achteten Zeds nicht. Sie kannten nur ihr Ziel, nämlich die Befriedigung ihrer Sucht nach Menschenfleisch.

Wieder und wieder warf sich die Horde rhythmisch krachend gegen die Gitter, und jede Welle rüttelte mehr an den Scharnieren und Bolzen, die zum Teil aus armdickem Stahl bestanden. Diese schwere, intervallartige Belastung sowie die Wetterumstände und die Tatsache, dass der Stahl nicht von bester Qualität war, ließen das Material ermüden. Mit einem gewaltigen Krachen barsten die ersten Querriegel.

In der Zentrale auf der Westseite des Stau- und Schleusenwerkes bemerkte man die Veränderung und die Operatoren an den Waffenphalangen eröffneten das Feuer auf den untoten Mob, der da rebellierte. Die Maschinengewehre auf den Wachtürmen hämmerten los und sandten ihre Projektilsalven den Zeds entgegen. Viele Dutzend von ihnen fielen im Kugelhagel, wenn die Geschosse ihre Schädeldecken durchschlugen und die Köpfe förmlich platzen ließen.

Dann plötzlich gaben drei weitere Scharniere nach, und wie in einer Zeitlupenaufnahme fiel das riesige Gittertor nach vorn und landete krachend auf dem Asphalt der Straße, die über die Schleusenbrücke ans andere Ufer führte. Wie eine brüllende und geifernde Schlammlawine strömten die Zeds durch die Öffnung und ergossen sich über die Schleuseninsel. Die erste Welle stürzte sich gierig auf die angebotenen Körper, doch eine zweite Welle folgte, die über die am Boden kauernden und sich an Toten labenden Zeds hinwegrollte und zielstrebig in Richtung Schleusenbrücke vordrang.

»Verdammt! Was ist da los?«, brüllte der diensthabende Offizier in der Leitstelle am Staudamm und starrte verständnislos auf die Monitore an der Wand, die eine gewaltige Zombiehorde zeigten, die sich auf die Schleusenbrücke und damit auf Tor zwei zubewegte. Automatisch, ohne hinzusehen, nahm er seine Halskette ab, an der ein Sicherheitsschlüssel hing. Er öffnete eine durchsichtige kleine Klappe auf dem Steuerpult, an dem er stand, und steckte den Schlüssel in ein zugehöriges Schlüsselloch. Dann sah er den Operator rechts von sich an, der ebenfalls ein Schlüsselloch vor sich hatte und nun auch seinen Schlüssel einsteckte.

»Zündungsvorstufe – jetzt!«, befahl der Offizier, ein Major des Heeres. Beide Männer drehten ihre Schlüssel in eine mit »I« markierte Position.

»Vorbereitung Sprengung. Evakuieren Sie sämtliches Personal aus dem Roten Bereich!«

Die anderen Operatoren im Raum, die an verschiedenen Pulten ihren Dienst versahen, kümmerten sich darum, dass sämtliches Personal von dem langen Damm abgezogen wurde.

»Mikrowellenwaffen einsetzen!«, befahl der Diensthabende. Aus den geschützten Containern im Bereich von Tor zwei fuhren birnenförmige Geräte hoch, die mit harten Mikrowellen die angreifenden Zeds bestrahlten. Die Waffen verfehlten ihre Wirkung nicht. Binnen Sekunden begann das Wasser in den Körpern der ersten Reihen der Zed-Horde zu kochen. Dampf stieg aus ihren Poren auf, während in Augenblicken ihr Fleisch gegart wurde. Aus ihren Ohren dampfte es, wenn sie mit dem Kopf in den Bereich der Strahlung kamen und dabei ihr Gehirn aufgekocht wurde. Regelrechte Dampffontänen entwichen aus ihren Kopföffnungen und rotbrauner Schleim floss aus ihren Ohren. Das hielt jedoch nachrückende Zeds nicht davon ab, sich weiter in Richtung Tor zu bewegen.

Plötzlich änderte sich die Szenerie. Aus den hinteren Reihen stürmten Struggler nach vorn, die große Blechstücke in ihren Pranken hielten; zum Teil waren diese mehrere Quadratmeter groß. Das Metall reflektierte die Mikrowellen, und so bildeten sie einen breiten Schutzwall, hinter dem sich die nächste Angriffswelle der Hunter formierte.

»Was zum Henker machen die da?«

Der Diensthabende starrte völlig entgeistert auf die Monitore.

»Sieht aus, als hätten sie eine Taktik, Herr Major!«, antwortete einer der Operatoren unnötigerweise und fing sich sogleich einen wütenden Blick seines Vorgesetzten ein. Der befahl:

»Zündung aktivieren! Alarm geben!«

Der Operator und er drehten ihre Schlüssel synchron auf »II« und eine quäkende Sirene ertönte auf dem gesamten Damm. Überall in der Fahrbahn schoben sich große Metallplatten aus dem Untergrund und wurden hydraulisch aufgerichtet, bis sie einen Winkel von exakt 51,42 Grad erreicht hatten. Vier Meter hoch ragten die Platten nun als geschlossene Wand auf, um die Wucht der Detonation bei der Brückensprengung in einem optimalen Winkel abzulenken und so die Operationszentrale vor der Druckwelle zu schützen.

Der Offizier griff zum Telefon, das vor ihm auf dem Tisch stand, und drückte eine Direktverbindungstaste. Einen Moment später meldete er sich.

»Hier spricht Major Bender vom Stützpunkt WKK-null-eins. Das Codewort lautet: Platypus. Wir haben eine Lage … Ja, wir sind bereits auf Stufe zwei … Verstehe. Zündung nach eigenem Ermessen. Zu Befehl!«

Er legte den Hörer auf und wandte sich an die Besatzung der Operationszentrale.

»Der Oberbefehlshaber der Armee der Eurasischen Union hat soeben den Befehl erteilt, die Brücken nach eigenem Ermessen zu sprengen. Hauptmann, wie ist die aktuelle Lage?«

Der Soldat mit dem zweiten Schlüssel schaute auf alle Monitore, dann erwiderte er:

»Der Angriff wird fortgesetzt, zwei Mikrowellenstrahler wurden zerstört. Weitere Zeds in unbekannter Zahl rücken vom Ufer nach.«

»Ihre Empfehlung?«

»Empfehle Sprengung der Brücke, Herr Major.«

Der Diensthabende sah sich um.

»Hat jemand eine andere Einschätzung der Lage vorzutragen?«

Niemand antwortete.

»Dann ordne ich hiermit die Zündung der Sprengsätze an.«

Der Major und der Hauptmann drehten ihre Schlüssel gleichzeitig auf Stellung III, wie es in zahlreichen Übungen trainiert worden war. Damit wurde die zeitverzögerte Zündung der beiden Vier-Tonnen-Atomsprengköpfe in der Brücke, welche die Schleusen überspannte, aktiviert.

»Alle verlassen die Operationszentrale«, befahl der Major, »T minus zwei Minuten. Begeben Sie sich in die Aufzüge und fahren Sie hinunter in den Bunker.«

Die Besatzung der Zentrale trat den geordneten Rückzug an, nachdem alle Systeme in den unterirdischen Schutzbunker umgeleitet worden waren. Zum Schluss verließ der Major den Raum. Sein letzter Blick fiel auf die Monitore, die zeigten, wie eine riesige Horde aus Richtung Ostufer heranstürmte und sich gegen das Tor zwei am Brückenfuß jenseits der Schleuse warf. Dann schlossen sich die Türen des Fahrstuhls.

Jahr drei, 14. Mai, Mittag

»Verdammt! Das ist zu früh! Einfach zu früh!«

General Pjotrew schlug mit geballter Faust auf den Kartentisch an Bord der *Pjotr Weliki,* als er den Hörer des Satellitentelefons eingehängt hatte. Niemand von der Brückenbesatzung rührte sich; ein jeder starrte dienstbeflissen auf die ihm oder ihr unterstehenden Geräte, bemüht, sich nichts anmerken zu lassen. Kapitänleutnant Kassatonow, der in der Funktion des Kapitäns das stolze Schlachtschiff kommandierte, setzte sich zum General an den Tisch. Er hielt zwei Becher mit heißem Tee in den Händen. Einen stellte er vor Pjotrew hin.

»Ärger?«, fragte er. Natürlich war diese Frage überflüssig. Der General ließ sich nicht wegen Lappalien derart gehen. Selbstverständlich gab es Ärger.

»Ach, Wladimir«, gab Pjotrew in gedämpftem Ton zurück, »wann gibt es mal keinen Ärger? Am Staudamm hat es einen ernsten Zwischenfall gegeben. Der Diensthabende lässt die Brücke sprengen.«

»*Die* Brücke? Da, wo die Zeds gefüttert werden? Ja, *das* bedeutet wirklich Ärger.«

Pjotrew nahm einen Schluck Tee.

»Ich wundere mich«, gab er zurück, »warum dieser Kzu'ul es auf einmal so eilig hat, sich erneut eine blutige Nase zu holen. Ich hatte zwar damit gerechnet, dass er sich nicht an den Waffenstillstand halten würde, aber dass er so früh losschlägt, überrascht mich doch.«

»Na ja, vielleicht wollte er nicht warten, bis wir *ihn* angreifen«, sagte Kassatonow. »Ich meine, das wäre doch denkbar, oder nicht?«

Pjotrew lächelte süffisant.

»Natürlich hätten auch wir früher oder später den Pakt gebrochen. Ich kann nicht ruhig schlafen, solange noch ein einziger Zed da draußen herumläuft. Aber aus seiner Sicht ist es nicht sinnvoll, bereits jetzt loszuschlagen, wo doch seine neuen Armeen noch irgendwo in Persien herumwandern. Für ihn wäre ein konzertierter, massiver Schlag auf mehreren Ebenen nutzbringender. Stattdessen schickt er uns ein paar wild gewordene Hunter, die eine Atomexplosion auslösen. Ich frage mich: Welche Ziele verfolgt er damit?«

»Nun, ich schätze, das werden wir bald herausfinden, oder, Mikail?«

Pjotrew griff erneut nach dem Telefon und stellte eine Verbindung mit dem Hauptquartier der Streitkräfte in Rendsburg her. Er telefonierte eine Weile mit General Ruetli, der ihm versicherte, dass ein großer Teil der Flugzeugflotte, die aus Maschinen verschiedenster Herkunft zusammengesetzt war, einsatzbereit war. Es wurde beschlossen, den etwa vierzig Kilometer südöstlich von Moskau gelegenen Militärflugplatz Ramenskoje-UUBW umgehend zu reaktivieren. Die fünfeinhalb Kilometer lange Startbahn eignete sich auch für strategische Bomber, die bereits von der Luftwaffe betriebsbereit gemacht wurden. Selbst die große Antonow 225 konnte hier landen und Material in großem Umfang zuliefern. Jede verfügbare Transportmaschine und jeder halbwegs fahrbereite Güterzug wurden für den Großeinsatz des Militärs requiriert und mit Panzern, Soldaten und Munition bestückt gen Osten geschickt.

Moskau selbst war als verbotene Zone eine absolute No-go-Area, da hier noch immer das DOR-Feld aktiv war, das jede Form von Leben im Umkreis von fünf Kilometern um das Stadtzentrum auslöschte. Das wiederum bedeutete einen strategischen Vorteil für die Menschen, denn kein Zed weit und breit würde sich diesem Bereich nähern. Die akustischen Lockvögel, die das Militär im ersten Zombiekrieg hier installiert hatte, taten noch immer ihren Dienst und hatten Tausende und Abertausende Zeds in die tödliche Falle gelockt, in der bereits Millionen ihrer Art bei der Zündung der DOR-Bombe des Projekts *Cold Fire* ausgeschaltet worden waren.

Ramenskoje lag am Ufer der Moskwa und war nach allen Seiten bestens befestigt und abgeriegelt. Dort standen noch zahlreiche Tupolew- und Suchoi-Maschinen, die aller Wahrscheinlichkeit nach ohne allzu großen Aufwand betriebsbereit zu machen waren. Russische Militärtechnologie zeichnete sich im Allgemeinen durch große Robustheit aus und war in der Regel auch in der Arktis tauglich, so dass der harte nukleare Winter der dort geparkten Ausrüstung wohl nicht allzu sehr zugesetzt haben würde, nahm Ruetli an.

Die *Pjotr Weliki* befand sich gerade im Zulauf zum Bosporus und kreuzte durch das Marmarameer. Hier am Goldenen Horn auf der europäischen Seite sah es aus wie auf einem Schiffsfriedhof in Alang. Überall lagen gekenterte, auf Grund gelaufene und zum Teil oder ganz gesunkene Schiffe. Ein ausgedehnter Ölteppich ließ die Wasseroberfläche in schillernden Farben erscheinen. Frachter, Tanker, Containerschiffe und allerlei andere maritime Gefährte hatten sich hier kreuz und quer verteilt, teils vor Anker liegend. Andere Schiffe trieben führerlos seit Jahren umher. Viele der rostigen Schiffsrümpfe hatten sich ineinander verkeilt und man sah häufig apathische, in lethargischer Bewegungslosigkeit verharrende Zombies an Deck herumstehen. Selbst auf den gesunkenen Schiffen, deren Decksaufbauten hier und da noch aus dem Wasser aufragten, standen Zeds herum, denen Wind und Wellen teilweise arg zugesetzt hatten. Mitunter bis zu den Hüften im Wasser stehend, moderten sie hier vor sich hin, ohne in ihrem untoten Dasein jemals Gelegenheit zu erhalten, eine menschliche Beute zu ergattern.

Pjotrew stand auf der Backbordnock und betrachtete die groteske Szenerie durch einen Feldstecher. Er stellte die Optik scharf und beobachtete einen griechischen Tanker, der mit etwas Schlagseite auf Grund lag. *Propontis* stand am Heck geschrieben. Das Schiff war etwa zweihundert Meter lang. In der Seite klaffte ein etwa handbreiter Riss, der wahrscheinlich durch das Aufliegen auf einem Felsen verursacht worden war. Aus diesem sprudelte mit jeder Welle, die Wasser in das Schiff trug, eine schmutzig braune Suppe. Wohl ein Öl-Wasser-Gemisch, vermutete der General. Auf dem schrägen Deck konnte man von der Sonne ausgemergelte Gestalten erkennen, die sich mit Mühe auf den Beinen hielten. Als sie das Schiff sahen, kreischten sie und fauchten, ruderten mit den Armen, als ob sie ihrer Beute habhaft werden könnten. Pjotrew konnte erkennen, dass einer von ihnen, der bis zu den Hüften im Wasser stand, unterhalb der Wasseroberfläche lediglich aus Knochen und einigen weißen Sehnen bestand. Wenn die Wellen sich zurückzogen, sah man, dass bereits Algen an seinen Knochen wuchsen. Oberhalb der Wasserlinie war die Gestalt völlig mit Öl verschmiert.

»Kein schöner Anblick, was, Mikail?«

Der Kapitän hatte die Brücke verlassen und stand nun ebenfalls auf der Nock. Es wehte ein lauer Wind aus nördlichen Richtungen, der jedoch keine frische Meeresbrise mit sich führte, sondern Brandgeruch und Chemikaliengestank. Es roch nach Teer und Öl, ein Hauch Ammoniak lag in der Luft und leichter Verwesungsgeruch von den Untoten, die hier auf dem Schiffsfriedhof herumkraxelten.

Der Kapitän hatte zwei Zigarren in der Hand, er bot dem General eine an. Als beide ihre Zigarren angesteckt hatten, antwortete Pjotrew, dem im Wind tanzenden Rauch versonnen nachschauend.

»Ein furchtbares Schicksal. Ich habe die Zeds schon so oft in ähnlichen Situationen und auch in schlimmeren gesehen, aber trotzdem erschüttert mich dieser Anblick stets aufs Neue. Was für ein erbärmliches Dasein. Und überall auf der Welt das gleiche Bild.«

»Ja, das ist in der Tat bedrückend. Für mich ist es das Schlimmste, mir vorzustellen, dass Menschen, die man von ganzem Herzen geliebt hat, nun auch so oder ähnlich dahinvegetieren müssen. Der Umstand, dass sie es nicht merken und dass es nur ihre Hüllen sind, macht es nicht leichter. Ich finde es richtig, alle Zeds bis auf den letzten auszurotten.«

»Ja, Wladimir, zu diesem Schluss bin ich auch gekommen. Mit dem Vorfall am Wolga-Staudamm hat ein erneuter Krieg zwischen Menschen und Zeds begonnen, und es ist an uns, dafür zu sorgen, dass es der letzte sein wird. Diesmal werden wir alles in eine Waagschale werfen müssen, mein Freund.«

Der Kapitän rauchte und erwiderte:

»Ich weiß, Mikail. Meine Besatzung und ich sind bereit dafür.«

Der General nickte, klemmte die Zigarre zwischen die Zähne und richtete seinen Blick erneut auf das Westufer. Die *Pjotr Weliki* hatte das Goldene Horn passiert und steuerte nun den *Boğaz* oder Schlund an, wie der Bosporus von den Einheimischen genannt wurde. Am Westufer konnte Pjotrew drei größere Kreuzfahrtschiffe amerikanischer Reedereien ausmachen. Die einst weißen Riesen waren über und über mit Rostspuren und rostroten Verläufen übersät. Einige der Rettungsboote hingen in den Seilen, offenbar hatten während des Ausbruchs der Seuche Menschen versucht, mit den Rettungsbooten zu entkommen. Die Decks der Schiffe waren zum größten Teil gut besucht, allerdings wollte dort wohl seit geraumer Zeit nicht mehr so richtig Stimmung aufkommen. Hunderte von Walkern wanderten auf den Sonnendecks stumpfsinnig auf und ab; die meisten nahmen nicht einmal Notiz von der *Weliki*, die sich ausgesprochen geräuscharm vorwärtsbewegte.

Pjotrew beobachtete, dass auch an Land erstaunlich viel Betrieb herrschte. In den Straßen liefen viele Hunter umher und stürzten sich mitunter auf Walker, die ihnen im Weg standen. Auch hier fraßen sich die Zeds mittlerweile aus Mangel an adäquater Beute gegenseitig auf, was den General nicht sonderlich betrübte, denn jeder Zed, der – wie auch immer – verschwand, brachte ihn seinem Ziel einen Schritt näher. Natürlich gab es diese theoretische Diskussion, ob die Zeds nicht auch in gewisser Weise als eine Art Lebensform zu betrachten seien. Seit seiner Begegnung mit dem zum Nephilim mutierten Marschall Gärtner in den Katakomben der Feste Rungholt und diversen Unterhaltungen, die er mit Strugglern geführt hatte, war er auch geneigt, dieser These zuzustimmen. Aber die Zeds waren und blieben die Todfeinde der Menschheit, Fressfeinde gewissermaßen. Es gab nun einmal keine Alternative zum totalen Krieg.

»Sie sind unruhig an Land«, bemerkte Kassatonow. »Ob das unseretwegen ist?«

»Ich bin nicht sicher«, antwortete Pjotrew, weiterhin konzentriert durch das Fernglas schauend, »aber es scheint, dass es hier Struggler gibt. Ich meine, einen gesehen zu haben.«

Der Kapitän nickte.

»Falls das der Fall ist, sind die Hunter gesteuert. Wir bekommen also mit Sicherheit Probleme an den Brücken. Ich werde die Feuerleitzentrale aktivieren.«

»Ja. Wir sollten die Brücken entfernen. Das wird so oder so nötig werden.«

Kassatonow wandte sich zur offenen Tür der Kommandobrücke und gab Befehle.

»Waffenoffizier! Vorbereiten vier S-300-Raketen für Kurzstreckeneinsatz. Zielen Sie auf die jeweiligen Hauptpfeiler der beiden Brücken.«

»Aye, Kapitän«, kam aus der Türöffnung zurück. »Be-

fehle Bereitstellung S-300, viermal. Zielen auf Brücken-
pfeiler zur Zerstörung der Bosporusbrücken.«

Dann bellte der leitende Waffenoffizier ein Stakkato
von präzisen Befehlen zur Aktivierung der Raketenwer-
fer in sein Mikrofon. Im Inneren des Schiffes, wo die
Feuerleitzentrale lag, wurden die Ziele berechnet und
die entsprechenden Flugbahnen kalkuliert. Hierbei
musste wegen der kurzen Distanz zum Ziel möglichst
exakt vorgegangen werden, da Kurskorrekturen wegen
der extrem kurzen Flugdauer nicht möglich waren.

Die erste und ältere der beiden Brücken kam in Sicht.
Die klassische Hängebrücke überspannte auf einer Länge von gut einem Kilometer zwischen zwei Stahlpylonen
die Wasserstraße. Als der Kapitän den Feuerbefehl gab,
starteten zwei der großen Raketen aus den Vorschiff-
launchern und zischten auf das Stahlkonstrukt zu. Die
gewaltigen Explosionen ließen die Stahlpylonen bersten
und die gesamte Brücke sackte zunächst ab, bevor die
Tragseile ungefähr in der Mitte durchrissen und die
ohnehin schon schwer beschädigten Fahrbahnen wie
tödlich verwundete Schlangen in das Wasser krachten,
wo sie eine hohe Welle schlugen und versanken.

Die einhundertfünfundsechzig Meter hohen Pylonen
knickten nun ein und neigten sich wie in Zeitlupe zur
Seite. Der östliche Doppelpylon löste sich aus dem Fundament und krachte in den pompösen Beylerbeyi-
Palast, den er in einer riesigen Staubwolke unter sich

begrub. Der westliche Pylon fiel ins Wasser, versank hier jedoch und riss die Tragseile mit sich in die fast einhundert Meter tiefe Fahrrinne, so dass für die *Pjotr Weliki* keinerlei Gefahr einer Havarie bestand. Der Kapitän war natürlich stets – zu Recht – besorgt um sein Schiff, denn eine ernsthafte Beschädigung an Rumpf oder Antrieb konnte für ein Schiff dieser Größe in der aktuellen Situation das Aus bedeuten.

Die Explosionen und das lautstarke Zusammenbrechen der Brücke versetzte die Zeds an beiden Ufern in helle Aufregung. Von überall her strömten Hunter herbei. Sie schubsten die Walker rüde beiseite und rannten sie – wild um sich beißend – um in der Hoffnung, es gäbe in Richtung der Geräuschquelle irgendwelche Beute, derer man habhaft werden könne. An den Ufern herrschte ein solches Gedränge, dass Hunderte von Zeds ins Wasser fielen und der Brücke auf den Grund des Bosporus folgten.

Angestrengt und konzentriert betrachtete Pjotrew die Ufer. Und tatsächlich, als sich der Staub über dem Stadtteil Beylerbeyi langsam legte, konnte er auf dem östlichen Auflageblock der abgerissenen Brücke einen der mächtigen, kraftstrotzenden Struggler ausmachen.

»Fündig geworden?«, fragte Kassatonow.

»Ja«, gab Pjotrew zurück, den Struggler nicht aus den Augen lassend, »da oben auf dem Widerlager steht ein Struggler. Kzu'ul weiß also jetzt, dass wir kommen. Der

Struggler wird seine Horde nun zur nächsten Brücke hetzen.«

»Wir erreichen die Sultan-Mehmet-Brücke in etwa fünfzehn Minuten. Soll ich feuern lassen?«

»Nein, Wladimir, warte noch etwas, vielleicht zehn Minuten, wenn es geht. Soll der Struggler doch seine Horden auf die Brücke schicken. Je mehr von ihnen auf der Brücke sind, desto effizienter wird der Schlag sein. Diese Brücke ist anders gebaut, oder?«

»Ja«, erwiderte der Kapitän, »wir müssen die Raketen einen Bogen fliegen lassen und die Pylonen direkt auf dem Ankerblock treffen, sie sind nicht frei stehend. Wenn wir Pech haben, reißen die Tragseile nicht und die Brücke hängt nur ins Wasser durch. Vielleicht sollten wir auf Nummer sicher gehen und zunächst mit einer Kinschal-Rakete vom Tor-System aus auf die Fahrbahn schießen, um sie zu durchtrennen.«

»Ja, das ist vielleicht besser. Machen wir es so.«

Der Kapitän gab die entsprechenden Befehle und die Feuerleitzentrale überarbeitete die Abschusspläne noch einmal grundlegend.

Durch das Fernglas konnte General Pjotrew erkennen, dass die gesamte Brücke voller Zeds war. Dicht an dicht standen die zerlumpten Gestalten dort, und zwar wie es aussah über die gesamte Brücke verteilt, deren vierzig Meter breite Fahrbahnfläche etwa der fünffachen Größe eines internationalen Fußballfeldes entsprach. Tausende Walker, Hunter und mindestens ein Struggler befanden sich auf der Brücke, wobei der Anführer dieser Horde sich in beeindruckendem Tempo durch die Altstadt bewegt haben musste, um hier nun zu erscheinen. Dass es derselbe Struggler war, den der General soeben noch bei der ersten Brücke gesehen hatte, schloss er aus dem auffälligen orangen Overall, dessen Fetzen den muskulösen Leib der untoten Kampfmaschine mehr schlecht als recht bedeckten. Bedrohlich schüttelte er die Fäuste und versetzte seine Untergebenen in Rage. Wie auch vorher, stürzten viele der Zeds in ihrer Erregung über die Brüstung ins Wasser und versanken dort. Ihre von tiefen Wunden und Fäulnis gezeichneten Leiber würden den Fischen als Futter dienen.

Pjotrew nickte Kassatonow zu. Auf einen erneuten Befehl des Kapitäns hin startete aus den Buglaunchern eine SA-N-9, die eigentlich der Luftabwehr diente, sich jedoch ebenso auf jedes feste Ziel programmieren und als provisorischer Marschflugkörper nutzen ließ, wenn man den Aufschlagzünder aktivierte. Die Rakete wurde mit Gasdruck aus der Startlafette geworfen, erhob sich einige Meter in die Luft und dann zündete der Raketenmotor, der sie auf Mach 2 beschleunigte. Das Feuerleitradar beförderte sie ins Ziel, das auf dem etwa drei Meter hohen Brückenkasten lag, der an seinen Tragseilen etwa fünfundsechzig Meter über dem Wasserspiegel schwebte. Wenige Sekunden später zerriss eine starke Explosion den Stahlbetonkasten und die Bruchstücke fielen ins Wasser, gefolgt von den Tragseilen.

Dann starteten aus zwei Drehmagazinsilos die größeren S-300FM, die jeweils einen der beiden Pylonen aus dem felsigen Fundament rissen und die Brücke damit vollständig auf den Grund schickten. Auch hier zerstörten die fallenden Stahlpylonen die Gebäude der näheren Umgebung. Als die Brücke fiel, purzelten Tausende von Zeds in den Bosporus und verschwanden in den Fluten. Der Donner der fallenden Bauteile lockte noch weit mehr Zeds aus dem Gewirr der Straßen und Gassen beiderseits des Schlunds an, doch diese bedeuteten für die *Pjotr Weliki* nun keinerlei Gefahr mehr.

Ebenso wie die beiden vorhergehenden Brücken beabsichtigte Pjotrew auch die kurz vor der Fertigstellung stehende Sultan-Selim-Brücke aus dem Weg zu räumen. Allerdings waren auf der Baustelle die zentralen Fahrbahnelemente noch nicht eingehängt, so dass es ausreichte, mit zwei kleineren Kinschal-Raketen die Tragseile zu durchtrennen. Kassatonow ließ die Raketen sofort nach der Zerstörung der zweiten Brücke starten, so dass die *Weliki* bei Erreichen der nördlichen Ausfahrt des Bosporus freie Fahrt hatte. Auch hier waren Seile und Bauelemente in die Tiefe gestürzt und versunken. Damit waren nunmehr sämtliche Verbindungen von Europa und Asien am Bosporus gekappt, was für die Menschen einen enormen strategischen Vorteil ausmachte. Kassa-tonow ließ seinen Ersten Offizier Kurs setzen auf das Asowsche Meer, wo das Schlachtschiff vor Anker gehen und seine Mittelstreckenraketen vom Typ P-700 Granit einsetzen sollte.

Jahr drei, 14. Mai, Mittag

Major Bender, Diensthabender auf dem Stützpunkt WKK-null-eins am Wolga-Staudamm, stand im Bunker-Kommandoraum und zählte die Sekunden bis zur Detonation. Der Brite tat hier seit etwa drei Wochen Dienst und es war ihm weiß Gott nicht leichtgefallen, diesen Posten anzutreten. Zombies füttern. Was für eine erniedrigende Aufgabe für einen Major der einstigen Commonwealth-Streitkräfte. Er hatte mit seinen Männern bei verdeckten Operationen in Afghanistan und Pakistan bei der Jagd auf Osama Bin Laden mitgemacht, *Special Reconnaissance Regiment,* mit Auszeichnung. Und nun? Nun saß er mitten im gottverdammten Russland an der Wolga und fütterte Zombies mit Leichen.

Wie viele andere Kameraden hatte die Seuche ihn im Auslandseinsatz überrascht. Mit viel Glück hatte er sich zusammen mit Angehörigen verschiedener Teilstreitkräfte durch die halbe Ukraine gekämpft und in Kiew Anschluss an eine russische Luftwaffengruppe gefunden, die sie in ihren Flugzeugen mitgenommen hatte. Ziel war ein Sammelpunkt in der Nordsee gewesen, eine geheime NATO-Festung, von wo aus man einen Gegenschlag ausführen wollte. Bender hatte mutig und tapfer in der ersten Welle gekämpft, die von Norddeutschland aus das Festland von den Zeds zurückerobert hatte.

»Zehn …«

Einer der Operatoren riss ihn aus den Gedanken. Der Mann zählte den Countdown herunter. Das hatte sich Bender auch nicht träumen lassen, dass er selbst in Europa eine, nein, sogar zwei Atombomben zünden würde. Es war schon eine verrückte Welt, in der man jetzt zu leben hatte.

»… vier, drei, zwei, eins, *Zündung!*«

Die Bildschirme der oberen Monitorreihe zeigten Bilder der Staudammkameras, die hinter dickem Panzerglas verbaut waren. Ein greller Blitz war zu sehen, dann eine orangegraue Wolke, die sich immens schnell ausdehnte. Obwohl die Ladungen nur von relativ geringer Stärke waren und der Bunker in einem tiefen Kellergeschoss im Fels lag, zitterten die Wände, der Boden und auch die Geräte im Raum. Auf den Monitoren war nichts mehr zu erkennen; alles war grau von buchstäblich atomisiertem Zement.

Draußen hatten sich die beiden Brücken, die über die Schleusen führten, in einen Meteoritenhagel verwandelt. Auf mehrfache Schallgeschwindigkeit beschleunigt, schossen Betonbrocken und Stahlbauteile durch die Luft und zerschmetterten die Zeds in der Umgebung reihenweise, so dies nicht bereits durch die Druckwelle geschehen war. Ein heißer, feuriger Wind fegte über die Schleuseninsel und versengte auch noch das letzte Fleisch, das dort halbwegs aufrecht stand. Etliche Tausend Zeds wurden von einer auf die andere Sekunde ausgelöscht.

*

Kzu'ul, der in einiger Entfernung die Szenerie betrachtete, kannte diese Art der Kriegsführung bereits. Er wandte sich ab und rannte, als sei der Teufel hinter ihm her. Die Warmen hatten, bevor ihr Anführer mit Kzu'ul in Verhandlungen trat, ähnliche Feuer entzündet. Damals war er nur mit allergrößter Not entkommen. Diesmal war die Wirkung etwas abgeschwächt, doch stark genug, um den Überweg und eine riesige Horde zu zerstören. Der Angriffsbefehl des Höchsten Wesens hatte diese Eskalation herbeigeführt. Wenn es je die Frage gab, ob Warme und Kalte in Frieden nebeneinander in zwei Nationen existieren konnten – dies war die Antwort. Die Warmen hatten zu jeder Zeit die Möglichkeit gehabt, einen großen Teil der Horde auszuschalten, doch sie hatten nie Gebrauch davon gemacht. Die Kalten hatten diesen erneuten Krieg mit dem Überfall auf den Platz der Atzung begonnen, und Kzu'ul war nicht sicher, ob es ihm gelänge, die Warmen endgültig zu besiegen. So schnell ihn die kräftigen Beine trugen rannte Kzu'ul zu seinem besonderen Unterschlupf, um eine Weile der Stimme des Meister entzogen zu sein. Er musste klare Gedanken fassen, Gedanken, die nicht allein in der Umsetzung von Befehlen bestanden, die offensichtlich keinen Sinn ergaben. Und wieder wurde der Zweifel zu seinem Begleiter in der Dunkelheit des alten Stollens.

*

Als der dichteste Staub sich legte, aktivierten die Operatoren die Selbstreinigungsmechanismen der Kameras, so dass auf den Monitoren nun wieder eine einigermaßen passable Sicht möglich war. Drei der sieben Monitore waren ausgefallen; hier waren die Kameragehäuse offensichtlich von Stahlträgern oder größeren Brocken getroffen worden, die das robuste Gerät zerstört hatten. Die Brücke war aus dem Gesichtsfeld verschwunden und die Schleusen waren so schwer beschädigt, dass sie nicht mehr zu gebrauchen waren. Die Schleusentore hingen völlig verbeult in den armdicken Stahlangeln; zwischen ihnen strömte das aufgestaute Wasser der Wolga nun ungehindert hindurch.

Das gesamte Areal war übersät mit Betonbrocken, zerrissenen Stahlträgern, Armierungen und zerfetzten Leichenteilen. Körperflüssigkeiten und Betonstaub bildeten einen schmutzig braunen Matsch, der alles wie eine groteske Patina überzog. Als die Wasseroberfläche sich von den Einschlägen der Betonbrocken beruhigte, breitete sich eine seltsame Stille aus, einzig unterbrochen vom Plätschern des Flusses, der sich seinen Weg durch die Schleusentrümmer bahnte. Das Kreischen, Grunzen und abartige Geschrei der Hunter-Zeds, das sonst hier tagaus, tagein die vordergründige Geräuschkulisse bildete, war verschwunden. In einem Umkreis von etwa fünfhundert Metern war jeder Zed eliminiert worden, und die Strahlenwerte am Explosionsort und in der Umgebung würden auch in Zukunft dafür sorgen, dass sich kein Zed hier unbeschadet näherte. Dieser Ort war künftig *verbrannte Erde,* und zwar im Wortsinn. Ein weiterer roter Kreis auf den Landkarten der Eurasischen Union, und es würde nicht der letzte bleiben, soviel war sicher.

Major Bender schaute wortlos auf die Monitore. Natürlich kannte er aus Schulungsfilmen dieses Szenario und er hatte auch die Bilder der Luftaufklärung von den beiden Explosionsherden bei Krakau gesehen. Doch dieses Inferno hatte er selbst zu verantworten. Der General hatte ihm die Entscheidung über den Einsatz der Atomwaffen gegeben, und er selbst, Major Bender, hatte den Befehl erteilt beziehungsweise den Zünder eigenhändig betätigt. Mit sehr gemischten Gefühlen dachte er daran, wie schwer es dem russischen General gefallen sein musste, die letzten Atomschläge anzuordnen, bei denen auch viele der eigenen Soldaten getötet worden waren. Der Krieg verlangte einem manchmal schon übermenschliche Stärke ab, fand er.

»Okay, das war's. Strategischen Rückzug vorbereiten!«

Seine Order erfolgte protokollgemäß und wurde von den Soldaten automatisch befolgt. Sie sicherten ihre Arbeitsstationen, verschlüsselten die Festplatten der Computer und fuhren die Anlage herunter. Die Gruppe verließ den Raum und begab sich durch ein Tunnelsystem bis hinter die *Green Line,* einen Bereich etwa tausend Meter vom Explosionsort entfernt. Dort führten die Aufzüge nach oben in die Kaserne der Wachmannschaften. Die Offiziere trugen Strahlenmessgeräte, welche eine sichere Passage gewährleisten sollten. Da der Wind aus nordwestlichen Richtungen wehte, wurde der Fallout über das Gebiet der Nation Zombie getragen, was diesseits der Wolga gewiss niemand bedauerte.

*

Kzu'ul hatte sich inzwischen in seine Höhle unter dem Berg zurückgezogen, um einige klare Gedanken zu fassen. Hier, tief im Gestein, in der festen Welt, die ihm sogar vor den Gedanken des Gebieters Zuflucht bot, dachte er über das Gesehene nach. Die Taktik des Gebieters lag klar auf der Hand. Er hatte buchstäblich die Brücken verbrannt, um die Armee der Untoten durch Hunger und Gier zu einer gesteigerten Aggression zu bringen. Er wollte ohne jede Rücksicht auf Verluste gegen die Warmen vorgehen und diesen Krieg, von dessen Sinn Kzu'ul nicht vollends überzeugt war, führen – nein: führen lassen.

Der Angriff auf den Platz der Atzung war zu einem ungünstigen Zeitpunkt erfolgt. Die Verstärkung der eigenen Reihen war noch Wochen entfernt und die Kalten, welche Kzu'ul hier unter seinem Kommando hatte, reichten bei Weitem nicht aus, um eine Schlacht gegen die Warmen zu gewinnen, die mit tödlichen Maschinen die Überzahl der Kalten aufzuwiegen wussten. Sie hatten viele Maschinen entlang der Barriere aufgestellt. Neue Maschinen. Gefährliche Maschinen, die das kalte Feuer brachten. Sie ließen ohne erkennbaren Brand das Fleisch der Kalten in einer Art innerer Hitze erstarren. Selbst die Struggler hatten ernsthafte Probleme, diesen furchtbaren Waffen zu widerstehen.

Der Gebieter hatte es ja unmissverständlich kundgetan. Er gab nichts auf die Niederen, sie waren in seinen Augen ihre Existenz nicht wert und konnten sinnlos aufgerieben werden. Doch wie dachte er über die Höheren Wesen? Es machte nicht den Eindruck, dass er hierüber wesentlich anders dachte. Und wieder umfingen Kzu'ul die dunklen Schwingen des Zweifels, wisperten zierliche Stimmchen in sein Ohr. Von der Lüge und dem Betrug, denen er aufsaß. Er schüttelte seinen bulligen Schädel, versuchte, das Undenkbare abzuschütteln, doch es näherte sich mit Riesenschritten aus den finstersten Ecken seines Geistes. Was sich dort, in den Schemen aus Vermutung und Verdacht, langsam abzeichnete, durfte nicht sein. Der Eine Gott hatte doch in der Vision zu ihm gesprochen, hatte ihm die Zukunft offenbart. Oder …?

Jahr drei, 28. Mai, Morgen

»Aaach-tung!«

Die Stimme eines Obersten dröhnte über den Exerzierplatz.

Alv und Eckhardt blickten über die Soldaten der Pyrenäen-Division hinweg, die im Hof der Kaserne vollständig angetreten war. Heute war der Tag der Kommandoübergabe. Die beiden standen auf einer Tribüne gegenüber den Soldaten und nahmen die Parade ab. Es wurde marschiert, exerziert und salutiert, kommandiert, präsentiert und eben alles, was bei so einer militärischen Zeremonie *ge-iert* wurde. Alv zeigte bereits erste Ermüdungserscheinungen, aber Eckhardt schien sich pudelwohl zu fühlen, was ihm sein bester Freund von Herzen gönnte. Im Vorfeld dieses Kommandowechsels hatte es einige Unruhen unter den Offizieren gegeben, wie es auch Alv erlebt hatte. Doch der erste Auftritt Eckhardts im Stab vor etwa einer Woche hatte sämtliche Unklarheiten beseitigt. Wie bei Alv auch, hatten die Exekutivoffiziere, die den Standort in Abwesenheit des Kommandanten leiteten, aufbegehrt. Doch eine Stunde und drei Degradierungen später war alles wieder im Lot. Alv musste unumwunden zugeben, dass Eckhardt für derlei Dinge wirklich ein Händchen hatte, und er war im Grunde heilfroh, dass sein Freund dieses Kommando ab sofort führte.

Also stand er nun brav und geduldig auf der Tribüne und nahm gemeinsam mit Eckhardt und den auf Gardemaß zurechtgestutzten Offizieren das Defilee ab. Dann jedoch geschah etwas, mit dem keiner der beiden gerechnet hatte.

Aus der ersten Reihe trat ein Major der Panzergrenadierbrigade vor und richtete das Wort an Eckhardt. Alv war plötzlich wieder hellwach.

»Verehrter Generalmajor Zinner«, sprach der Mann laut und mit fester Stimme, »die Division begrüßt Sie als neuen Standortkommandanten. Die Männer und Frauen hier haben davon gehört, wie Sie im mutigen Einsatz für die Sache gekämpft haben und dabei schwer verwundet wurden. Zu Ihrer Genesung die besten Wünsche aller hier.«

»Hu-rrah! Hu-rrah! Hu-rrah!«, tönte es aus den Reihen der Soldaten in imposanter Lautstärke. Der Major sprach weiter.

»Außerdem hörten wir davon, dass Sie Ihres bevorzugten Transportmittels im Einsatz verlustig gingen. Der Weg zu Ihrem Heimatort ist weit und nicht ungefährlich, weshalb sich die Mannschaften der Instandsetzungskommandos erlaubt haben, für Sie ein adäquates Fortbewegungsmittel zu requirieren und wieder in Dienst zu stellen.«

In diesem Moment röhrte hinter den Soldaten ein großvolumiger Motor auf und die Mannschaften bildeten eine Gasse, durch die langsam ein ziemlich monströses Fahrzeug rollte.

»Ich werd irre!«, entfuhr es Alv.

Durch die Menschengasse rollte ein Bronjetransporter BTR-152 – ein *Eisenschwein*. Wie aus dem Laden, sogar mit Frontschild und Dachbewaffnung, selbst an die Montage einer Tarasque-Kanone hatte man gedacht. Alv konnte erkennen, wie Eckhardt die Lippen aufeinanderpresste, um die Tränen zu verdrücken. ›*Das mit dem Auto geht dem alten Sack wirklich so nah, un-zu-glau-ben, das!*‹, dachte er bei sich.

Eckhardt rückte an seiner Uniformjacke, an der diverse Orden und Spangen aus seiner aktiven Militärzeit prangten, sowie seit Kurzem der durch General Pjotrew verliehene Orden *Held der Russischen Föderation*. Zwar gab es diese Föderation nicht mehr und damit war eigentlich auch der Orden bedeutungslos, aber hier kannten sehr viele Soldaten der internationalen Division dieses Ehrenabzeichen und es verschaffte ihm den entsprechenden Respekt.

Er verließ die Tribüne und ging hinunter zu dem Major, bei dem das Fahrzeug stoppte. Das Motorengeräusch erstarb. Der Major salutierte, Eckhardt tat es ihm nach. Der Fahrer, ein junger Unteroffizier, entstieg dem Transporter und überreichte Eckhardt, ebenfalls salutierend, einen Schlüsselbund. Als er den Schlüssel in Empfang genommen hatte, trat Eckhardt vor die Truppe und richtete das Wort an seine Soldaten. Er hatte am Tag zuvor mit Alv diese kurze Rede in englischer Sprache bis zum Erbrechen geübt, besonders das »th« machte ihm als gebürtigen Sachsen immer noch Schwierigkeiten. Laut dröhnte seine Stimme über den Platz.

»Tapfere Männer und Frauen der Sechsten Division Süd am Standort Toulouse! Der Empfang hier ehrt mich und ich bin in der Tat gerührt über die herzliche Art und Weise, wie hier der neue Kommandeur aufgenommen wird. Ich bin kein Mann großer Reden, deswegen will ich mich kurzfassen und sogleich zur Sache kommen. Ich hoffe, neben den Geschichten über den Amerika-Einsatz hat sich ebenso herumgesprochen, dass ich größten Wert auf Disziplin und die Einhaltung der militärischen Ordnung lege. Ihre Regimentskommandeure werden so wie ich auf die strenge Einhaltung der entsprechenden Dienstvorschriften bestehen. Es ist unsere Aufgabe, die Binnenregion hier im Süden zu sichern und dazu beizutragen, dass die Siedler in Ruhe und Frieden den Aufbau einer neuen Welt betreiben. Der Erfüllung dieser Aufgabe soll all unser Streben und Tun dienen. Von den Patrouillen erwarte ich allgemeine Wachsamkeit sowie Aufmerksamkeit und vor allem Hilfsbereitschaft gegenüber Zivilisten. Sie werden einander unterstützen, Ihren Kameraden hilfreich zur Seite stehen und unseren Feind gnadenlos eliminieren. Das neue Motto unserer Division soll lauten: *Als Brüder kämpft!*«

Er salutierte zackig vor der Truppe, die Soldaten taten dasselbe.

»Hu-rrah! Hu-rrah! Hu-rrah! As brothers fight ye!«, riefen sie mit einer Stimme.

»Aaach-tung!«

Der Oberst, der die Zeremonie eröffnet hatte, beendete sie auch wieder.

»Reeechts um! Wegtreten!«

Im leichten Tritt verließen die Soldaten Reihe um Reihe noch immer salutierend den Exerzierplatz. Zum Schluss salutierte der Oberst noch einmal und machte ebenfalls zackig kehrt; er drosch seine Stiefelabsätze präzise auf den Grund, ein Russe eben. Eckhardt war froh, seine Ansprache einigermaßen sauber ohne Versprecher und Hänger hinter sich gebracht zu haben, das sah Alv ihm deutlich an. In der Division war die Funk- und Dienstsprache eigentlich Englisch, jedoch sprachen alle Stabsoffiziere zumindest redliches Deutsch, was Eckhardt die Arbeit erleichterte. In den Kompanien und Batterien verständigten sich die Soldaten oft in ihrer jeweiligen Muttersprache, was für die Dienstabläufe sinnvoll war.

Eckhardt und Alv standen mittlerweile allein auf dem Platz. Alv strich mit der Hand über einen der mächtigen Reifen und meinte:

»Schau an, die Jungs sind extra mit 'ner C160 nach Leipzig rauf, um dir ein neues Eisenschwein zu besorgen. Der Hobel stammt aus demselben Lager, aus dem du deine Kiste damals gezogen hast.«

»Ernsthaft? Das Schmuckstück kommt aus Torgau? Ich werd verrückt!«, erwiderte Eckhardt, der das hässliche Stahlmonstrum mit beinahe liebevoll-zärtlichen Blicken bedachte und sanft streichelte. Alv grinste, er hoffte für Gertrud, Eckhardts Partnerin, dass sie mit dieser Maschine zumindest ansatzweise in Sachen Aufmerksamkeit konkurrieren konnte.

»Der Herr Divisionskommandeur hat nachher die Ehre, mich nach Hause zu chauffieren. Es sei denn, er wünscht, einen Adjutanten damit zu beauftragen«, sprach Alv und grinste keck.

»*Adjutant* – am Arsch, mein Lieber«, entgegnete Eckhardt gespielt erbost, »das Schätzchen hier wird außer mir niemand fahren! Du wirst schon mit meinen Fahrkünsten vorliebnehmen müssen.«

»Na, Hauptsache, du fährst nicht wieder in irgendein Loch!«

Eckhardt sah ihn mit einem gekonnt aufgesetzten bösen Blick an.

»Der Herr Generalmajor a. D. darf gern den Bus nehmen oder einen Flugzeugträger anfordern.«

Die beiden lachten herzlich.

Jahr drei, 28. Mai, Abend

»Ja, es gibt einen Erfolg«, bestätigte Professor Wildmark.

Ernst, Tom, Alv und Eckhardt standen im neu eingerichteten Labor und diskutierten die Ergebnisse des Tages. Holger und sein Technikteam hatten in schier unmenschlicher Anstrengung die Laborräume geschaffen, in denen die Forschungen an einer wirksamen Waffe gegen die Struggler vorangetrieben werden sollten. Bislang war die Entwicklung einer solchen biotechnologischen Waffe ein Akt von rein theoretischer Natur gewesen, doch nun ging es an die praktische Umsetzung.

»Natürlich mussten wir zunächst darüber nachdenken, was genau wir da eigentlich bauen wollen«, fuhr der Professor fort, »denn alles, was in eine solche Richtung ging, war bisher im Bereich *Science Fiction* zu verorten. Aber andererseits hätte ich persönlich noch vor etwa drei Jahren ein Zombievirus auch in diesem Genre verortet. Ich finde im Übrigen äußerst produktiv, dass Alv in der theoretischen Entwicklungsphase mit unserem jungen Doktor ernste und tief gehende Gespräche führte, auch in der Zeit, als wir unterwegs waren. Denn, da gebe ich dir recht, Alv, wir müssen uns wirklich genau überlegen, was wir da tun. Machen wir einen großen Schritt in Richtung Sieg oder öffnen wir Pandoras

Büchse und rotten am Ende das Leben auf diesem Planeten aus?«

»So dramatisch?«, frage Eckhardt, der sich ärgerte, dass er hier nicht rauchen durfte.

»Eckhardt, ich halte diese Überlegung – so dramatisch das klingen mag – für *die* zentrale Frage überhaupt! Gegen das, was hier entstehen könnte, ist die Atombombe ein Zündhölzchen. Wir dürfen nie die Gefahr des Fehlschlags unterschätzen. Ich mahne hier zu äußerster Vorsicht.«

»Okay«, grummelte Eckhardt, »tun wir einfach mal so, als hätten wir das alles bereits abschließend geklärt. Wie sieht der Erfolg nun aus, von dem du sprachst, Ernst?«

»Wenn ich hier mal einsteigen darf«, intervenierte Tom Bernholt und rückte seine Brille zurecht, »würde ich dazu gern ein paar Worte sagen. Da unsere Nanobots wegen des extremen Immunschutzes der Struggler nicht aus mechanischen Teilen bestehen dürfen, habe ich mich entschlossen im Bauplan quasi ganz unten anzufangen, also die Konstruktion auf Aminosäurebasis zu errichten. Ein modulares Gerüst für einen RNS-Splitter auf Eiweißbasis konnte ich in den letzten Tagen generieren. Er ist voll reproduktionsfähig und autoorganisationsaffin, will sagen, die Teile passen zueinander und besitzen eine gewisse *Neigung* zur Kohäsion. Anhand von Versuchen mit Ferkeln konnte ich die beabsichtigte

Funktions- und Wirkungsweise bereits beobachten. Wobei zu bedenken ist, dass wir natürlich sehr wenig Zeit für weitreichende Versuche haben, wenn die Bots noch in diesem Jahr zum Einsatz kommen sollen. Einige Probleme bereiten noch die Attraktoren sowie die Stimuli, aber das sind nachrangige Aufgabenstellungen.«

Eckhardt sah Alv an, dann den Professor, dann Tom, dann wieder Alv.

»Was hat er gerade gesagt?«

»Ich glaube, er meinte, seine Waffe funktioniert prinzipiell, sie hat nur keinen Zünder.«

»Warum sagt er das nicht?«

»Hat er.«

»Ach so. Tja, dann geh ich jetzt wohl mal eine rauchen.«

Ohne ein weiteres Wort abzuwarten, setzte Eckhardt sich in Bewegung und verließ das Labor durch die Sicherheitsschleuse. Draußen traf er auf Sepp, der gerade die kleine Runa im Kinderwagen durch das Dorf kutschierte. Er blieb einen Moment bei Eckhardt stehen, als dieser sich einen Glimmstängel anzündete.

»Große Besprechung?«, fragte er lächelnd.

»Hör mir bloß auf. Der Doktor und der Professor klugscheißen um die Wette und Alv versucht, das Gebrabbel zu verstehen. Da muss ich nicht bei sein.«

»Muss ich jetzt eigentlich salutieren, wenn ich hier vorbeikomme?«

»Fang du auch noch an mit dem Unsinn. Juri kam mir letztens schon so komisch. Nur, weil ich ein paar Tausend Soldaten herumkommandiere, ändern sich die Regeln in diesem Dorf nicht, also bitte!«

Sepp lächelte noch immer.

War nur Spaß«, meinte er. »Wie läuft es denn in Toulouse?«

Eckhardt zog an seiner Zigarette und blies den Rauch in die Luft, peinlichst darauf bedacht, dass nichts in den Kinderwagen wehte.

»Eigentlich gut«, gab er zurück. »Die Soldaten akzeptieren meine Befehlsgewalt und der Laden läuft. Genau genommen ist es ein Bürojob, aber ich beabsichtige, demnächst ein Manöver durchführen zu lassen, da werden wir mit den Kameraden und Kameradinnen mal ein paar Tage im Matsch herumliegen.«

»Du machst dabei mit?«

»Na, aber sicher! Was dachtest du denn? Ein guter Befehlshaber ist bei seinen Leuten. Nicht nur im Kasernenhof und in der Offiziersmesse, sondern auch im Feld.«

»Nicht schlecht, also für ... ich meine ...«

»... für einen Mann in meinem Alter? Das wolltest du doch sagen, oder?«

»Äh, nein, so war das natürlich nicht gemeint ...«

»Ach was, schon gut, Sepp. Ich kann Spaß vertragen.«

Sepp war froh, dass diese Sache gerade noch einmal gut gegangen war. Er beschloss, vorsichtshalber das Thema zu wechseln.

»Übrigens, Birte hat gerade ausgesprochen leckere Pfannkuchen in Arbeit. Ich kann mir gut vorstellen, dass sie sich über einen Gast zum Essen freuen würde. Wie sieht es aus? Kommst du mit?«

Eckhardt überlegte kurz, nickte und machte sich mit Sepp auf den Weg zum Camp, das Birte und Sepp mit ihrer Tochter oben am alten Magdalenenturm bewohnten. Es bestand aus zwei Wohnwagen und einem alten LKW-Anhänger, der Sepp als Teilelager für den Hulk-Truck diente. Es versprühte den romantischen Charme einer Wagenburg, und abends saßen oft Dorfbewohner unter dem großen Segeltuch, das Sepp zwischen den Wagen gespannt hatte, beisammen und genossen den Abend an einem kleinen Feuer bei einem Glas Wein. Ein Snack, fand Eckhardt, stünde ihm nun gut zu Gesicht, auch wenn Gertrud sicherlich ein nicht weniger schmackhaftes Mahl zubereitet hatte. Aber warum nur einmal essen, wenn man zweimal etwas haben konnte?

*

Im Labor diskutierten die drei verbliebenen Männer inzwischen weiter die Pläne für die Waffe, die Alv scherzhaft gern als *V3* bezeichnete. Ernst hatte mit dem

Beamer einige Bilder an die Wand projiziert. Sie zeigten verschiedene Eiweißmoleküle und Grafiken.

»Hier«, führte er soeben aus, »dockt der Nanobot im Nukleus an die invasive RNS an und beginnt, durch kleine Verwerfungen in der Prionenausbildung bestimmte Fehlfaltungen in den Spiralen zu bewirken. Dies sind jedoch keine immensen Veränderungen. Sie bewegen sich weitgehend im Bereich der natürlich vorkommenden Varianz, ähnlich den progressiven Fehlfaltungen, die das V1Z31 haben mutieren lassen. Das Immunsystem des Strugglers dürfte diese geringfügigen Manipulationen nicht erkennen, beziehungsweise wird es sie tolerieren. So hoffen wir zumindest.«

Tom schaltete sich ein und zeigte auf eine vergrößerte Darstellung des klumpigen Moleküls, dem man seine Gefährlichkeit irgendwie nicht ansah, fand Alv.

»An dieser Stelle habe ich einen enzymatischen Ejektor programmiert, der in der Lage ist, einzelne Proteinogene zu deformieren. Sie transformieren aktive biogene Amine in D-Aminosäuren, was die Faltung der RNS nachhaltig und reproduzierend stört. Ein weiteres Enzym fügt diese fehlerhafte RNS nahtlos in die neu gebildeten DNS-Stränge des Strugglers ein und initiiert die Neurodegeneration. Wir zielen dabei vornehmlich auf das Tau-Protein im Gehirn des Strugglers, um die zunehmende Bildung fehlerhafter Taufibrillen zu animieren. So erreichen wir durch die exponentielle Zunahme von neurofibrillären Tangles hoffentlich eine progressive supranukleäre Parese mit fortschreitender Demenz und im Endstadium transmissibler spongiformer Enzephalopathie, was zur Verbreitung unter den Walkern und Huntern sorgen wird, da diese über ein schwächeres Immunsystem verfügen als die Struggler.«

Alv sagte kein Wort. Er sah den jungen Mann lediglich mit diesem Du-weißt-was-ich-sagen-will-Blick an. Der beeilte sich, sofort nachzulegen.

»Na ja, also … da«, er zeigte auf einen bestimmten Bereich in der Grafik, »hat der kleine *Schwibbelschwabbel* eine Schere, schneidet das Erbgut des Virus auf, und damit …«, er zeigte auf eine andere Stelle, »klebt er es falsch wieder zusammen. Das Virus reproduziert seine eigene RNS nun in einer beschädigten Form, die dafür sorgt, dass das Gehirn des Strugglers langsam gewissermaßen versandet. Am Ende des Prozesses sitzt er sabbernd in der Ecke und hört einfach auf zu sein. Na ja, und die anderen Zeds stecken sich an. Einfach ausgedrückt.«

»*Schwibbel … Schwabbel?*«

»Äh, ja, also das Molekül halt. Ähem.«

Alv besaß zwar – was diese Dinge anging – eine gewisse Vorbildung, aber das hier ging doch einen Schritt zu weit. Tom merkte, dass sein Scherz wohl etwas übers Ziel hinausgeschossen war. Glücklicherweise rettete Ernst die Situation für ihn.

»Dadurch hat mein genialer Kollege zumindest schon einmal das Projektil für unsere Wunderwaffe geschaffen, was ich ehrlich gesagt außerordentlich beeindruckend finde. Nicht auszudenken, was solche biologischen Maschinchen der Medizin für Fortschritte bringen könnten, zum Beispiel im Bereich der Krebstherapie. Das nächste Problem, das sich uns stellt, ist gewissermaßen die Zielautomatik. Wir müssen sichergehen, dass unsere Waffe nur den getroffenen Feind vernichtet und keine Kollateralschäden verursacht. Außerdem braucht es noch – im übertragenen Sinne – einen Zünder und die bereits angesprochene Selbstzerstörung. Das alles sind sehr große Schritte, die noch enorme Zeiträume in Anspruch nehmen werden.«

Alv wirkte nachdenklich und betrachtete die Bilder. Dann drehte er sich zum Professor um und schaute ihn an.

»Genau da liegt, wenn ich das richtig sehe, einmal mehr der Hase im Pfeffer. Ich habe vorhin mit General Pjotrew auf der *Pjotr Weliki* gesprochen und er bat mich euch auszurichten, dass die Forschungen unter allen Umständen beschleunigt werden müssen. Die Struggler sammeln große Kontingente an Zeds entlang der gesamten Grenze und wir müssen davon ausgehen, dass der Sturmangriff nicht mehr allzu lange auf sich warten lässt. Die *Weliki* ist im Schwarzen Meer unterwegs, um dort eine günstige Abschussposition einzunehmen, und

General Dempsey wird in Kürze zwei weitere Atomschläge ausführen, um Kzu'uls Nachschubwege zu stören. Wenn es, wie Tom sagt, eine ganze Weile dauert,
bis die Nanobots Wirkung zeigen, dann wird es für uns
ziemlich knapp werden, würde ich meinen. Also, was
können wir tun, um die Entwicklung der V3 zu beschleunigen?«

»Zunächst einmal würde ich mir angesichts des ge-
schichtlichen Hintergrundes wünschen, dass du eine
andere Bezeichnung dafür wählst«, antwortete Ernst
trocken, »und eine Beschleunigung in der Forschung
geht meist einher mit einer Qualitätsminderung beim
Ergebnis. Das hat man ja schon bei der Entwicklung des
T93 gesehen. Wenn sich Weyrich und Fischer etwas
mehr Zeit gelassen und die Anamnese gründlich aufgenommen hätten, dann wäre uns der ganze Ärger mit
dem T93-X erspart geblieben. Ich rate da zu äußerster
Vorsicht, Alv. Wie ich bereits sagte, ist diese Sache extrem gefährlich. Besonders die letzte Stufe des Projek-
tes, die dann die TSE-Prionen epidemisch ausbreiten
soll, birgt natürlich die größte Gefahr. Wir können unter
keinen Umständen auf Testreihen unter realen Bedingungen verzichten. Noch so ein Schnellschuss wie in
Gärtners Labors und wir vernichten vielleicht sämtliches
Leben auf diesem Planeten.«

Alv hörte sich den Vortrag des Professors in aller Ruhe an und nickte dann langsam.

»Ich bin da voll bei dir, Ernst«, erwiderte er, »ich sehe das ganz genauso. Tests unter realen Bedingungen bedeuten also, wir brauchen demnächst Zeds zu Versuchszwecken. Die Zellentrakte bauen Holger und Ralle die Tage unter dem Nordhang, ich hatte das mit Tom ja bereits erörtert. Jetzt, wo das Labor fertig ist, wird das die nächste Baustelle sein. Walker und Hunter finden wir sicherlich hier in der Umgebung noch irgendwo, aber Struggler – das könnte schwierig werden. Ich werde General Pjotrew bitten, ein Spezialteam loszuschicken, das versucht, einen oder zwei von den Burschen zu fangen, mit Glück vielleicht sogar drei. Ach, und was den Projektnamen angeht ... wie wäre es mit *Kuru?*«

Der Professor schürzte die Lippen. Bei *Kuru* oder der *Lachkrankheit* handelte es sich gemäß ICD-10-Nummer A81.8 um eine TSE-Variante, die auf Neuguinea bei den Kannibalen aufgetreten war. Er zuckte mit den Schultern. Es war auf jeden Fall besser als *V3*.

»Von mir aus ...«, antwortete er lapidar. Tom nickte heftig. Er wollte es sich nicht noch weiter mit Alv verscherzen.

»Gut«, fuhr Alv fort. »Wie sieht es mit der Programmierung der Moleküle aus, gibt es da schon Fortschritte?«

»Leider noch nicht. Beziehungsweise nur rudimentär.«

Tom versuchte, nicht wieder in seinen von Fachtermini durchsetzen Wissenschaftler-Sprech zu verfallen, der zwischen ihm und dem Professor Usus war.

»Ich habe noch einige Schwierigkeiten, eine Matrix auf die Moleküle zu projizieren, die quasi als Empfänger für die Tonintervalle dient, die das Selbstorganisationsprogramm starten sollen. Genau genommen habe ich im Moment noch nicht die geringste Ahnung, wie ich das anstellen soll. Die Schwierigkeit besteht darin, dass dies auf submolekularer Ebene passieren muss, da die organischen Bauteile unserer Bots ja getrennt voneinander in den Körper der Zeds gelangen. Das bedeutet, jedes einzelne, nur aus wenigen Atomen bestehende Submolekül muss seinen Teil des Bauplans und zusätzlich die Resonanzmatrix für die Aktivierungssequenz mitbringen. Das ist so ungefähr, als wollte ich die Bibel auf einen Stecknadelkopf drucken. Aber ich bin dran. Unsere anfänglichen Thesen über fraktale Resonanzmuster sind zumindest schon ein guter theoretischer Ansatz.«

Alv nickte nachdenklich und deutete auf die Gegenstände im Labor. »Dafür, dass dieses Equipment hier unbeschadet angekommen ist, haben einige von Mikails besten Männern ihr Leben gelassen und mein bester Freund wäre fast draufgegangen.«

»Ich werde euch nicht enttäuschen, Alv.«

Der stämmige Norddeutsche sah den schmächtigen

Jüngling einen Moment an. Dann nickte er und legte ihm die Hand auf die Schulter.

»Nein, das wirst du nicht, Junge. Das weiß ich.«

Noch einmal sah er sich im Labor um, dann verabschiedete er sich.

»Gut, dann will ich mal zusehen, dass ich Mikail erreiche. Ich wünsche euch beiden hier viel Erfolg.«

Alv verließ das Labor und betrat die Grand Rue, die mehr ein Gässchen als eine Rue war.

Er ging zur Villa Béthania, wo das Kommunikationszentrum unter Eckhardts Wohnung untergebracht war. Vor der Tür traf er auf den knorrigen Sachsen, der mittlerweile etwas weniger mürrisch dreinblickte als vorhin.

»Na, wieder besser?«, fragte Alv. Eckhardt antwortete prompt.

»Der Junge und sein Professor gehen mir manchmal etwas auf den Keks, wenn sie meinen, fachsimpeln zu müssen. Einstein sagte schon: ›Wenn du etwas nicht einfach erläutern kannst, hast du es selbst nicht verstanden.‹ Ist doch so!«

»Na«, fuhr Alv fort, »dann sei mal froh, dass du nicht bis zum Schwibbelschwabbel geblieben bist!«

»Zum ... *was?*«

»Ach, egal. Warst du spazieren?«

»Nicht wirklich. Ich konnte nicht umhin, ein paar von Birtes wirklich empfehlenswerten Pfannkuchen zu testen. Solltest du auch mal tun, die Dinger heben die Laune.«

»Gibt es bei Gertrud jetzt nicht Abendessen?«

»Ja, das auch.«

Alv lachte.

»Ich muss schauen, ob ich Mikail erreiche, er muss uns ein paar Struggler als Versuchskaninchen fangen.«

»Na, da wird er sich aber freuen.«

»Er hat ja Übung darin, immerhin haben die damals Kzu'ul eingesackt.«

Die beiden lachten. Eigentlich war Alv aus tiefstem Herzen froh, dass sie noch gemeinsam über ihre eigenen flachen Witze lachen konnten, denn er konnte sich das Leben in Rennes-le-Château ohne seinen besten Freund Eckhardt nicht mehr vorstellen. Sie beide hatten so viel zusammen erreicht. Eine Zombieapokalypse überlebt, der neunundneunzigkommaneun Prozent der Menschheit zum Opfer gefallen war, den Angriff einer Diktatorenarmee überlebt und sogar abgewehrt, eine Revolution angezettelt und eine funktionierende Gesellschaft in ihrer Kommune an den Start gebracht. Ganz zu schweigen von dem an sich überragenden archäologischen Fund, den sie gemacht hatten, für den sich im Moment aber – zum Glück – nur wenige Menschen interessierten. Für zwei Typen im Alter jenseits eines halben Jahrhunderts war das eigentlich eine ziemliche Menge Holz, fand Alv. Er teilte so viele Erlebnisse mit Eckhardt, dass er sich schon fast wie mit ihm verheiratet fühlte. Auch Alvs Kinder warfen den beiden zuweilen vor, sich wie ein älteres Ehepaar zu verhalten, wenn sie sich mal wieder um Begrifflichkeiten stritten, was natürlich nie ernst gemeint war.

Im Hausflur trennten sie sich, denn Gertrud rief zum Essen. Alv lehnte ihre Einladung dankend ab, er wurde später von Katharina erwartet und konnte sich durchaus mit einer Abendmahlzeit zufriedengeben. Er betrat die Zentrale, in der er den jungen russischen Hacker Oleg vorfand.

»Hallo, mein Freund! Was machst du denn noch hier?«

»Oh«, gab der junge Mann zurück, »ich wollte noch schnell einige Serverbauteile wechseln. Wenn ich störe ...«

»Nein, nein, du störst überhaupt nicht. Ich wollte eh noch etwas mit dir besprechen. Sag mal, wie gut ist eigentlich dein Mandarin?«

Eine halbe Stunde später saß Alv vor dem Monitor, der über eine visuelle Verbindung den Bereitschaftsraum des Kapitäns der *Pjotr Weliki* zeigte. Dort saß General Pjotrew und lächelte.

»Hallo, Mikail«, begann Alv die Unterhaltung. »Zuerst einmal soll ich dir ganz herzliche Grüße von deiner Frau ausrichten. Constanze lässt anfragen, wann du denn gedenkst, die heimischen Gemächer wieder einmal zu besuchen? Ich hatte den Eindruck, du fehlst ihr ein wenig.«

»Ja, ich weiß. Ich habe auch schon persönlich Abbitte bei ihr geleistet, doch die Situation erfordert meine Anwesenheit hier. Die Zentrale in Rendsburg hat große Kontingente in Marsch gesetzt und ich habe vorübergehend meinen Kommandostand auf die *Weliki* verlegt. Admiral Duginow ist an Bord der *Marschall Ustinow* im Nordmeer unterwegs, um in der Bucht von Archangelsk vor Anker zu gehen. General Ruetli lässt derzeit die Flugplätze bei Moskau reaktivieren. Bei der Leichenschleuse an der Wolga hat der kommandierende Offizier einen schweren Ausbruch gemeldet und die Brücken mit Nuklearsprengköpfen beseitigt. Der nächste Krieg ist keine Utopie mehr, er hat begonnen.«

»Ja, das denke ich auch«, erwiderte Alv. »Nichtsdestotrotz muss ich dich um einen riesigen Gefallen bitten, Mikail.«

»Ich höre.«

»Ernst und Tom sind mit ihren Forschungen seit eurer Rückkehr gut vorangekommen. Die ersten Testläufe sollen bald beginnen. Wir haben das Projekt jetzt übrigens *Kuru* getauft.«

»Kuru. Verstehe. Passend.«

»Die ersten Zed-Probanden müssen jetzt bereitgestellt werden und wir brauchen unbedingt Struggler, um die Zielvariante unter realen Bedingungen zu testen.«

»Und die soll ich euch besorgen.«

»Na ja, das könnten ja auch Fallschirmjäger machen. Leute von Ruetli. Die Struggler müssten ja eh mit dem Flieger hierher transportiert werden. Ich dachte, du könntest bei ihm mal ein gutes Wort für uns einlegen. Der Professor sagt, ohne Versuche mit Strugglern geht es nicht.«

Pjotrew machte ein nachdenkliches Gesicht.

»Ich sehe da ein Problem. Diese Struggler stehen ja mit Kzu'ul in einer Art telepathischer Verbindung. Wir müssen also davon ausgehen, dass er alles, was die Struggler wahrnehmen, auch wahrnimmt. Das könnte ein Problem werden, meinst du nicht auch?«

Alv bewegte den Kopf leicht hin und her, so als wäge er ab.

»Ich hoffe, unsere Schutzmaßnahmen sind ausreichend. Wir sperren die Struggler in Stahlcontainer und geben vor, sie zu befragen. Vom eigentlichen Test werden sie nichts mitbekommen. Der gesamte Zellentrakt wird mit einem faradayschen Käfig umgeben, um die Magnetlinien zu brechen und einen feldfreien Innenraum zu schaffen. Das sollte ihre Kommunikation mit Kzu'ul unterbinden. Wenn das nicht funktioniert, weiß er möglicherweise sowieso schon, was wir planen, denn das Labor ist genauso abgeschirmt. Wobei ich eben noch immer hoffe, dass die Fähigkeiten der Struggler, Gedanken zu lesen, auf ihresgleichen begrenzt sind.«

»Also gut, Alv, ich will sehen, was ich tun kann.«

Die beiden besprachen noch weitere Einzelheiten der Sache und verabschiedeten sich voneinander, jedoch nicht, ohne dass Pjotrew Alv aufgetragen hätte, seiner Angetrauten Grüße und gute Wünsche zu überbringen.

Jahr drei, 3. Juni, Morgen

Als der Helikopter durchstartete, verwirbelte er große Mengen Schnee, der den Männern um die Ohren flog. Feldwebel Rayk Storgau und die sechs Gefreiten seines Zuges aus dem 231. Gebirgsjägerbataillon wurden nördlich der Wolgasperre abgesetzt, um einen heiklen Auftrag auszuführen. Mitten im Sammlungsgebiet der Zeds sollten sie möglichst viele Struggler fangen, um diese *zur weiteren Verwendung* auszufliegen. Doch wie konnte man diese bestialischen Kampfmaschinen am besten einfangen?

Der Plan sah vor, zunächst einen der Struggler anzulocken und ihn in einem extrem stabilen Stahlkäfig festzusetzen, der dann von dem am anderen Wolga-Ufer stationierten Helikopter abgeholt und ausgeflogen würde. Wegen der telepathischen Fähigkeiten dieser Kreaturen konnte eine Falle kein zweites Mal funktionieren, denn der Anführer der Zed-Horde – Kzu'ul – würde im Moment der Gefangennahme erfahren, was hier vorging. Stufe eins des Plans war also der stehende Käfig. Als Lockmittel hatte man den Männern Pheromon-Aerosole und Blutkonserven von freiwilligen Spendern, die nicht mit T93 behandelt worden waren, mitgegeben. Auf einigen Schiffen, die im Norden in der Ostsee verankert waren, lebten diese Spender unter höchsten Sicherheitsvorkehrungen quasi als lebende Blutbanken, um für den Fall der Fälle über ausreichend Lockstoffe zu verfügen, wenn es um Einsätze wie diesen ging.

»Also gut, Männer! Material verteilen und Deckung errichten! Ich will hier in einer halben Stunde nichts mehr sehen!«

Rayk Storgau gab wie gewohnt seine Befehle und gestikulierte wild herum. Weil er stets so mit dem Armen fuchtelte, nannten seine Kameraden ihn mittlerweile *Hurricane Maker* – nach dem Spitznamen, den ihr Einsatzgerät, ein Sikorsky-S-80E-Hubschrauber, in der Truppe trug. Sie waren zwar Gebirgsjäger, aber das bedeutete nicht zwangsläufig, dass sie ihren Einsatzort auf Skiern oder Mauleseln erreichten; ein CH-53E-Super-Stallion-Helikopter tat es durchaus auch. Die Gefreiten Rüers, Platinas, Werner, Goebel, Ischgl und Dravosz beeilten sich, das leichte Gepäck von der Lichtung zu schaffen. Kurze Zeit später stand nur noch der schwere Stahlkäfig da.

Dieser Käfig war eine Spezialkonstruktion, die für solche Fälle angefertigt worden war. Boden und Decke bestanden aus massiven, fast armdicken Gitterstangen, der Aufbau war ein ebenso massiver Vierkantrahmen. Alle vier Wände bestanden aus wolframgehärteten Rollgittern, die im oberen Bereich aufgerollt gelagert waren und durch eine Spezialaufhängung binnen einer Zwanzigstelsekunde geschlossen werden konnten. Ausgelöst wurde der Rolleffekt durch eine Fernsteuerung.

Während vier Mann damit beschäftigt waren, zwischen eng stehenden Bäumen zwei Schneehöhlen zu bauen, die unverfänglich aussahen und gute Deckung boten, arbeiteten zwei Soldaten daran, den Käfig einigermaßen zu tarnen. Natürlich konnte man einen solchen tonnenschweren Stahlklotz nicht einfach so verschwinden lassen wie in einer Show von David Copperfield, aber zum Glück waren die Struggler nicht gerade Intelligenzbestien. Die strenge geometrische Form des Dinges da auf der Lichtung würde sie nicht misstrauisch machen, solange nur der Geruch stimmte.

Die Männer sammelten auf der Lichtung Schnee mit den Schutzplanen ihrer Ausrüstung ein. Dabei nutzten sie die weißen Segeltuchplanen von etwa zwei mal zwei Metern als Schlitten, um jeweils eine größere Menge Pulverschnee in das Innere des Käfigs zu befördern. Dort kippten sie den Schnee ab und überdeckten die Gitter damit. Die Struktur der oberen Gitter versuchten sie durch die Anbringung von Fichtenzweigen etwas aufzubrechen. An den vier Ecksäulen postierten sie Fichtenstämmchen mit kleinen Ästen. Auch um den Käfig herum verteilten sie Äste, Stämme und haufenweise Schnee, um die Strukturen verschwimmen zu lassen. Nach einer Viertelstunde sah das massive Bauwerk mit etwas gutem Willen aus wie eine kleine Gruppe von Fichten inmitten von Totholzansammlungen. Einem Menschen fiel der eigentliche Charakter dieser Struktur natürlich sofort auf und auch Struggler wie Kzu'ul hätte die dürftige Tarnung wohl nicht genarrt, aber hier draußen, fast einhundert Kilometer von der Schleuse entfernt, trieben sich wahrscheinlich nicht unbedingt Kzu'uls beste und intelligenteste Unterführer herum, so dass es eine gute Chance gab, einen dieser subalternen Befehlsempfänger zu erwischen.

Der Feldwebel inspizierte die Lager und befand, dass sie ausreichend Deckung boten. Bequem war es darin nicht, und die Frage, wie lange es die Männer hier in den kleinen Schneehöhlen aushalten mussten, war nicht zu beantworten.

Im Umkreis von zweihundert Metern hängten die Männer Bewegungssensoren in die Bäume, die in den Ohrstöpseln ihrer Funkgeräte leise piepten, wenn sie ausgelöst wurden.

Eine Schwierigkeit bestand darin, den richtigen Zed im Käfig zu fangen. Der ausdrückliche Befehl lautete, einen Struggler zu bekommen. Von daher mussten andere Zeds im weiteren Umfeld des Käfigs ausgeschaltet werden. Um herumliegende Zeds kümmerte sich ein Struggler in der Regel nicht, es sei denn, er war völlig ausgehungert, dann verzehrte er auch das schlechte Fleisch seiner Artgenossen. Aber in einer Umgebung, in der es eine unverkennbare Fährte von frischem Blut gab, einer Luft, die – von menschlichen Pheromonen geschwängert – Beute versprach, würde sich kein

Struggler eines halb verrotteten Zed-Körpers annehmen, der mitten im Wald im Schnee lag.

Und so teilte der Feldwebel seine Männer in drei Schichten zu je zwei Mann ein, die rund um die Uhr das Camp und die Falle überwachen und gegebenenfalls sich nähernde Zeds eliminieren würden. Dazu hatten sie Schneehaufen aufgetürmt und darauf eine Isolierdecke ausgelegt und befestigt. Der Wachposten lag dann mit seinem Scharfschützengewehr in Wintertarnkleidung unter einer weißen Segeltuchdecke und beobachtete einen Halbkreis um die Lichtung herum. Alle Waffen trugen Schalldämpfer, um nicht durch Schussgeräusche weitere Hunter oder Walker anzulocken.

»Rüers und Werner, erste Wache! Goebel, Sie bringen die erste Köderladung aus, aber vorsichtig, besudeln Sie sich nicht! Niemand darf mit den Lockstoffen in Berührung kommen! Die anderen: Erkundungsgang und dann Freiwache.«

Die Gefreiten Platinas, Ischgl und Dravosz steckten sich dünne Teleskopstäbe mit kleinen roten Wimpeln an ihren Helm und untersuchten die Umgebung des Camps auf Spuren. Die Wimpel dienten den Scharfschützen als Erkennungszeichen, denn sonst konnte man die getarnten Soldaten schon mal verwechseln und niemand wollte auf einen Kameraden schießen.

Der Gefreite Goebel benetzte den aus festgetretenem Schnee bestehenden Boden im Quadrat des Käfigs mit Blut aus einer der Konserven, die wegen des Frostes mit Glykol versetzt waren und in einem Thermorucksack aufbewahrt wurden. Er fixierte den Probenbeutel an einem der Gitterstäbe der Käfigdecke und öffnete den Verschluss. Dann entfernte er sich eilig, um nur ja nicht einen Tropfen davon auf seine Kleidung zu bekommen.

Außerdem stellte er einen automatischen Duftspender auf, der batteriebetrieben wie ein handelsüblicher Lufterfrischer fürs WC funktionierte und in bestimmten Intervallen eine kleine Pheromonwolke in der Luft zerstäubte. Die Falle war gestellt und musste nur noch zuschnappen. Nun hieß es warten.

Die vier Männer der Freiwache und der Feldwebel verkrochen sich in das mit Schnee getarnte Biwakzelt, das unter einem Felsüberhang stand und einen einigermaßen großräumigen Überblick über das Gelände und die Lichtung bot. Rayk Storgau beobachtete die Umgebung konzentriert mit seinem Feldstecher. Ab und an murmelte er etwas in sein Kragenmikrofon wie:

»Posten eins, Ziel auf vier Uhr. Ausschalten!«

Irgendwo im Wald brach dann eine zerfledderte Gestalt mit zerschossenem Schädel einfach zusammen und es kehrte wieder Ruhe ein. So ging es Stunde um Stunde, bis der Feldwebel plötzlich Zeichen höchster Anspannung zeigte. Er griff nach dem Auslöser für den Käfig und lauerte.

»Achtung, Posten! Annäherung Struggler aus Südost. Nicht schießen. Befehle abwarten.«

Die Männer erstarrten förmlich zu Eis. Niemand rührte sich oder wagte zu sprechen.

In etwa einhundert Metern Entfernung konnte man eine gebückt gehende, unförmige Gestalt erkennen, die sich in schleppendem Gang vorwärtsbewegte. Von der Silhouette her konnte es ein Struggler sein, doch die Art der Fortbewegung war irgendwie nicht stimmig.

Feldwebel Storgau aktivierte die elektronische Zoomfunktion seines Feldstechers und beobachtete die Gestalt genau. Es handelte sich um einen Struggler, ohne Zweifel, die enormen Muskelpakete bezeugten seine Art. Männliche Erscheinung, Reste von Militärkleidung am Leib, die teilweise eingeschmolzen war. Dieser Struggler war offenbar schwer beschädigt. Möglicherweise war er bei der Atomsprengung unten an der Schleuse in der Nähe des Epizentrums gewesen, denn seine Selbstheilungskräfte hatten es nach Wochen immer noch nicht geschafft, das von der Strahlung beschädigte Gewebe vollständig zu reparieren, was sonst bei den Strugglern eigentlich recht zügig funktionierte. Vielleicht war er auch völlig ausgehungert und am Ende seiner Kräfte. Immerhin verbrauchte die Wiederherstellung beschädigten Gewebes schon bei normalen Verletzungen einiges an Energie, noch mehr bei Amputationen und schweren Torsobeschädigungen. Eine Atomexplosion dürfte selbst für gut gebaute Struggler nur schwer zu verdauen sein, mutmaßte der Feldwebel. Außerdem gab es in der Konstitution der Struggler gewisse Unterschiede. Manche waren robuster als andere.

Der verlockende Geruch nach frischer Atzung ließ den grausam entstellten Krieger unvorsichtig werden. Er sah sich nicht um, als er durch den Forst lief. Junge Koniferen brachen unter seinem schweren Tritt weg, Äste und Stämme flogen zur Seite, wenn er gegen sie trat. Er wirbelte viel Schnee auf und das Krachen und Bersten von Holz verursachte nicht weniger und nicht mehr Geräusche als das kehlige Grunzen der Kreatur, die mit ihrer körperlichen Verfassung offensichtlich nicht zufrieden war.

Als er die Lichtung betrat, besann er sich wohl und stoppte. Der massige Schädel auf dem dicken Hals mit dem Stiernacken wanderte nach rechts und nach links. Feldwebel Storgau konnte im Feldstecher die verhärteten Züge der Bestie gut erkennen. Tiefe Furchen waren in das Gesicht gegraben, das mit dem eines Menschen nur noch rudimentäre Ähnlichkeiten aufwies. Die Augen in den dunklen Höhlen waren von einem Unheil kündenden Leuchten erfüllt und blickten aus zusammengekniffenen Lidern über die Lichtung. Irgendetwas irritierte den Struggler, ließ ihn zögern und abwartend am Rand der Baumreihen verharren.

»Hier Posten eins. Er bewegt sich nicht. Posten zwei. Er ist ganz in deiner Nähe.«

Die Soldaten flüsterten so leise es eben ging in ihre Mikros.

»Ich sehe ihn, aber er rührt sich nicht. Was sollen wir machen, Feldwebel?«

»Warten Sie ab und verhalten Sie sich ruhig«, kam die Order über Funk.

»Posten eins hier. Ich glaube, er dreht um.«

In der Tat, der bullige Zed machte Anstalten, sich umzudrehen.

»Posten zwei hier. Tatsächlich, ich glaube, er will abhauen.«

»Ich habe eine Idee«, kam es vom Posten eins. »Er steht in gerader Linie zu mir, der Käfig ist genau zwischen uns. Ich locke ihn an, Gerd, und wenn er im Käfig ist, schießt du ihm in die Beine. Dann haben wir Zeit genug, ihn einzufangen.«

»Das ist doch irre!«

»Mach dich bereit!«

In diesem Moment schlug der Gefreite Werner vom Posten eins die Tarndecke zurück und stand auf.

»He, du hässliche Hackfresse«, rief er, »Lust auf ein schönes Menschensteak?«

Der Kopf der Bestie ruckte herum in die Richtung des Soldaten. Nur Bruchteile einer Sekunde später folgte der Rest des Körpers den Blicken. Wie ein zorniger Goril-

134

la stürzte der Struggler auf die vermeintliche Beute zu, die dort hinten am anderen Ende der Lichtung stand. Er rannte mit einer unglaublichen Beschleunigung los, passierte die kleinen Stämme in der Mitte der Lichtung und brach plötzlich zusammen. Sein rechtes Bein knickte einfach weg; es trug das Gewicht der gewaltigen Körpermasse nicht mehr. Der Schienbeinknochen splitterte und brach mit dem krachenden Geräusch einer berstenden Dachlatte durch das Gewebe und die Haut des rechten Beins. Der Zed ging zu Boden, noch bevor er sich abstützen konnte.

Der Gefreite Rüers setzte einen zweiten Schuss an, der das andere Bein des Strugglers noch im Fallen traf und sein Fußgelenk zerschmetterte. Ein weiterer Schuss zertrümmerte den linken Oberschenkelknochen. Der Zed ging auf die Seite wie ein waidwund geschossenes Rhinozeros und landete mitten in der Fläche des Käfigs.

»Jetzt!«, brüllte der freiwillige Lockvogel in sein Mikro, doch Feldwebel Storgau hatte längst reagiert. Die unter extremer Spannung stehenden Rollenhalterungen wurden per Fernbedienung gelöst und die schweren Rollgitter rasselten in den Führungsschienen herunter. Als sie einen Lidschlag später den Boden des Käfigs erreichten, rasteten die Fanghaken ein und verriegelten die Käfigkonstruktion solide.

Der Struggler im Käfig begann augenblicklich zu toben. Ohne auf seine schweren Verletzungen zu achten, warf er sich mit aller Kraft gegen die scheppernden Gitter und brüllte in einer Lautstärke, die man einem vormals menschlichen Wesen nicht zugetraut hätte. Noch während er tobte und den Wald zusammenbrüllte, kamen die Männer aus ihren Verstecken.

»Rufen Sie sofort den Helikopter!«, ordnete Feldwebel Storgau an. »Wir dürfen keine Zeit verlieren, er ruft mit Sicherheit Verstärkung. Na los! Na los!«

Einer der Männer hängte sich ans Funkgerät und verständigte die Basis am anderen Ufer, wo der bereitstehende Hubschrauber sofort die Rotoren anlaufen ließ. Storgau stürmte über die Lichtung zum Gefreiten Werner und schubste ihn wütend.

»Mann, Sie hatten Befehle! Das hätte auch verdammt schiefgehen können! Was haben Sie sich dabei gedacht?«

»Ich dachte: jetzt oder nie, Herr Feldwebel.«

»Oh, Mann … So, alle mal herhören! Waffen entsichern und Kreis bilden! Abwehrfeuer nach eigenem Ermessen. Schießt auf alles, was sich am Waldrand bewegt. Schätze, unser Freund hier ruft seine Kumpel zur Hilfe!«

Und tatsächlich, wenige Augenblicke später huschten die ersten Schatten durch den Wald. Dem Bewegungsmuster nach zu urteilen, handelte es sich um HunterZeds. Vier oder fünf Individuen, die, von dem Struggler telepathisch herbeigerufen, nun angreifen würden, um ihren Anführer aus der Gefangenschaft zu befreien — und natürlich auch, um die lebende Beute dort auf der Lichtung zu erlegen. Der Struggler war inzwischen verstummt. Dafür hörte man nun das entsetzliche, immer näher kommende Knurren und Kreischen der Hunter.

Storgau sah in den Käfig und beobachtete den Struggler, dessen Beinwunden sich wie von Geisterhand beflügelt schlossen. Die Wadenmuskulatur zog den zerbrochenen Schienbeinkochen langsam in das wunde Fleisch zurück, das sich über dem Bruch zusammenzog und im Handumdrehen heilte. Storgau sah genauer hin, erinnerte sich seines Feldstechers und konnte dann den Vorgang in einer Vergrößerung betrachten, während seine Männer die Meute im Wald nicht aus den Augen ließen. An beiden Rändern der klaffenden Wunde, in der ein kleiner See aus brauner Flüssigkeit schwappte, bildeten sich längliche Fäden, Tentakeln gleich, die einander zuckend und ringelnd wie Spulwürmer suchten und dann ineinander verhakten, wenn sie sich berührten. Storgau hatte im Krieg gegen die Bestien schon so manch seltsame Sache gesehen, aber das hier verschlug ihm förmlich die Sprache. Wie die Enterhaken eines Piratenschiffes ihre Prise, so zogen die Tentakel aus Muskelfasern die jeweils andere Seite der Wunde zu sich heran, und das noch dazu in einer atemberaubenden Geschwindigkeit. Dann schloss sich die Haut über der Wunde und es blieb nicht einmal eine Narbe zurück. Offensichtlich war das Gewebe der Beine weit weniger verstrahlt als der Oberkörper, der grindig und eitrig aussah. Hier hatte es scheinbar Fehlwüchse bei der Wundheilung gegeben, die das Gewebe krumm und schief oder gar nicht hatten zusammenwachsen lassen.

Storgau vernahm aus der Ferne das zunehmend lauter werdende Geräusch des Super-Stallion-Helikopters, der in diesen Sekunden das Eis der Wolga überflog. Die Zeit wurde knapp, denn es näherten sich noch mehr Kreaturen aus allen Richtungen. Der Gefreite Ischgl eröffnete das Feuer auf zwei Hunter, die den Schutz der Bäume verließen und angreifen wollten. In diesem Moment stolperte der Gefreite Dravosz über einen Ast, als er sich rückwärts in eine bessere Schussposition bringen wollte. Er verlor das Gleichgewicht und prallte gegen die Gitter des Käfigs. Diesen kurzen Moment nutzte der Struggler, um mit zwei Fingern durch die engen Maschen der Rollgitter zu langen und den Ärmel der Uniformjacke des Soldaten zu fassen zu kriegen. Sicher, er konnte ihn nicht zu sich hereinziehen, aber der Moment reichte aus, um die Hand durch das Gitter zu ziehen und hineinzubeißen.

»Aaaaahhh!«

Der Soldat schrie aus voller Kehle, als der Struggler ihm drei Finger abbiss. Das Blut spritzte, Dravosz zog die verwundete Hand aus dem Käfig und hielt sie mit der anderen, das Gewehr entglitt ihm. Er schrie gotterbärmlich vor Schmerzen und Storgau eilte sofort zu ihm.

»Aufpassen! Angriff!«, rief er den anderen zu, zog sein MedPack heraus und verabreichte dem Soldaten zuerst einmal eine Dosis Morphium. Dann band er die abgebissenen Stellen fest ab und wickelte Verbände um die Wunden. Der Struggler saß am Gitter, nicht mehr als einen Meter entfernt und bewegte sein ekliges Maul, so als ob er genüsslich auf den Fingern des Verletzten herumkauen würde. Dabei stieß er eine Art Glucksen aus, das wohl einer schäbigen Zed-Lache sehr nahe kam. Storgau zog den verletzten Kameraden vom Käfig weg und sah ihm in die Augen.

»Das wird wieder, Dravosz. Wenn der Hubschrauber da ist, bekommen Sie ein antivirales Mittel. Das wird die Infektion unterdrücken.«

Er griff nach dem Funkgerät und bellte hinein:

»Hier Alpha-Team! Wir brauchen dringend Hilfe! Verletzter Soldat, Feind rückt näher!«

Er wiederholte den Notruf, während seine Kameraden begannen, auf die nun massiv vordrängenden Zeds zu schießen. Schnell färbte sich der Schnee am Rand der Lichtung braun und rostrot. Ein Zed nach dem anderen brach mit platzendem Schädel zusammen. Doch es wurden immer mehr.

Plötzlich erfüllte ein mächtiger, brüllender Sturm die Lichtung. Der CH-53E-Helikopter, der mit Feldwebel

Storgau seinen wenig schmeichelhaften Spitznamen gemeinsam hatte, flog dicht über den Baumkronen ein und löste augenblicklich einen Blizzard aus. Scharf schnitten die kleinen Eiskristalle, die der Rotorwind wie Projektile beschleunigte, in die Gesichter der Männer, die ihre Ziele nur noch mit Mühe ausmachen konnten.

Die Ladeluke des Hubschraubers öffnete sich und man konnte dort den Lauf einer Dreißig-Millimeter-Maschinenkanone sehen, die auf der Heckklappe montiert war. Und sofort begann diese, die Waldränder mit tödlichen, großkalibrigen Projektilen zu bestreichen, die alles dort, Holz, Fleisch und Knochen, zerhackten. Nach wenigen Sekunden fielen die ersten Bäume um, deren Stämme von den Projektilen zersägt worden waren. Der Pilot schwebte direkt über dem Käfig in der Mitte der Lichtung und ließ den Hubschrauber sich kurz um den Rotor drehen, so dass der Richtschütze den gesamten Waldrand wiederholt mit Garben eindecken konnte.

Dann sausten die Stahlseile der Transportvorrichtung herab und zwei Mann kletterten an den Eckpfeilern hinauf auf das Dach. Für den Verletzten wurde ein Gurt herabgelassen und Storgau hängte ihn ein, damit er mit der Winde hochgezogen werden konnte. Nach und nach kletterten die Männer auf den Käfig und von dort in den Helikopter. Der Feldwebel folgte als Letzter. Im Lastraum setzten sich die Männer auf die Klappsitze aus

Aluminiumrohren und gurteten sich an. Drei Besatzungsmitglieder schnallten den Verletzten auf eine Trage, die zwischen den Männern am Boden verankert wurde.

»Was ist ihm passiert?«, rief einer der Männer, ein Hauptfeldwebel, Storgau durch die lauter werdenden Turbinengeräusche zu. Der Hubschrauber gewann langsam an Höhe.

»Der Zed hat ihm drei Finger abgerissen!«

»Bisswunde?«

Storgau nickte. Der andere verzog keine Miene. Er nahm ein Sturmgewehr und richtete es auf den Kopf des Verletzten.

»Was machen Sie da?«, rief Storgau entsetzt.

»Anweisung 31-III-60. Infizierte Kameraden sind frühzeitig von ihrem Leid zu erlösen.«

»Hören Sie, er ist vielleicht gar nicht infiziert. Ihm wurden nur Finger abgetrennt. Schauen Sie, er verwandelt sich nicht. Lassen Sie ihn wenigstens von einem Arzt untersuchen, bitte! Geben Sie dem Mann doch eine Chance!«

In diesem Moment kam ein weiteres Mitglied der Hubschrauberbesatzung nach hinten zu den Soldaten und sprach mit dem Hauptfeldwebel. Storgau konnte nicht hören, was der Mann sagte. Als der andere wieder nach vorn ging, beugte sich der Hauptfeldwebel vor und meinte:

»Entweder Sie oder Ihr Mann hier haben scheinbar Freunde ganz oben. Ich habe Order erhalten, den Mann auf der Basis umzuladen. Die räumen dort gerade einen CH-53GS aus und verwandeln ihn in einen fliegenden Tank, um den Mann hier zum Schwarzen Meer zu transportieren. Dort wird man sich weiter um ihn kümmern.«

»Zum Schwarzen Meer? Was ist denn da? Ein Lazarett?«

»Nein. Unser Flaggschiff, die *Pjotr Weliki*.«

Jahr drei, 3. Juni, Mittag

»Bist du wahnsinnig, Mikail? Eine solche Kreatur auf meinem Schiff?«

Kapitän Kassatonow schlug mit der flachen Hand auf den Tisch des Bereitschaftsraumes, in dem er mit Pjotrew allein war. Vor den Offizieren oder gar der Mannschaft hätte er sich niemals derart gehen lassen. Der General blieb gelassen und antwortete in ruhigem Ton, was er auch nur in dieser Weise tat, weil er mit seinem Freund allein war.

»Also erstens, Wladimir, ist es nicht *dein* Schiff, sondern das der Eurasischen Union. Zweitens bin ich der ranghöchste Offizier in diesem Teil der Welt. Und drittens ist das mit deinem Vorgesetzten, Admiral Duginow, abgesprochen. Also bitte, besitze die nötige Achtung vor unserer Befehlskette und akzeptiere diese Order.«

»Aber einen Struggler hierher an Bord zu bringen, das ... das ist furchtbarer Leichtsinn. Ich bleibe dabei.«

»Na ja, zum einen ist das ja kein Struggler, zumindest noch nicht. Der verwundete Soldat wurde auf der Militärbasis in Eis gelegt und man hat seinen Stoffwechsel künstlich verlangsamt. Die Verwandlung hat noch nicht eingesetzt. Und zum anderen wirst du an Bord doch sicherlich einen Raum haben, wo wir ihn sicher verwahren können, ohne Gefahr zu laufen, selbst infiziert zu werden, oder?«

»Na ja, ich könnte ihn in die Brigg sperren lassen. Aber wohl ist mir dabei nicht.«

»Weißt du, Wladimir, mir ist auch nicht sonderlich wohl dabei, einen ehemaligen Soldaten unserer Streitkräfte derart zu behandeln, aber ungewöhnliche Zeiten erfordern nun einmal zuweilen ungewöhnliche Maßnahmen. Das missliche Schicksal dieses bedauernswerten jungen Mannes könnte für uns dennoch von Vorteil sein. Wenn er sich verwandelt, ist er – zumindest theoretisch – mit Kzu'ul verbunden. Ich könnte also über ihn den gegnerischen Kommandeur kontaktieren.«

»Wie ein ... Rotes Telefon?«, fragte Kassatonow erstaunt.

»So ist es. Das ist auch nicht das erste Mal, dass ich das tue; beim letzten Mal hat es auch geklappt.«

Kassatonow schüttelte ungläubig den Kopf.

»Ein gottverdammtes Rotes Zed-Telefon? Ich fasse es nicht! Was kommt als Nächstes? Austausch von Militärattachés? Ein Zed-beste-Freunde-Buch zum Reinschreiben? Oh Mann, ich glaube, ich werde langsam zu alt für solche Scheiße, Mikail.«

»Was glaubst du, Wladimir, was ich mir in den letzten drei Jahren alles anhören und ansehen musste? Fakt ist, es bedeutet einen strategischen Vorteil, und den gedenke ich zu nutzen. Deine Leute sollen aus Ankerketten Hand- und Fußfesseln bauen und sie am besten direkt mit der Schiffswand verschweißen. Die Struggler entfalten mitunter immense Kräfte. Ich habe einen von ihnen fünf Millimeter dicke Stahlplatten durchschlagen sehen.«

»Unsere Panzerung liegt zwischen hundert und vierhundert Millimetern.«

»Gut. Deine Männer sollen sofort anfangen. Sie haben etwa sechs Stunden Zeit.«

Der Kapitän verließ den Bereitschaftsraum, um seine Leute zu instruieren. Der unglückliche Soldat, der sich in einen Struggler verwandeln sollte, würde mit einem Langstreckenhubschrauber gebracht werden. Der sollte auf dem Helikopterdeck landen. Zwar standen die Container von der USA-Fahrt noch auf dem Achterschiff, doch die Gitterkonstruktion darüber hatte man mittlerweile entfernt. So konnte der Helikopter auf dem Achterdeck landen und mitsamt seiner brisanten Fracht über den Heavylift in den Heckhangar unter Deck heruntergelassen werden. Von dort waren es bis zur Brigg nur etwa zwanzig Meter, aber um den Transport der Kühlkammer zu gewährleisten, mussten die Gänge komplett von allen Hindernissen geräumt werden. Einige Versorgungsleitungen mussten umgelenkt beziehungsweise deaktiviert und kurzfristig demontiert werden.

Die Brigg, ein durch schwere Gitter gesicherter Haftraum, lag im Achterschiff unweit der Turbinen und Generatoren. Hier war es laut und stickig, aber schließlich handelte es sich ja auch nicht um eine Außenkabine mit Balkon, sondern um den Schiffsknast.

Während des Transports auf dem Schiff galt höchste Sicherheitsstufe. Der Bereich, in dem die Überführung stattfand, wurde hermetisch abgeschottet. Bei dieser Aktion durfte nichts, aber auch gar nichts schiefgehen, denn einen zweiten Versuch gab es nicht. Kassatonow hatte auf einer Sicherung bestanden. Am Kopf des sedierten und unterkühlten Verletzten sollte eine Handgranate angebracht werden, deren Sicherungsstift über ein dünnes Seil von einem Begleiter jederzeit gezogen werden konnte, falls es nötig war. Das Schiff vertrug eine solche Explosion, der Kopf eines Strugglers aber wohl nicht.

General Pjotrew setzte sich unmittelbar darauf mit dem Hauptquartier der Streitkräfte in Rendsburg in Verbindung und besprach mit den übrigen Mitgliedern des Generalstabs das von ihm beabsichtigte Vorgehen. Sein Plan, mithilfe eines *eigenen* Strugglers zum Anführer der Zed-Armee Kontakt aufzunehmen, wurde dort allgemein begrüßt, zumal diese Taktik ja bereits schon einmal mit Erfolg angewandt worden war. Man kam überein, dem Gefreiten Arndt Dravosz vom 231. Gebirgsjägerbataillon posthum die Tapferkeitsmedaille zu verleihen und seinen Angehörigen von dessen Heldentod an der Front zu berichten, wobei der tatsächliche Verbleib des Soldaten als Geheimsache klassifiziert wurde. Sollte er diese Schlacht überstehen, so würde man ihn entweder von seinem Elend erlösen oder ihn als vergessenes Artefakt in irgendeinem Atombunker unter der Erde verschwinden lassen.

Pjotrew wollte Kzu'ul direkt kontaktieren, um ihn zum Einlenken zu bewegen und ihm die Sinnlosigkeit seines erneuten Sturms auf die Siedlungsgebiete der Menschen vor Augen zu führen. Dabei wollte er dieselbe Taktik anwenden, die er bereits schon einmal erfolgreich eingesetzt hatte: Zwei massive Atomschläge gegen die anrückende Horde, wie es mit Dempsey abgesprochen war, bei gleichzeitiger Aufnahme der Verhandlungen über einen telepathischen Kanal. Pjotrew hatte keine Ahnung, was den Struggler dazu bewogen hatte, die gegenseitige Vereinbarung zu einem derart frühen Zeitpunkt zu brechen, zumal ihm sein volles Kräftepotenzial noch nicht annähernd zur Verfügung stand. Zwei oder drei Monate später stünden ihm Millionen von Zeds aus den vorderasiatischen Gebieten zur Verfügung, während noch weitere nachrücken konnten. Er verschenkte hier einen taktischen Vorteil. Wusste er von den Bestrebungen der Menschen, eine Waffe gegen die Zeds zu entwickeln? Falls ja, ließ das von ihm gewählte Aufmarschgebiet den Schluss zu, dass er keine Ahnung hatte, wo er nach der Waffenschmiede suchen sollte.

Die Wolga-Ufer und die weiter nach Norden führenden Verteidigungsanlagen waren mit leistungsfähigen

Mikrowellenwerfern ausgerüstet worden, denen die Zeds so gut wie nichts entgegenzusetzen hatten. Zumindest die Hunter und Walker hatten nicht den blassesten Schimmer, wie man sich dagegen abschirmen konnte. Um die Struggler erfolgreich zu bekämpfen, waren die massiv verstärkten Sniper-Einheiten mit Orsis-T5000-Scharfschützengewehren ausgerüstet worden, die mit panzerbrechender Uranmunition vom Kaliber .338 Lapua Magnum bestückt wurden. Das Gewehr schoss auf zwei Kilometer punktgenau, knackte den extrem verknöcherten Schädel eines Strugglers und die Uranfüllung verdampfte dann dessen Gehirn. Das bedeutete auch für einen mit starken Selbstheilungskräften versehenen Struggler das Aus.

Die Menschen hatten aus den Fehlern der Vergangenheit gelernt und erkannt, dass der Nahkampf zu häufig die Zeds als Sieger hervorgehen ließ. Inzwischen standen den militärischen Führern wieder ultramoderne Jagdbomber zur Verfügung, ebenfalls Distanzwaffen, die mit detonationsstarken Smartbombs sowohl Strugglern als auch Hunter- und Walker-Zeds gefährlich werden konnten, für diese jedoch weitgehend unerreichbar blieben. Die Zeds hatten nun auch nicht mehr, wie in der Zeit der Apokalypse, das Überraschungsmoment auf ihrer Seite. Sie waren jetzt zwar zahlenmäßig überlegene, jedoch nur rudimentär bewaffnete Kombattanten in einer zu erwartenden Kontinentalschlacht.

Pjotrew wollte, wenn Kzu'ul den ersten Großangriff vorbereitete und seine zum Glück etwas behäbigen Truppen zusammenzog, nicht die eigene Infanterie in sinnlosen Grabenkämpfen verheizen. Er plante vielmehr, dass Ruetlis neue Luftwaffe den ersten Gegenschlag führte, um jenseits des Verteidigungswalls für möglichst hohe Verluste zu sorgen. Erst wenn die Zeds sich den Wällen und Zäunen näherten, würde die Snipergarde versuchen, die Führer und Unterführer gezielt auf Distanz auszuschalten, um die Hunter und Walker ohne jede Anleitung, allein der Gier verfallen, in die Wirkungsbereiche der Strahlenkanonen rennen zu lassen.

Als der Hubschrauber einschwebte, wurde an Deck Gefechtsalarm gegeben und das Achterdeck mit schwer bewaffneten Marineinfanteristen besetzt. Der Helikopter setzte auf. Die Rotoren liefen aus und wurden sofort eingeklappt und entlang der Längsachse des Fluggeräts befestigt. Dann beförderte die Liftplattform den Helikopter in das Schiff hinunter. Dort fanden üblicherweise bis zu drei der Kamow-Hubschrauber Platz, die von der russischen Marine hauptsächlich zur U-Boot-Jagd benutzt worden waren. Nun stand hier lediglich einer; die anderen beiden waren in den Einsätzen der vergangenen Jahre verloren gegangen. Mit einem dumpfen, metallischen Dröhnen schlossen sich über den Köpfen der bereitstehenden Matrosen die Horizontaltore des Hangars.

Die Heckladerampe öffnete sich und eine Art moderner Schneewittchensarg war zu sehen. Pjotrew, der die Lieferung persönlich begutachten wollte, trat an den halb gläsernen Transportcontainer heran. Darin lag der verwundete Soldat, dessen Kreislauf durch verschiedene Medikamente in einer Art und Weise manipuliert worden war, dass die endgültige Verwandlung zum Zed noch nicht eingesetzt hatte. Aufhalten ließen sich die weitgehend unbekannten biochemischen Vorgänge im Körper des Infizierten nicht, aber zumindest etwas hinauszögern. Der Gefreite, der das Pech gehabt hatte, von einem Struggler gebissen worden zu sein, ähnelte jetzt gewissermaßen Schrödingers Katze, denn weder war er eindeutig lebendig, noch war er eindeutig tot, er war irgendwie beides. Doch das würde sich bald ändern. Pjotrew sah die entspannten Züge eines jungen Mannes, dessen Leben in der Blüte seiner Jahre bereits verwirkt war und dem man nun zumuten musste, als ein Gefangener im Körper der Bestie einer höheren Sache zu dienen, nämlich dem Sieg der Menschheit über die Zeds.

»Schaffen Sie den Behälter in die Brigg!«, befahl der General mit fester Stimme, obschon es ihm um den Jungen unendlich leidtat. Die Soldaten setzten den Container auf einen Edelstahltisch, der mit weichen Gummirädern versehen war, und rollten ihn aus dem Hangar. Die Mannschaft des Helikopters, bestehend aus vier

Mann und den beiden Piloten, trat neben der Maschine an und salutierte, als der General zu ihnen kam.

»Begeben Sie sich in die Offiziersmesse, dort wurde für Sie eine Erfrischung vorbereitet. Sie können sechs Stunden ruhen, dann fliegen Sie wieder nach Ramenskoje zurück. Vergessen Sie nicht, dass es sich um eine geheime Operation handelt. Offiziell haben Sie dringend benötigte Schiffsersatzteile geflogen. Wegtreten!«

Die Soldaten folgten einem Matrosen, der sie durch das Schiff zur Offiziersmesse führen sollte und Pjotrew machte sich auf, dem Transportbehälter zu folgen. Als er in der Brigg ankam, betrat er den eigentlichen Haftraum durch einen kleinen Vorraum, in dem die ständige Wache Telefon, Tisch und Stuhl hatte, um hier den Dienst zu versehen. Die stark vergitterte Zelle lag völlig schmucklos direkt an der Außenwand des Schiffes, deren sanfte Rundung man hier erkennen konnte. Der bis zu zehn Zentimeter dicke Panzerstahl, geschmiedet in den Stahlwerken am Ural, verband sich hier mit Spanten und Streben zu einer kaum zu knackenden Hülle, deren grauer Schutzanstrich das Szenario noch trister erscheinen ließ.

Zwei Finger breite Gitterstäbe mit starken Querverstrebungen, die man gerade erst eingeschweißt hatte, machten diesen Käfig selbst für einen kräftigen Struggler ausbruchsicher. Der Verletzte lag auf einer Metallpritsche, seine Arme und Beine waren in Eisen gelegt, die mit Ankerkettengliedern an den stabilen gebogenen Spanten aus T-Stahl verschweißt waren. Langsam akklimatisierte sich der Körper und erwärmte sich. Da keine weiteren Sedativa und Antiviruswirkstoffe mehr zugeführt wurden, begann das Z1V33-Virus sich immer schneller im Körper auszubreiten.

Pjotrew stand ruhig da, gefasst auf das wartend, was nun unvermeidlich folgen würde. Es begann zunächst ziemlich unspektakulär mit einem Zittern, das in ein gleichmäßiges subkutanes Beben überging. Aus den Gesprächen mit dem Forschungsleiter der Feste Rungholt, dem verstorbenen Professor Weyrich, wusste Pjotrew, dass das Virus den infizierten Körper im ersten Stadium dazu veranlasste, diese zitternden Bewegungen auszuführen, um die sich rasant vermehrenden Viren im interzellulären Liquid zu verteilen, da das Herz ja nicht mehr schlug. In dieser Phase fand die stärkste Reproduktion des Virus statt; es überschwemmte und durchdrang das Zellgewebe förmlich.

Nach einigen Minuten schien die Temperatur in dem toten Körper dramatisch anzusteigen, denn Schweiß trat aus den Poren. Blutiger Schweiß, begleitet von einem intensiven Geruch, der den General an Schimmel erinnerte. Dann begannen die Beben stärker zu werden. Der Körper des Jungen wurde förmlich durchgeschüttelt, und zwar so heftig, dass er bisweilen von der Pritsche abhob, auf der er lag. In den Augen der beiden

Wachsoldaten, die General Pjotrew flankierten und die Mündungen ihrer Kalaschnikows auf den Verstorbenen gerichtet hielten, konnte man nackte Furcht erkennen. Kein einziger der Männer hier an Bord hatte eine Verwandlung in einen Struggler je aus solcher Nähe beobachtet. Sie kannten Tote, die wieder aufstanden und kreischend ihrer Beute nachjagten, einige hatten Tiere gesehen, die sich mit zerfledderten Leibern aus Blutlachen erhoben, aber so etwas wie das hier war ihnen gänzlich unbekannt.

Der geschundene Leib des Gefreiten begann nun, sich zu verformen. Unter dem Krankenhaushemd, das man ihm übergestülpt hatte, regte sich etwas. Zuerst sah es aus, als bewegten sich die Finger und die Arme, aber das war es nicht. Die Muskeln unter der Haut wuchsen mit einem Mal überall am Körper, sie wölbten sich völlig willkürlich auf und spannten die Haut. Es bildeten sich förmlich Muskelberge an den Extremitäten, die jedem Bodybuilder das Wasser in die Augen getrieben hätten. Ein dumpfes, jedoch trotzdem lautes Knacken und Krachen aus dem Inneren des Leibes zeigte an, dass die Knochen brachen und sich neu anordneten, um sich der veränderten Muskulatur anzupassen.

Im Grunde genommen, wenn man es genau nahm, hatte der Struggler mit einem Menschen nicht mehr viel gemein. Im Äußeren bedingt ähnlich, unterschied er sich jedoch im Inneren extrem von der menschlichen

Matrix, aus der das Virus ihn formte. Der Schädel wuchs – wie in einem Horrorstreifen – in die Breite und verknöcherte extrem. Wuchtige Auswüchse bildeten sich über den Brauen, unter denen die Augen auseinanderwanderten. Die Nase wurde breit und platt, der Mund verbreiterte sich ebenso. Man konnte erkennen, dass aus den Kiefern neue Zähne drängten, die einfach die alten, menschlichen Zähne aus dem Kiefer schoben und sie im Hals verschwinden ließen. Ein Gedankengang in Pjotrew wünschte sich, er möge an seinen Zähnen ersticken, was natürlich nicht möglich war, denn diese Kreatur war längst tot und hatte auch keinerlei Bedarf an Atemluft. Die verkümmernden Lungen dienten lediglich noch dazu, das furchterregende Knurren und Brüllen des Strugglers zu erzeugen.

Man konnte dem Struggler von außen die massivsten Veränderungen nicht ansehen. Im Inneren des Leibes, der nun dem Virusstamm als ferngesteuertes Vehikel diente, wurden die meisten Organe sowie das Körperfett aufgelöst und zu Muskelmasse umorganisiert. Dadurch wuchsen die Muskeln des Strugglers ein weiteres Mal an, so dass er nach wenigen Minuten aussah wie *Doctor Banner,* wenn er mies gelaunt war, nur halt nicht grün.

Dann schlug die Kreatur plötzlich ihre Augen auf. Einer der beiden Wachleute hätte beinahe geschossen; allerdings ging Pjotrew davon aus, dass der Struggler mittlerweile ein Stadium erreicht hatte, in dem ihm einfache Gewehrkugeln nicht mehr ernsthaft gefährlich werden konnten. Der General legte seine Hand auf den Lauf der Waffe des Soldaten und drückte diesen sanft, aber bestimmt herunter.

»Lassen Sie es gut sein. Waffen senken, sichern und entladen. Sie können wegtreten.«

Die Männer gehorchten dem Befehl unmittelbar und wenige Minuten später war Pjotrew mit der Bestie allein. Ein schweres Gitter trennte die beiden und der General fühlte sich – einem Déjà-vu gleich – an eine ähnliche Szene erinnert, die sich damals in der Feste Rungholt abgespielt hatte. Nach dem Tod des Diktators Thilo Gärtner hatte Pjotrew über den Struggler *Gap,* der in den Verliesen der Feste gefangen gehalten worden war, Kontakt zu dem Anführer aller Zeds, Kzu'ul, aufgenommen. Nun hoffte er, dass sich dieser Vorgang wiederholen ließ. Vielleicht konnte er den Oberstruggler davon überzeugen, dass es völlig nutzlos und reiner Selbstmord war, jetzt einen solchen Krieg vom Zaun zu brechen.

»Gnarghhhhh ... Urhhhhhgllll ... Rahhhhh ...«

Der Struggler auf der Liege gab gutturale Geräusche von sich, ohne jedoch eine Sprache zu artikulieren. Der General vermutete, dass die Nervenbahnen und das Gehirn der Kreatur, die ja nun in einem völlig anderen Modus operierten, erst einmal eine gewisse Zeit der

Gewöhnung brauchten, eine Zeit der Kalibrierung quasi, um sich auf die neue Funktionsweise einzuspielen.

Der General beobachtete die ruhig daliegende Gestalt genau. Die geöffneten Augen stierten seelenlos nach oben, vielleicht funktionierte die Optik des Strugglers noch nicht vollständig. Pjotrew mutmaßte, was wohl nun in diesem Wesen vorging. Völlig fremd in den Gedanken, die das neu gestartete Gehirn automatisch aus dem Elektronenfeuer erschuf, das in ihm herrschte, wurde hier eine Kreatur geboren, deren genetischer Bauplan aus den Versatzstücken Jahrmillionen dauernder Evolution bestand und nun zu einer untoten Existenz erwachte, die ohne jeden Bezug zur aktuellen Realität agierte. Dieses Wesen konnte einem fast leidtun, fand der Russe, wäre es nicht eine derart lebensfeindliche und aggressive Daseinsform, die nichts anderes im Sinn hatte, als Menschen auf bestialische Weise zu töten und auszuweiden.

Langsam schienen sich die extremen körperlichen Reaktionen auf die Ausbreitung des Virus etwas zu legen. Die Geräusche der Kreatur gingen in ein gleichmäßiges gutturales Knurren über und auch das Beben in den Gewebeanteilen des Körpers ließ langsam nach. Der Struggler hatte seine Wandlung vollzogen und lag nun mehr oder weniger entspannt auf der metallenen Pritsche. Als er sich regte, klirrten die Ketten leise, was ihn dazu veranlasste, sich aufzurichten. Als er aufrecht saß und die schweren Ketten sah, legte er die Stirn in Falten. Er schaute auf und sah General Pjotrew am Gitter stehen. Wie von einem schweren Stromschlag getroffen, fuhr er hoch und stürmte nach vorn an das Gitter, bis die Ketten ihn unsanft bremsten. Er brüllte aus Leibeskräften, was sogar die dicke Schiffshaut zum Erzittern brachte.

Der General stand völlig ungerührt nur wenige Zentimeter vor dem Struggler, durch das Gitter getrennt, und sah ihm unbewegt in die Augen. Die Bestie verstummte und sah ihn neugierig an.

»Kannst du mich verstehen?«, fragte Pjotrew, ohne den Blick abzuwenden.

»Ver … ste … hen?«, äffte die Kreatur nach.

»Genau. Verstehen. Verstehst du, was ich sage?«

»… ich … sage?«, echote es. Die Kreatur legte den Kopf schief und grunzte. Pjotrew nahm an, er oder es habe seine kognitiven Fähigkeiten noch nicht vollständig entwickelt. Er beschloss, zu einem anderen Zeitpunkt den Kontaktversuch zu wiederholen und wandte sich ab. Im Hinausgehen hörte er noch mehr Wortfetzen, denen er aber zunächst keine weitere Bedeutung beimaß.

»Ein … Gott … dunkel … Licht … was ewig liegt …«

Jahr drei, 8. Juni, Nachmittag

»Eine gottverdammte Sauerei ist das. Gottverdammte Sauerei!«

Feldwebel Rayk Storgau fluchte lautstark vor sich hin und spie den Stummel seiner längst erloschenen Zigarette verächtlich aus.

»Kann man halt nix machen«, erwiderte der Gefreite Werner lapidar.

»Man hätte uns wenigstens sagen können, ob Arndt überlebt hat. Ist und bleibt eine gottverdammte ...«

»... Sauerei, jaja, ich weiß.«

Der Gefreite zog es vor, sich wieder um die Ausrüstung zu kümmern. Ihr Auftrag sah vor, mindestens noch einen weiteren Struggler einzufangen, nachdem der erste inzwischen auf dem Fliegerhorst zum Abtransport bereitstand. Eine C-160 war für den Transportflug reserviert und würde starten, sobald die Fracht vollständig war.

Diesmal, das war dem gesamten Team klar, würde es weniger einfach werden, einen Struggler zu fangen. Wegen ihrer telepathischen Verbindung untereinander musste man davon ausgehen, dass sämtliche Struggler von der vorangegangenen Aktion wussten, auch wenn man den unlängst eingefangenen Zed bereits in eine mit einem faradayschen Käfig umgebene Zelle verfrachtet hatte. Wahrscheinlich hatten seine Artgenossen die

Umstände seiner Gefangennahme quasi live miterlebt, was es nun schwieriger machen würde.

Das Einsatzgebiet lag östlich von Kasan im Gebiet der oberen Kama, die etwas weiter südlich mit der Wolga im Kuibyschewer Stausee zusammenfloss. Hier waren mehrere Struggler gesichtet worden, nachdem man eine kleine Ziegenherde ausgesetzt hatte, um die Struggler möglichst weit von der Horde zu entfernen. In diesem Fall sah sich das Team auch genötigt, eine andere Technik einzusetzen. Die Nummer mit dem Käfig und den Lockstoffen würde kein zweites Mal funktionieren. So blieb den Männern diesmal nichts anderes übrig, als einen jagenden Struggler direkt anzugreifen, ein ausgesprochen gefährliches Unterfangen. Der Hubschrauber mit dem Käfig wurde auf einem Felsgrat mit guter Rundumsicht geparkt, während das Team unten im Tal den Jäger zum Gejagten machen sollte.

Die Männer waren mit Hartkernmunition ausgerüstet. Zwei Mann erhielten allerdings Uranmunition, für den Fall, dass etwas nicht nach Plan lief. Damit konnte man auch einen älteren, sehr verwachsenen Struggler zielsicher ausschalten. Ganz wohl war keinem hier im Team, denn dieses Unterfangen war mit großen Risiken behaftet. Mit einem einzigen Struggler würde das Bodenteam es aufnehmen können, aber bei mehreren wurde das schnell eine haarige Angelegenheit. Es konnten unvermittelt weitere Struggler auftauchen, um ihrem Artgenossen zur Seite zu stehen. Walker und Hunter taten das nicht, aber bei den Strugglern gab es so etwas wie Korpsgeist, was sie in der Gruppe extrem gefährlich machte. So gehörten zur Ausrüstung auch mehrere Elektrotaser und eine RF-Einheit. Diese Radiation-Flash-Geräte bestanden aus einem leistungsstarken Lithium-Ionen-Akku und einer kleinen, mobilen Mikrowelleneinheit, die für die Dauer von etwa sechzig Sekunden extrem hochfrequente Mikrowellen in einem Einhundertachtzig-Grad-Bereich abstrahlte. *Küchen-Bengalo* nannten die Soldaten diese Fire-and-forget-Waffe, die zur Deckung des Rückzugs einzusetzen war. Sie wurde gezündet und zurückgelassen; dann brannte sie aus und kochte alles, was sich im Umkreis von fünfzig Metern zum Abstrahlpunkt bewegte.

Das Team durchstreifte das noch immer verschneite Tiefland der Flussebene, wobei sich die Männer Mühe gaben, möglichst wenig Spuren zu hinterlassen beziehungsweise diese zu verwischen. Seit zwei Tagen schon stapften sie durch den Schnee, einer deutlich sichtbaren Fährte folgend, die nur von einem kräftigen Struggler stammen konnte. Die Fußstapfen im Schnee waren tief und fest, aber weit auseinanderliegend. Manchmal maß der Anstand drei Meter und mehr. Außerdem gab es kleine Trippelspuren, die eindeutig von einer Ziege stammten. Der Struggler befand sich also auf der Jagd.

Der Gefreite Ischgl zog eben die Spezialarmbrust auf,

die statt Bolzen eine Art Bola-Kugeln verschoss, die helfen sollte, einen Struggler aus kurzer Distanz zu Fall zu bringen. Außerdem führte er Spezialseile aus Kevlar bei sich, die zum Fixieren der Bestie dienen sollten – wenn dies denn ausreichte. Der Kamerad Goebel trug in seinem Rucksack übergroße Handschellen und Fußfesseln aus Spezialstahl. Man wollte auf jede Eventualität vorbereitet sein.

»Ich glaube, sie haben Arndt nicht durchgebracht«, meinte Ischgl lapidar. »Wenn sie es geschafft hätten, wäre das schon ein echtes Wunder, oder nicht? Ich meine, ist euch ein Fall bekannt, in dem sie es geschafft hätten?«

»Sei still!«, fauchte Storgau ihn an.

»Wieso, ich werde doch wohl noch meine Meinung ...«

»Still!«, zischte Storgau erneut und machte eine unmissverständliche Geste. Diesmal begriff der Gefreite: *combat mode*. Feldwebel Storgau hatte irgendetwas weiter vorn ausgemacht. Der Trupp hielt auf dem Fuße an, niemand bewegte sich. Storgau machte Zeichen zum Ausschwärmen, die Schützen entsicherten ihre Waffen. Dann bildeten die Männer einen Halbkreis und suchten Deckung hinter Bäumen, Erdhaufen und verschneiten Büschen. Vorsichtig näherten sie sich einem offenen Platz, auf dem sie einen Struggler ausmachten, der vornübergebeugt stand und offensichtlich mit seiner

Atzung beschäftigt war, wie diese Kreaturen ihr gottloses Mahl nannten. Der untote Berserker war derart darin vertieft, die dampfenden und stinkenden Gedärme der soeben erlegten Ziege gierig in sein Maul zu stopfen und hinunterzuschlingen, dass er das Näherkommen der Häscher offenbar nicht bemerkte.

Allerdings merkten diese auch nicht, dass der Struggler in der Gegend wohl nicht allein gejagt hatte, denn plötzlich ertönte hinter ihnen ein infernalisches Gebrüll, das Struggler und Jäger gleichermaßen herumfahren ließ. Nur knapp zwanzig Meter hinter dem Angriffstrupp raste eine völlig zerzauste Gestalt mit Riesensprüngen heran.

»Split!«, brüllte Storgau. Das war der Befehl an die Truppe, in zwei Richtungen zu kämpfen, quasi Rücken an Rücken. Die Männer reagierten sofort. Rüers, Platinas und Werner fuhren herum, gingen in die Hocke und hoben ihre Waffen. Goebel, Ischgl und der Neue, Hornau, bereiteten mit Storgau den Angriff vor. Die ersten Schüsse fielen, als die rückwärts verteidigenden Männer den angreifenden Struggler unter Feuer nahmen. Ihr Ziel war die möglichst schnelle Vernichtung. Rüers und Platinas gaben ein konzertiertes Sperrfeuer ab, um dem Gefreiten Werner die Möglichkeit zu geben, sein großkalibriges Gewehr in Anschlag zu bringen und dem Struggler eine Uranpatrone in den Schädel zu jagen.

Der handhabte sein Gewehr auch, als habe er nie etwas anderes getan und schickte der Kreatur ein .338er-Urankerngeschoss entgegen, das durch die Nase in den Schädel eindrang und dort sein zerstörerisches Potenzial entfaltete. Noch während der Struggler getroffen mitten im Sprung zusammenbrach, glühte das Projektil aus und ließ das Gehirn des Zeds bei Hochofentemperatur verdampfen. Sofort begannen die drei, nach allen Seiten zu sichern, für den Fall, dass noch weitere Zeds, gleich welcher Art, nachrückten.

Auch Hornau, der zur Angriffstruppe gehörte, hatte sein Orsis-Gewehr im Anschlag und zielte auf den Kopf des anderen Strugglers, den sie soeben beim Fressen gestört hatten. Dieser fuhr hoch und stellte sich in einer gorillahaften Droh- und Kampfpose auf. Das jedoch war sein Fehler. Werner jagte ihm im Dauerfeuer einige Hartkerngeschosse in die Beine und zerschmetterte die Knochen an mehreren Stellen, um ihn zu Fall zu bringen. Der Struggler brach zusammen wie ein Baum, der von einer Hundertzwanziger aus einem Leopardpanzer getroffen wurde. Fleisch und Knochen spritzten zu allen Seiten davon und er ging zu Boden, ohne seinen Angriff durchführen zu können. Getroffen und sehr schwer verletzt lag er im Schnee und brüllte, allerdings nicht vor Schmerzen, sondern aus lauter Zorn heraus.

Storgau funkte sofort den Hubschrauber an, dessen Pilot unverzüglich die Startvorbereitungen einleitete.

Egal ob sie des Strugglers nun habhaft wurden oder nicht, sie mussten hier auf jeden Fall raus, und zwar schnell. Die Männer umkreisten den in einer Blutlache liegenden verletzten Struggler, dessen Wunden bereits begannen, sich zu schließen. Auf ein Nicken des Feldwebels hin schoss der Gefreite Goebel eine weitere Salve auf den Zed ab, traf die Arme und zertrümmerte das Becken.

»Ran! Ran! Ran!«, brüllte der Feldwebel. Jetzt ging es um Sekunden. Die Männer mussten den Struggler fixieren, bevor sich seine Wunden so weit schlossen, dass er wieder kampfbereit war.

»Achtet auf die Arme! In die Arme schießen!«

Goebel reagierte sofort und jagte dem Struggler einen weiteren Feuerstoß in den linken Arm, auf den er sich stützte, die Bestie brach nun völlig zusammen. Schnell waren die Männer bei ihm. Ischgl holte die schweren Handschellen aus Goebels Rucksack und versuchte, sie anzulegen. Der Struggler jedoch riss den rechten Arm zur Seite weg und schleuderte den Soldaten durch die Luft, als wöge er nichts. Der Gefreite flog mehrere Meter durch die Luft und landete unsanft an einem Baumstamm, was ein knackendes Geräusch verursachte, das jedoch nicht von Ästen stammte, sondern von zwei Rippenbögen, die beim Anprall brachen. Der Verletzte fiel laut stöhnend in den Schnee und blieb dort reglos liegen.

Die Männer kämpften derweil zu viert mit dem immer noch funktionsgestörten Struggler, der versuchte, seine zerschmetterten Knochen und das zerfetzte Fleisch zu heilen, um die Bedrohung zu eliminieren. In dem Haufen aus Schnee, Blutmatsch, Ziegengedärmen und Struggler-Gewebe rangen die Soldaten mit dem brüllenden Muskelberg, um ihn mit den Kevlarseilen zu fesseln. Es entstand ein heilloses Durcheinander, aber letztlich gelang es den Männern, die Oberhand zu gewinnen und das Biest zu fixieren. Der Struggler brüllte noch immer wie ein waidwund geschossener Grizzly und wand sich. Mit seinen verletzten Gliedern zerrte er an den Fesseln und nahm keinerlei Rücksicht darauf, dass er die Wunden damit noch weiter aufriss und sie verschlimmerte.

»Wir brauchen den Heli!«, rief Storgau und rannte zu Ischgl hinüber, der sich mit schmerzverzerrtem Gesicht an dem Baumstamm, gegen den er geprallt war, wieder aufrichtete.

»Alles klar, Mann?«, fragte der Feldwebel.

»Ja, nur Lachen tut weh«, bekam er zur Antwort.

»Hunter auf sechs Uhr!«, rief Hornau von links. Über den Baumwipfeln konnte man bereits das Rotorengeräusch des Helikopters hören.

»Wir müssen aus dem Wald raus«, befahl Storgau, »nach drei Uhr ins offene Feld. Werner, Leuchtkugel!«

Der Gefreite Werner griff in sein Gürtelholster und

zog eine Leuchtpistole heraus. Dann feuerte er eine Patrone in den Himmel, die ein starkes, rotes Leuchten und roten Rauch verbreitete, wonach sich der Helikopterpilot richten konnte. Die Männer klinkten Seile mit Karabinerhaken an Schlaufen ein, die sie in die Fesselung des Strugglers gebunden hatten und begannen, das zappelnde und noch immer blutende Paket über die Schneedecke zu schleifen. Storgau nahm das RF-Gerät aus der Transportbox und bereitete es für den Einsatz vor. Dazu steckte er die Radiation Unit auf das Power Module und drückte den Diagnoseknopf. Ein kleines grünes Licht zeigte an, dass die Einheit betriebsbereit war.

Drei weitere Soldaten begannen nun, in das Dickicht, das sie gerade verließen, zu schießen, denn dort rotteten sich Hunter-Zeds zusammen, die der gefangene Struggler aller Wahrscheinlichkeit nach telepathisch herbeigerufen hatte. Storgau fragte sich, was die Hunter wohl mit dem gefesselten Struggler anfangen würden, wenn er sich mit seinen Männern nun zurückzöge und ihn gefesselt zurückließe. Würden sie ihn befreien, wie er es verlangte? Oder würden sie den hilflos gebundenen Leib als fette Beute betrachten und ihn einfach auffressen? Was passierte eigentlich, wenn ein Zed das Fleisch eines Strugglers fraß? Würde es sich wegen der Selbstheilungsfähigkeit in seinem Leib wieder vermehren? Der Feldwebel fand diese schrägen Gedanken ziemlich unpassend und verwarf sie sogleich wieder. ›Konzentrier dich auf deine Mission, Rayk!‹, schalt er sich selbst, hob seine Waffe und feuerte ebenfalls auf die Schemen, die sich hastig zwischen den Bäumen hin und her bewegten.

Wo der kleine Wald in die schneebedeckte, offene Ebene überging, dröhnte der Helikopter im Tiefflug über die Gruppe hinweg. Unter dem Rumpf hing ein stählerner Käfig, der zum Transport des Strugglers vorgesehen war. Der Richtschütze an Bord hatte ein MG entsichert und schoss ebenfalls auf die durch das Gehölz herantobende Horde, die aus vielleicht drei bis vier Dutzend Zeds bestand. Storgau ließ sich einige Schritte zurückfallen und schaltete die RF-Einheit an.

»RF in Betrieb!«, rief er, damit seine Männer wussten, dass dort bei dem blinkenden gelben Licht die *Deadline* war, über die hinaus man keinesfalls zurückfallen durfte. Jeder wusste es, aber es war halt Vorschrift, auf die tödliche Gefahr hinzuweisen. Dass der Apparat in Betrieb war, erkannte man daran, dass hinter der Deadline sofort der Schnee zu schmelzen begann. Aber auch die Zeds, die in den Wirkungsbereich der Mikrowellenstrahlung eindrangen, veränderten sich. Dadurch, dass sie keinen Schmerz verspürten, nahmen sie gar nicht wahr, dass sie sich in einer Todeszone befanden. Ihre Bewegungen wurden langsamer, denn die Strahlung ließ das Fleisch ihrer Muskeln unter der Haut garen, ohne dass die Kreaturen dies bemerkten. Aus ihren Poren löste sich Dampf, der jedoch nicht vollständig abgeleitet werden konnte, so dass die Haut große Blasen warf und sich letztlich ablöste.

Der Anblick, den dieser Vorgang erzeugte, war schlichtweg grauenhaft. Große Hautfetzen lösten sich aus den Gesichtern der Zeds und glitten auf etwas Schleimigem an ihnen hinunter, bevor sie platschend im Schneematsch landeten. Darunter zeigte sich das verkochte Fleisch der Gesichtsmuskulatur, das einriss, ebenfalls abbröckelte und groteske Grimassen zeichnete. Die Zeds berührte das nicht im Mindesten, sie stürmten weiter kreischend in ihr Verderben. In den Wangen bildeten sich zuerst große Löcher; Knochen und Zähne wurden sichtbar. Trübe Augäpfel ließen die erblindeten Zeds gegen Bäume rennen und sinnlos die Richtung wechseln. Wäre es nicht so gefährlich, hätte man sich eigentlich hinstellen und laut loslachen müssen. Die Geschosse der Soldaten hielten bittere Ernte unter den Zeds und dezimierten ihre Zahl schnell, da sie durch den Einsatz der RF-Einheit völlig desorientiert und quasi wehrlos waren. Überall platzten Köpfe wie überreife Wassermelonen. Ein farblich undefinierbarer Regen aus dunklen Liquiden ergoss sich über den restlichen Schnee und färbte ihn ein.

Feldwebel Storgaus Gruppe näherte sich dem Rendezvouspunkt. Der Hubschrauber ging in den Sinkflug und setzte den Käfig ab. Dann landete er einige Meter weiter in einer hoch aufwirbelnden Schneewolke. Die Männer packten alle mit an, um ihr brüllendes *Paket* schnellstmöglich in den Käfig zu befördern, während der Bordschütze ihnen weiterhin Deckung gab. Alle außer dem verletzten Gefreiten Ischgl arbeiteten schnell und präzise Hand in Hand, so dass sich die massige Gestalt des Strugglers kurz darauf in dem Stahlkäfig befand. Die Männer bestiegen den Helikopter und der Pilot startete die Maschine unverzüglich. Nicht eine Sekunde zu früh zog er sie hoch, denn der Akku der RF-Einheit versagte und das Mikrowellenfeld brach zusammen.

Dutzende nachrückende Zeds stürmten aus dem Wald und rannten auf den Helikopter zu, empfangen vom Maschinengewehr des Richtschützen. Der Hubschrauber gewann schnell an Höhe, so dass die heranstürmenden Hunter ins Leere sprangen, als sie versuchten, den Käfig noch zu erreichen. Während des Fluges versorgte der Bordsanitäter den Gefreiten Ischgl notdürftig und legte ihm einen Streckverband an.

»Ich glaube, wenn wir unseren Freund hier abgeliefert haben«, meinte der Feldwebel Storgau erschöpft und rauchte eine Zigarette, »brauche ich erst mal 'nen anständigen Heimaturlaub. Ich hab ja keine Ahnung, was die mit diesen Hackfressen anfangen wollen, aber es muss schon was enorm Wichtiges sein, dass man uns losjagt, mitten in der Wildnis diese *Biester* zu fangen.«

»Wer weiß«, gab Goebel zurück, »vielleicht arbeiten sie an einem Gegenmittel oder so.«

»Ich habe von den Transall-Piloten gehört, dass diese Struggler nach Südfrankreich ausgeflogen werden«, warf Hornau ein. »Da soll es so eine geheime Forschungseinrichtung geben, aber man kriegt nichts Genaueres raus, die halten sich da ziemlich bedeckt.«

»Ja, was man halt so redet«, wiegelte Storgau ab. »Wir wissen es eh nicht, und es ist auch nicht unser Job, es zu wissen. Wir haben unsere Arbeit gut gemacht und das ist alles, was zählt, Männer. Ich bin stolz auf euch!«

Zwei Stunden später landete der Hubschrauber unversehrt auf dem Helipad in Ramenskoje. Der Transportbehälter wurde vorher auf der Ladefläche eines Ural-LKW ausgeklinkt, mit einem Abschirmnetz umgeben und zu einer auf der Landebahn bereitstehenden C-160 gefahren, die ihn an Bord nahm und sofort startete. Die beiden Struggler waren nun elektromagnetisch völlig isoliert und verschwanden quasi von Kzu'uls Radar. Ein wichtiger Bestandteil des Planes war es, dass Kzu'ul keinerlei Informationen erhielt, wohin die Struggler verschwanden. Das Geplapper der Piloten mit ihren Kameraden bedeutete im Grunde genommen schon ein erhebliches Sicherheitsrisiko, das besser nicht bekannt würde.

Jahr drei, 8. Juni, Abend

An Bord der *Pjotr Weliki* nahm General Pjotrew die Vollzugsmeldung zufrieden entgegen und widmete sich weiterhin der Planung seiner Verhandlungen mit Kzu'ul. Der Struggler, der im Bauch der *Weliki* gefangen gehalten wurde, unterlag keiner Abschirmung. Kzu'ul sollte genau wissen, wo er sich befand und wer mittels des Strugglers Kontakt zu ihm aufnahm. Die Kommunikationsfähigkeiten des Strugglers hatten sich inzwischen einigermaßen stabilisiert. Er sprach Worte, teilweise Sätze nach und verfügte offenbar über eine Verbindung zum *Hive,* wie die Techniker das auf dem Erdmagnetfeld basierende telepathische Kommunikationsnetz mittlerweile nannten. Einer direkten Kommunikation mit dem Anführer der Struggler stand nun also nichts mehr im Wege. Am nächsten Morgen war die erste Sitzung geplant und der General war erpicht darauf, Kzu'uls Beweggründe für diesen seltsamen Krieg in Erfahrung zu bringen. Zunächst jedoch hatte er noch ein anderes Gespräch zu führen, dazu begab er sich in den Bereitschaftsraum des Kapitäns und aktivierte die Sat-Kommunikation. Als sein Gesprächspartner auf dem Bildschirm erschien, setzte er ein freundliches Lächeln auf.

»Guten Morgen, General Dempsey.«

»Guten Morgen, Mikail. Waren wir nicht inzwischen beim Du angekommen?«

»Natürlich, Martin. Ich wusste nur nicht, ob …«

»… wir allein sprechen? Das nenne ich rücksichtsvoll. Wir können privat sprechen. Was hast du auf dem Herzen?«

»Ich befinde mich noch an Bord der *Pjotr Weliki;* wir liegen im Asowschen Meer vor Taganrog. Unsere Gebirgsjäger haben insgesamt drei Struggler-Zeds gefangen, zwei davon sind auf dem Weg zum Projekt Kuru. Einen – ein kürzlich verwandelter Soldat – habe ich hier an Bord in einer Hochsicherheitszelle. Er wird mir als Sprachrohr dienen, um Kzu'ul zu kontaktieren.«

»Diesen komischen Overlord der Zombies?«

»Exakt. Ich plane, morgen Vormittag mit Kzu'ul Kontakt aufzunehmen und ihm natürlich unverhohlen zu drohen. Kann ich mit deiner Unterstützung rechnen, Martin?«

»Selbstverständlich, wie abgesprochen. Die *Ohio* hat eine optimale Abschussposition erreicht und wurde mit den besprochenen Koordinaten versorgt. Bin ich bei der … äh … *Konferenz* dabei?«

Ich habe einen SatCom-Kanal hinunter in die Brigg legen lassen, du kannst das Geschehen live miterleben, ja.«

General Dempsey machte ein nachdenkliches Gesicht und erwiderte:

»Ich stelle mir das ziemlich ungewöhnlich vor, mit so einer Sockenpuppe aus Fleisch und Blut zu diskutieren.«

Pjotrew grinste.

»Na ja, gewöhnlich ist es sicherlich nicht, da gebe ich dir recht. Ein einfacher Struggler der unteren Ränge ist kein besonders eloquenter Gesprächspartner. Aber Kzu'ul sieht durch seine Augen und hört durch seine Ohren. Und darauf kommt es letztlich an.«

»Und glaubst du, du kannst ihn noch umstimmen?«

»Das ist die große Frage, die ich mir auch seit Tagen stelle. Seit der Attacke auf den Staudamm führen seine Offiziere eine breite Front gegen unseren Verteidigungswall. Ihre Fußsoldaten fallen wie gemähtes Schilfgras. Was er tut, widerspricht jeder Vernunft und militärischen Taktik. Beim letzten Mal, als wir gegeneinanderstanden, hat er sich klüger verhalten.«

»Vielleicht hat es einen Umsturz gegeben und dein Freund ist gar nicht mehr der Boss? Wissen wir da was?«

Pjotrew schüttelte den Kopf.

»Nein, das denke ich nicht. Unsere Drohnen sehen ihn gelegentlich mitten in der Meute. Hätte ein anderer Struggler ihm die Stellung streitig gemacht, dann wäre Kzu'ul tot und längst gefressen. Wir ziehen allerdings die Möglichkeit in Betracht, dass er in seinen Entscheidungen unter Umständen nicht ganz frei ist. Das eruieren wir zurzeit. Ich hoffe, dazu lässt sich morgen mehr sagen.«

»Wie meinst du das?«

»Na ja, es gibt gewisse Anzeichen, die es zumindest theoretisch möglich erscheinen lassen, dass Kzu'ul nur die Nummer zwei in der Befehlskette ist. Aber wie gesagt, ich denke, da wissen wir morgen mehr.«

Dempsey nickte. Die Antwort stellte ihn nicht unbedingt zufrieden, aber Pjotrew würde sich jetzt nicht zu wilden Spekulationen hinreißen lassen, so gut kannte er den Russen inzwischen. Er beschloss, das Thema zu wechseln.

»Wie geht es beim Projekt Känguru voran? Hat die Großmutter den Kleinen inzwischen das Singen beigebracht?«

Die beiden Kommandeure hatten beschlossen, bei den Fakten, welche die Nanotechnologiewaffe gegen die Zeds betrafen, nur in Chiffren zu sprechen. Pjotrew griff das Thema auf.

»Großmutter lässt ausrichten, dass die Kleinen zwar bereits im Bastelkurs mit Schere und Kleber umgehen können, aber mit dem musikalischen Gehör hapert es noch etwas, da werden wohl noch einige Nachmittage mit Tonleiterübungen verstreichen. Aber die kleinen Racker sind motiviert und lernwillig, und darauf kommt es ja an. Großmutter ist zuversichtlich, dass es bis zur Schulaufführung klappt.«

Die eigentliche Nachricht lautete: ›*Die Nanobots im Projekt Kuru verfügen über die technischen Fähigkeiten, ihrer Programmierung zu folgen. Die Ultraschall-Lenk-*

elemente sind noch nicht existent, sie befinden sich jedoch in einem positiven Entwicklungsstadium. Der aktuelle Zeitplan wird voraussichtlich eingehalten.‹

General Dempsey nickte zum Zeichen, dass er verstanden hatte. Dann besprachen die beiden noch einige Dinge von weniger Belang, darunter auch Privates wie das Wohlbefinden der Enkeltochter des einen und der Gattin des anderen Generals. Am Ende verabredeten sie sich für neun Uhr mitteleuropäischer Zeit, was dem Amerikaner wohl eine kurze Nacht bescheren würde.

Als das Gespräch beendet war, traf sich Pjotrew mit dem Kapitän der *Pjotr Weliki* auf der Steuerbordnock. Er bot eine Zigarre an, die Kassatonow gern annahm. Als beide ihre exquisiten Tabakwaren befeuert hatten und sie warm pafften, blickte der General über das Schiff, vom Bug bis zum Heck.

»Sie ist ein wunderbares Schiff, Wladimir. Ich habe ja im Laufe meiner Karriere so einige gesehen, aber die Kirow-Schiffe sind mir immer noch die liebsten. Sie sind schlank, nicht zu hoch, schmal in den Hüften, aber dennoch gefährlich und stark, wie ein gutes russisches Mädel sein sollte.«

»Ja«, gab der Kommandant nicht ohne Stolz zurück, »die *Weliki* ist etwas ganz Besonderes. Ich habe noch nie ein Schiff dieser Größe geführt, das dermaßen wendig und schnell war; das ist ein gutes Stück solider, russischer Militärtechnologie. Das ist quasi die Suchoi der Weltmeere.«

Pjotrew lachte. Er rauchte und besah sich das Schiff weiter. Sein Blick glitt über die Silos der P-700-Granit-Raketen, die Nuklearsprengköpfe trugen.

»Ich hatte gehofft, dass wir nach dem Fiasko mit Marschall Gärtner auf den Einsatz von Atomwaffen verzichten könnten«, meinte er resigniert, »aber da habe ich mich wohl getäuscht. Irgendwann muss dieser Horror doch ein Ende haben.«

»Na ja, der Diktator hat die Bomben aber auch verteilt, als seien es Pelmeni! Der Mann war doch krank.«

»Das Schlimme ist, Wladimir, ich selbst habe diesen Mann am Anfang noch massiv unterstützt. Hätte ich das nicht getan, wäre die Sache vielleicht anders verlaufen. Vielleicht war ich damals einfach nur zu feige, die Verantwortung zu übernehmen.«

Der Kapitän blies eine Rauchwolke in den kühlen Wind und lachte laut.

»Mikail Bagudijewitsch Pjotrew zu feige? Nein, ganz sicher nicht. Ich persönlich glaube, zum damaligen Zeitpunkt wären weder die Amerikaner noch die Briten einem russischen General gefolgt. Und immerhin war der Mann dort Festungskommandant in der Stadt aus Eis. Ich glaube, die Dinge sind so gelaufen, wie sie laufen mussten. Und du hast das Beste daraus gemacht, das

Beste für uns Russen. Das kann dir niemand vorwerfen, Towarischtsch.«

»Ich wünschte, ich könnte das genauso sehen.«

»Immerhin warst du es, der diese ganze *New World* von dem Diktator befreit hat, und zwar höchstpersönlich und daselbst. Du bist ein Held, Mikail, so ist das nun mal, und die Leute wissen das. Jeder Mann und jede Frau hier an Bord würde für dich – wenn nötig – in den Tod gehen. Das schließt mich ein.«

Pjotrew drehte sich zu Kassatonow um und sah ihm ins Gesicht. Dann legte er seine rechte Hand auf dessen linke Schulter und entgegnete:

»Ich weiß das sehr zu schätzen, Wladimir, glaub mir. Und es bedeutet mir sehr viel, die Männer und Frauen der ehemaligen russischen Streitkräfte hinter mir zu wissen.«

»Wenn es nach mir ginge«, setzte Kassatonow nach, »könnten es ruhig *wieder* die russischen Streitkräfte sein, wenn der Zauber hier vorbei ist.«

Pjotrew wirkte einen Moment nachdenklich, drehte sich zur Reling, rauchte und meinte sinnierend:

»Nein, mein lieber Freund, ich denke, das geht nicht mehr. Wenn wir diesen Kampf überstehen, müssen wir bereit sein, neue Wege zu gehen, und zwar als Menschheit, nicht als Nationen. Wie viele von uns mag es auf der Welt verteilt noch geben? Zehn Millionen? Zwanzig? Mehr? Gibt es Überlebende auf den karibischen und ozeanischen Inseln? Im afrikanischen Busch? In Asien, Südamerika? Wenn es uns gelingt, die Zeds ein für alle Mal zu besiegen – und das hoffe ich inständig – dann müssen wir uns daranmachen, nach Überlebenden zu suchen und eine global vernetzte Menschheit zur Grundlage einer neuen Zivilisation zu machen. Wir werden unsere Werte überdenken und gegebenenfalls korrigieren müssen.«

Der Kapitän schaute ihn verdutzt an.

»Oij, das nenne ich mal eine Rede. Seit der Herr General mit einer Deutschen verheiratet ist, hört man von ihm erstaunliche Dinge. Ich bin einigermaßen überrascht.«

Pjotrew zuckte mit den Schultern und schnippte die Asche seiner Zigarre in den Wind.

»Na ja, ich bin ja nun nicht über Nacht zum Hippie geworden, aber in der Tat hat mich die Art, wie Constances Mitmenschen dort in den Bergen leben, sehr beeindruckt. Sie haben nicht diesen Wettbewerb, nicht dieses Immer-mehr-Wollen. Sie sind vielmehr genügsam und erfreuen sich daran, dass die Gemeinschaft wächst und in Kooperation gedeiht.«

»Fast wie im real existenten Sozialismus, was, Genosse?«, warf Kassatonow ein.

Zu seiner eigenen Verwunderung nickte Pjotrew.

»Tja, im Grunde: ja. Und mir ist aufgefallen, dass es dort wirklich kooperativ zugeht. Ich weiß nicht, ob es an diesem besonderen Ort liegt oder ob man dieses Muster auch auf andere Kommunen übertragen kann, aber dort in Rennes-le-Château funktioniert es scheinbar. Ich habe dort niemanden feindselig erlebt, obwohl wir als russische Soldaten ja Teil des unterdrückerischen Regimes waren, das ihr Dorf beinahe zerstört hätte. Im Gegenteil, man hat uns alle freundlich aufgenommen und zu einem Teil dieser Gesellschaft werden lassen. Ich bin ein glücklicher Mann, wenn ich dort meine letzten Tage verbringen darf.«

Kassatonow lächelte.

»Ich glaube, für mich wäre das nichts«, bemerkte er dazu, »ich brauche das Meer. Vielleicht setze ich mich als Pensionär auf einer der Balearen-Inseln zur Ruhe und lebe vom Fischfang. Dort soll es sehr schön sein. Aber solange ich noch einen Fuß geordnet vor den anderen bringe, werde ich auf der Brücke der *Weliki* meinen Dienst tun.«

Nun lächelte auch Pjotrew.

»Oh ja, Towarischtsch, das denke ich auch. Dieses Schiff gehört zu dir und du gehörst zu ihm. Und – das meine ich ernst – wenn du siehst, dass wir den Krieg verlieren, wenn deine Magazine leer sind, dann nimmst du Schiff und Mannschaft, ihr sucht euch eine Insel mitten im Pazifik und dann verbringt ihr dort den Rest der Tage.«

»Mikail …«

»Das ist ein Befehl!«

Kassatonow blieb stumm und sog an seiner Zigarre, die zu verlöschen drohte. Mit zusammengekniffenen Augen starrte er auf die Glut.

Jahr drei, 9. Juni, Morgen

Die Sonne schien hell über das Deck der Korvette *Erfurt* und tauchte das deutsche Marineschiff in ein warmes, weiches Licht. Korvettenkapitän Andreas Kaspar stand auf der Brückennock an Backbord und genoss den Sonnenaufgang. Nach den harten Zeiten in der gerade wieder auftauenden Ostsee, wo der nukleare Winter sich langsam zurückzog, bedeutete das östliche Mittelmeer schon fast so etwas wie eine Urlaubsfahrt für ihn und seine Mannschaft, die zum Teil aus Männern und Frauen dieser K130-Einheit bestand, als auch aus Matrosen des Schwesterschiffes *Magdeburg,* das im Eis der Nordsee verloren gegangen war. Mit knapp neunzig Metern Länge war das Schiff mit der Kennung F262 sicher kein Ozeanriese, aber immerhin eine der wenigen, noch diensttauglichen Einheiten der einstigen deutschen Marine. Diesmal lag ein heikler Auftrag vor der Crew, der sie nach Israel führen würde.

»Guten Morgen, Kapitän. Kaffee?«

Zwei weitere Marineoffiziere betraten die Nock, einer hielt zwei Becher mit dampfendem Kaffee in den Händen.

»Guten Morgen, meine Herren! Ja, gerne.«

Kapitänleutnant Richter, einer der Gäste an Bord, reichte seinem Kameraden einen der Becher und gesellte sich zu ihm. Das Marineoberkommando hatte ihn und

Kapitänleutnant Herders mit jeweils einer Rumpfmann-schaft an Bord der *Erfurt* nach Israel abkommandiert, um zwei U-Boote der Dolphin-*Klasse* zu requirieren. Diese Boote waren vor einigen Jahren von den German Naval Shipyards für die israelische Marine gebaut wor-den. Es handelte sich um technische Weiterentwicklun-gen der Zwozwölfer-Klasse. Die Boote wurden mit Brennstoffzellen betrieben und galten als besonders geräuscharm. Doch diese Eigenschaften waren es nicht, die das Begehren des russischen Admirals Duginow ge-weckt hatten. Vielmehr hatte er es auf den Inhalt der vier zusätzlichen Torpedorohre abgesehen, die jedes dieser Boote besaß.

Beim Bau waren die Boote ursprünglich mit sechs Fünfdreiunddreißiger-Torpedorohren ausgerüstet wor-den. Spätere Modifikationen in Israel hatten dann vier Rohre mit einem geänderten Durchmesser von sechs-hundertfünfzig Millimetern ergeben, die für Standard-torpedos zu groß waren. In Militärkreisen ging man da-von aus, dass diese modifizierten Rohre zum horizon-talen Abschuss von *Popeye-Turbo*-Marschflugkörpern dienten, die Atomsprengköpfe trugen. Duginow wollte die Sprengköpfe für den Krieg gegen die Zeds sicherstel-len und hatte deshalb die deutschen Marinesoldaten und einige Spezialisten in Marsch gesetzt, um ihrer hab-haft zu werden. Nach Möglichkeit sollten die beiden Rumpfmannschaften die Boote komplett bergen.

Die drei kommandierenden Offiziere standen nun auf der Nock und betrachten die Landmasse, die unter der aufgehenden Sonne in Sicht kam: der Hafen von Haifa. Die *Erfurt* lief ruhige achtzehn Knoten, die See war fast schon spiegelglatt und es herrschte nun, da sich die Apokalypse bald zum dritten Mal jährte, so gut wie kein Schiffsverkehr mehr in küstennahen Gewässern. Ab und zu sah man noch Schiffe, auf denen Überlebende eigene Kolonien gegründet hatten und von hier nach da zogen, um sich mit dem Nötigsten zu versorgen. Die meisten Schiffe jedoch trieben führerlos dahin, mit untoten Seeleuten besetzt, bis sie irgendwann irgendwo auf Grund liefen oder im Meer versanken.

»Was denken Sie, Richter, werden Sie es schaffen, die Boote in Gang zu bringen?«

Der andere antwortete zögerlich.

»Na ja … wenn die Boote verschlossen sind und die elektronisch gesteuerten Routinen nicht gestört wurden, könnten die Boote betriebsbereit sein. Der Nachrichtendienst hat die *Tanin* und die *Rahav* an der Pier ausgemacht, in offensichtlich unbeschädigtem Zustand. Mit etwas Glück bringen wir sie zum Laufen.«

»Und wenn nicht?«

»Dann«, ergänzte Kapitänleutnant Herders, »sehen wir zu, dass wir wenigstens die Waffensysteme sicherstellen. Die Admiralität meinte, die Slawa-Klasse der Russen habe auch Sechshundertfünfziger. Also könnte zum Beispiel die *Marschall Ustinow* die Popeyes auch abschießen, die hat Rohre von dem Format für ihre RK-7-Raketen. Wichtig ist, dass wir an die Flugkörper herankommen.«

»Was sagt der Dienst?«, wollte der Kapitän wissen. »Wie ist die Lage vor Ort?«

Richter antwortete.

»Die beiden Zielobjekte liegen im nördlichen Becken an den dortigen Ausrüstungspiers, sonst ist das Becken leer. Der gesamte Bereich ist vom Land her abgeriegelt, es herrscht innerhalb des Sicherheitsbereichs nur geringes Zed-Aufkommen. Unsere Idee war, mit den Zodiacs ein Vorauskommando zu bilden, um erst einmal die Boote zu sichern, bevor Sie mit der Korvette anlegen, damit wir keine böse Überraschung erleben. Was meinen Sie?«

»Guter Plan. Unterstütze ich«, entgegnete Kaspar und nippte an seinem Kaffee, während er mit dem Finger über den Bug nach rechts deutete. »Wir ankern etwas nordöstlich oben am Horn und schicken vier Zodiacs raus. Kampfschwimmer und Techniker. Besteht ja theoretisch auch die Möglichkeit, dass sich in den Booten noch Zeds aufhalten. Also alle Mann bewaffnet!«

Die beiden Kaleus nickten synchron.

»Wann sind wir da? Halbe Stunde?«, fragte Richter.

»Ungefähr, ja.«

»Dann teile ich mal die Leute ein«, meinte Herders, der keinen Kaffee in der Hand hielt. Er verschwand im Brückenraum und ließ Richter und Kaspar allein.

»Schon verrückt, oder?«, meinte Kaleu Richter nachdenklich. »Die ganze Welt geht den Bach runter und wir sehen zu, dass wir noch mehr Zerstörungspotenzial aufbauen.«

»Aber andererseits«, erwiderte Kaspar, »müssen wir diesmal alles in einen Topf werfen, um die Sache ein für alle Mal zu entscheiden.«

»Hat man uns das nicht beim letzten Mal auch gesagt? Wir haben genug Atombomben gezündet, um den Mond zu Strandsand zu zerreiben, und was hat es uns genützt? Die Zeds sind noch immer da und diese Struggler sind schlimmer als alles je zuvor. Hätte der General damals den Verrückten nicht gestoppt, vielleicht wäre die Menschheit längst von der Bildfläche verschwunden. Und nun? Ein weiteres Mal auf zum letzten Gefecht. Ich weiß nicht, aber ich verliere da ein wenig den Glauben an diese Sache mit den Atombomben.«

Kaspar nickte.

»Verstehe. Geht mir ja im Grunde nicht anders. Wir sind Soldaten, und es ist nun mal unsere Pflicht, die Befehle der kommandierenden Militärstruktur auszuführen.«

»Keine Frage, das tun wir. Ich hoffe nur, dass unsere Vorgesetzten aus den Fehlern der Vergangenheit gelernt haben. Soll ich den Becher wieder mit reinnehmen?«

»Oh ja, gern. Danke!«

Richter nahm den Becher entgegen und betrat den Brückenraum. Der Korvettenkapitän entschloss sich, noch eine Weile auf der Nock zu verweilen und zündete sich eine Zigarette an. Während er genüsslich rauchte, dachte er über das eben geführte Gespräch nach. In gewissem Sinne hatte Richter ja recht. Für die Menschheit war es im Krieg gegen die Zeds im Grunde genommen eher schlecht gelaufen. Er hoffte inständig, dass diese Mission dazu beitragen konnte, das Blatt endgültig zu wenden.

Als die Korvette ihren ersten Bestimmungsort erreicht hatte, ließ der Kapitän unweit des Ufers von Bat Galim Anker werfen und betrachtete die Uferregion durch sein Fernglas. Hier gab es kleine, von steinernen Wellenbrechern unterteilte Badebuchten, dahinter eine palmengesäumte Promenade und viele einfach gebaute, zwei- bis dreigeschossige Appartementhäuser, an deren Wänden Klimaanlagen klebten wie Fliegen an der Wand eines Kuhstalls. Der Hintergrund wölbte sich auf und trug das eigentliche Stadtzentrum, in dem man auch höhere Gebäude ausmachen konnte. In den Straßen ließen sich vereinzelt und in Gruppen Zeds erkennen, vorwiegend Walker, die ohne jedes Ziel dort herumirrten.

Kaspar setzte das Fernglas ab und begab sich auf die Brücke.

Dort traf er auf Herders und Richter, die sich gerade für die Expedition ins Hafenbecken vorbereiteten. Sie trugen Körperschutzpanzer aus Karbon, auch an den Extremitäten, deckten sich mit Handfeuerwaffen und Ersatzmagazinen ein und checkten ihre Funkausrüstung.

»Ich denke, die Männer der Kampfschwimmereinheit stehen bei den Booten bereit«, äußerte der Kapitän. »Die Boote werden eben zu Wasser gelassen. Wenn die Sicherung erfolgreich war, geben Sie uns Bescheid, damit wir vorrücken können, Kapitänleutnant Richter.«

»Zu Befehl, Herr Kapitän!«, entgegnete Kaleu Richter pflichtgemäß und salutierte, was der Kapitän erwiderte.

Die Männer verließen die Brücke und begaben sich an Deck, wo sie auf den Rest ihrer Mannschaft trafen und die Boote besetzten. Die Zodiacs waren mit starken Außenbordmotoren ausgerüstet, so dass sie für die Fahrt ins Hafenbecken nur wenige Minuten brauchten. Der Kapitän der *Erfurt* beobachtete die Aktion erneut von der Brückennock aus durch sein Fernglas. Vom Liegeplatz aus konnte man schräg nach Steuerbord über den Wellenbrecher hinwegschauen und die beiden blauen U-Boote an der Mole ausmachen. ›Blau‹, dachte Kaspar, ›*wer malt seine U-Boote blau an?*‹ Andererseits stellte er bei längerer Betrachtung fest, dass Blau in diesen Gewässern nicht unbedingt die schlechteste

Tarnfarbe für das Überwasserschiff war. Anders als in den Heimatgewässern der *Erfurt,* wo ein gedecktes Grau den besten Effekt lieferte.

Der Hafen machte an sich einen friedlichen Eindruck; bis auf wenige umherstreunende Zeds sah man hier keine Spur von Leben. Hier und da stiegen dünne Rauchfäden aus den Ruinen der durch Feuer und andere Unglücke in Mitleidenschaft gezogenen Altstadt auf, aber es war im Grunde eigenartig still hier, fand Kaspar. Einige wenige maritime Geräusche drangen an sein Ohr, wie Wellenschlag, das Geklimper von Takelage an Segeljachten und Booten oder metallische Geräusche von losen Blechen, die im seichten, warmen Wind aneinanderschlugen.

Jahr drei, 9. Juni, Morgen

»Ich will deinen Herrn sprechen!«

Die unförmige, knorrige Gestalt auf der metallenen Pritsche machte keinerlei Anstalten, der Aufforderung nachzukommen.

»Wie du willst. Dann halt nicht. Dann werde ich meinen Männern jetzt befehlen, Kzu'ul und seine Brut auszulöschen.«

Vom Wandmonitor, der auch mit Kamera und Mikrofon ausgerüstet war, verfolgte General Dempsey das Geschehen. Der Struggler konnte den Besucher nicht sehen, da der Monitor in den Vorraum zeigte, nicht in die Zelle. Eine zweite Kamera, die Dempsey zuschalten konnte, filmte den Struggler, der teilnahmslos auf der Pritsche saß.

General Pjotrew wandte sich ab, als ein Geräusch ihn innehalten ließ.

»Nghhrtrrr ... Warte.«

Der Struggler hatte gesprochen. Pjotrew drehte sich betont langsam zu ihm um und sah ihn erwartungsvoll an.

»Ja? Hast du mir etwas zu sagen?«

»Höchstes Wesen will sprechen.«

»Also gut.«

Der Struggler verdrehte etwas die Augen, so wie eine Kirmeswahrsagerin, die gerade ihre Epiphanie vortäuschte. Seine Stimme veränderte sich, wurde klarer, aber auch dunkler und Unheil kündender im Ton.

»Kzu'ul hört den Anführer der Warmen. Durch den Gewandelten spricht er.«

Pjotrew nickte zufrieden. Zumindest gab es nun einen ersten Kontakt. Er beschloss, sogleich zur Sache zu kommen. Aus der letzten Begegnung wusste er, dass Kzu'ul kein Freund von Höflichkeitsfloskeln und Small Talk war.

»Kzu'ul, hier spricht General Pjotrew. Bei unserem letzten Gespräch hast du den Menschen Frieden zugesichert im Gegenzug dafür, dass wir die Grenze zur Nation Zombie respektieren. Wir gaben euch unsere Toten zur Atzung und teilen seit geraumer Zeit sogar unsere Nutztiere mit euch, damit die Struggler jagen können. Nun brichst du unser Abkommen, ohne dass es einen Grund dafür gibt. Warum brichst du den Frieden und führst Angriffe auf unser Territorium aus?«

Es dauerte einen Moment, bis der Struggler-Anführer durch den ehemaligen Gefreiten antwortete. Es klang sogar beinahe zögerlich, fand Pjotrew.

»Es ist der Wille des Einen Gottes, dass die Kalten die Welt beherrschen. Kzu'ul fragt nicht nach dem Sinn, wenn der Eine Gott durch seinen Verkünder spricht und seine Wünsche äußert.«

Pjotrew dachte kurz nach. Er zeigte sich erstaunt. Als er das letzte Mal mit Kzu'ul gesprochen hatte und ihm

Auge in Auge gegenüberstand, da hatte er von einer Religion nichts erwähnt. Was hatte sich in den letzten Monaten derart verändert, dass er vom Anführer der stolzen Kriegerzombies zu einem Befehlsempfänger mit klerikaler Ehrfurcht mutiert war?

»Du sprichst vom *Einen Gott,* Kzu'ul. Wer oder was ist das?«

»Der Eine Gott ist das Dunkle Licht, ist das Ende aller Dinge. Spricht durch den Verkünder zu den Höheren Wesen und unterweist sie.«

Pjotrew verfolgte einen Gedanken.

»Spricht der Verkünder auch zu dir, über die *Linien der Kraft,* wie ich es jetzt tue?«

»Der Verkünder des Dunklen Lichts, Erster unter den Kalten und Höchstes Wesen, gebietet über die Linien der Kraft, er spricht zu allen Wesen, wie es ihm beliebt.«

›Er will mir etwas sagen‹, dachte Pjotrew. ›Wir sind nicht allein. Dieser komische Verkünder hört mit und Kzu'ul hat tatsächlich Angst vor ihm.‹

»Ich verstehe. Der Verkünder also gebietet jetzt über die Struggler. Du führst *seine* Befehle aus. Das war aber mal anders, erinnere ich mich, Kzu'ul.«

Ein furchtbarer Verdacht nahm langsam klare Formen an. Pjotrew war sich inzwischen sicher zu wissen, wer dieser ominöse Verkünder war. Es lag sogar nahe, dass er ihn persönlich kannte. Plötzlich änderte sich die Mimik des als Telefon missbrauchten Strugglers, der vor

Pjotrew auf der Pritsche saß. Seine ohnehin ins Groteske karikierten Züge verhärteten sich noch mehr, und purer Hass loderte in den tief liegenden Augen auf. Seine Stimme vergrößerte ihr Volumen und dröhnte förmlich durch den metallenen Raum.

»Ihr Menschen werdet zertreten unter den Füßen der Struggler! Die Niedersten unter den Wesen sollen eure Eingeweide fressen. Ihr werdet erst Frieden finden, wenn das Dunkle Licht auch euch durchdringt!«

Damit war Pjotrews ungestellte Frage beantwortet. Der neue Hirsch am Platz hatte sich soeben aus der Deckung gewagt und röhrte auf der Lichtung. Der General beschloss, aufs Ganze zu gehen.

»Ich grüße Sie, Doktor Ethelston! Ich hatte mich schon gefragt, was aus Ihnen geworden ist, nachdem Sie Ihr Versteck in Rendsburg so hastig verlassen haben. Dachte ich mir doch, dass Sie nicht einfach sang- und klanglos verschwinden würden. Ich darf annehmen, dass Sie sich das Z1V35 selbst verabreicht haben?«

Der Plan ging auf.

»Ich bin Heru'ur, Gebieter über die Kalten und Höchstes Wesen im Dunklen Licht des Einen Gottes. Ich bin gekommen, um die Existenz der Warmen zu beenden und das Licht des Einen Gottes über der Welt auszugießen. Ihr werdet vernichtet!«

Pjotrew setzte nach, um seinen Gesprächspartner noch mehr auf die Palme zu bringen.

»Jaja … freundlich und höflich wie immer, der gute Doktor. Ich nehme an, Sie haben den Strugglern auch erzählt, dass Sie das Virus künstlich verändert haben, um das – wie nannten Sie es noch – *Unsterblichkeitsserum* zu erschaffen? Damals, als Sie noch unserem Führer dienten, waren Sie wesentlich weniger fürsorglich, was die Zeds angeht. Wollte ihr Kommandant diese nicht allesamt auslöschen, um eine Welt der Nephilim zu kreieren?«

Dem General war vollkommen klar, wie der Hase lief. Es machte auch wenig Sinn, Kzu'ul über die wahren Absichten seines Meisters direkt zu informieren. Vielmehr sollte dieser das selbst erledigen. Offensichtlich war aus dem guten, zurückhaltenden Doktor, den Pjotrew in der Feste Rungholt kennengelernt hatte, ein jähzorniger und unbeherrschter Charakter erwachsen, den er nun zu reizen beabsichtigte. Und seine Rechnung ging auf.

»Du Niederer, Wurm, erbärmliche Kreatur wagst es, einen Nephilim derart zu beleidigen? Ich werde dich fangen lassen, vom niedersten der Krieger infizieren und zu einem Spielzeug mutieren lassen. Ich werde dir zu meinem Vergnügen Arme und Beine ausreißen und die Wunden ausbrennen, damit ich mit dir spielen kann wie mit einem Ball! Die Nephilim, die nach mir kommen, werden über eure Gebeine hinwegschreiten und ihre Tritte werden die letzten Reste eurer Kultur zermalmen.

Dieser Planet gehört uns! Mir und dem Geschlecht, das aus mir hervorgeht. Wir werden die Reste eurer erbärmlichen Körper ausscheißen und sie den Niederen zu fressen geben, bis sie daran ersticken! Ungläubiger, wage es nicht, unsere Herrschaft zu bezweifeln, denn du bist des Todes! Und dann sollst du mir dienen!«

Pjotrew klatschte demonstrativ langsam und scheinbar gelangweilt in die Hände.

»Bravo, Doktor. Ein bühnenreifer Auftritt. Das hätte ich nicht besser hinbekommen können. Ich wette, solche Auftritte legen Sie auch hin, wenn Sie Ihren Untergebenen diese Geschichten von dem Gott und dem Licht und so predigen, was? Ich meine, ist das nicht faszinierend? Dieselben Muster, die auch bei den Menschen funktionieren, bringen ihre Struggler nun dazu, einen Religionskrieg vom Zaun zu brechen. Ein bisschen Geschwurbel vom höheren, immateriellen Wesen, etwas mentaler Budenzauber, die Gruftstimme und vielleicht noch etwas Feenglitzer, und schon steht das Gruselkalifat und die Fußtruppen rennen in die offenen Messer, während der Befehlshaber auf dem Feldherrenhügel ein paar blutwarme Jungfrauennierchen schlemmt. Ist doch so, oder? Sie, Doktor, sind ein Feigling, und das werden Sie auch bleiben. Wissen Sie, wo ich bin? Natürlich wissen Sie das. Ich bin an der Front. Ich kann Ihre Hasardeure förmlich anspucken. Wo sind Sie? Lassen Sie mich raten: Sie verstecken sich irgendwo, wo man Ihrer nicht habhaft werden kann, nicht wahr?«

Der angekettete Struggler sprang auf und ließ ein furchtbares Brüllen durch den Raum donnern, das die Schiffswände erzittern ließ. Auf den höher gelegenen Decks würden sich die Matrosen jetzt wohl mit fragenden Blicken ansehen. Aber der Plan ging auf. Der General ging davon aus, dass Kzu'ul und mit Glück auch einige andere Struggler dieser Unterhaltung folgen konnten.

Als der Struggler sich wieder etwas beruhigt hatte, fuhr er fort, für seinen Meister zu sprechen. Er ließ ein kehliges, glucksendes Lachen hören.

»Hrrr, hrrr, hrrr … Du, Menschlein, glaubst, du kannst Heru'ur standhalten? Ich weiß genau, dass ihr eure schweren Waffen längst verbraucht habt. Eure Strahlenkanonen reichen nicht weit. Die Niederen werden zu Millionen in euer Territorium einfallen und eure Stellungen einfach überrennen.«

»Ach ja«, entgegnete Pjotrew und nickte unauffällig in Richtung Monitor, »da Sie es gerade erwähnen, Doktor … Was den Füllstand unserer Magazine angeht, befürchte ich, sind Sie einem leichten Irrtum aufgesessen. Aber das werden Sie ja in Kürze erfahren. Obwohl ich ein gewisses Verständnis für Ihren Standpunkt aufzubringen bereit bin, muss ich dennoch mitteilen, dass wir bei Ihrem Spielchen nicht mitspielen werden. Sie wollen zuerst uns, dann die Walker und Hunter, und zum Schluss die Struggler ausmerzen, um Platz für ihren Traum, endlich Gott sein zu können, zu schaffen. Aber Sie haben hier die Rechnung ohne den Wirt gemacht, befürchte ich. Wir werden Widerstand leisten, wir werden kämpfen. Wir werden Ihre Angriffe zurückschlagen, ein ums andere Mal, und wir werden niemals aufgeben! Das sollten Sie wissen.«

Der andere, der noch immer den bedauernswerten Gefreiten Dravosz als Sprachrohr missbrauchte, brüllte erneut durch den Raum.

Pjotrew blickte zum Monitor und bekam ein Zeichen.

»Mein lieber Doktor«, setzte der General an, »oder Heru'ur, wie Sie sich zu nennen belieben. Wenn Sie Ihre geschätzte Aufmerksamkeit von Ihren Eitelkeiten lösen können und diese vielleicht kurz auf das Magnetfeld richten, über das Sie mit mir kommunizieren, dann werden Sie feststellen, dass es dort zu einigen Erschütterungen kommt, und zwar ...«

Er blickte gespielt auf seine Armbanduhr, sah jedoch darüber hinweg auf den Monitor, wo ein Countdown eingeblendet wurde.

»... exakt jetzt!«, vollendete er den Satz. »Nukleare Erschütterungen, um genau zu sein. Ausgelöst durch die Detonation eines Warheads im oberen Kilotonnenbereich. In diesem Moment dürften ein oder zwei Millionen – vielleicht auch mehr – ihrer getreuen Zed-Fußsoldaten im Aufmarschgebiet an der Grenze zu Aserbaidschan zu Asche werden.«

Jahr drei, 9. Juni, Morgen

Mannshoch spritzte die Gischt über die Zodiacs, die mit hoher Geschwindigkeit die nördliche Außenmole des Hafens von Haifa umrundeten. Vier Boote mit je einem Dutzend Männern und Frauen an Bord fuhren in das vorwiegend militärisch genutzte Hafenbecken ein und steuerten den Südkai an, wo tatsächlich zwei U-Boote der Dolphin-Klasse lagen, die *Rahav* und die *Tanin*. Sie lagen am Instandsetzungskai hintereinander fest vertäut. Die Zodiac-Besatzungen bestanden zur Hälfte aus Kampfschwimmern und Marineinfanteristen, welche die Inbesitznahme der U-Boote sichern sollten.

Wie richtig diese Entscheidung des Kapitäns der Korvette *Erfurt* war, sollte sich bald herausstellen. Denn sobald sich die Boote der Kaimauer näherten, stürmten einige Dutzend Hunter-Zeds heran, und einige von ihnen versuchten, sich auf die Schlauchboote zu stürzen. Sie fielen ins Hafenbecken und versanken augenblicklich. Andere zerlumpte und bis zur Unkenntlichkeit entstellte Zeds schafften es gerade noch, ihren Drang nach schneller Beute zu drosseln. Sie bremsten rechtzeitig ab und liefen am Ufer hin und her wie hospitalisierende Tiger in einem Zirkuskäfig. Das machte es den Schützen leicht, sie mit gezielten Kopfschüssen auszuschalten, so dass der Zugang zu den U-Booten schnell wieder frei war.

»Also gut«, ordnete Kapitänleutnant Richter über Funk an, »jetzt muss es schnell gehen, es werden sicher bald weitere Zeds eintreffen. Jeder kennt seine Aufgabe, also los! Los! Los!«

Die Zodiacs gingen jeweils paarweise bei den U-Booten längsseits. Die Kampfschwimmer bestiegen die Druckkörper zuerst und sicherten das Deck. Zwei Taucher ließen sich ins Wasser gleiten, um die Schiffe nach Schäden oder technischen Sicherungen im Unterwasserbereich zu untersuchen. Insgesamt zweiundzwanzig Männer und vier Frauen stellten die beiden Rumpfbesatzungen für die *Tanin* und die *Rahav,* die normalerweise mit je fünfunddreißig Mann gefahren wurden. Jedoch reichte etwa ein Drittel der üblichen Mannschaftsstärke, um ein Boot der Dolphin-Klasse zu bewegen. Wer brauchte schon einen Koch, Hilfsmaschinisten und einfache Matrosen, wenn es darum ging, ein U-Boot zu stehlen? Obwohl im Grunde genommen dies kein Diebstahl war, denn die Boote waren noch nicht vollständig bezahlt, fand Kapitänleutnant Richter. Es war mehr eine Art von Heimholung beziehungsweise Rückführung, wenn man so wollte.

Als die Elitekämpfer die beiden Boote durch die jeweils am bugseitigen Turmsegment gelegenen Türschotten betraten, setzte sofort Gewehrfeuer ein. Offenbar waren die Boote nicht leer, sondern es hielten sich Zeds darin auf, die nun zunächst ausgeschaltet werden mussten. Etwa zehn Minuten dauerte diese Aktion, dann gaben die Soldaten Entwarnung. Kapitänleutnant Richter übernahm mit einem Dutzend Leuten die *Rahav,* während Kaleu Herders die *Tanin* mit seiner Mannschaft besetzte. Überall in den Booten lagen Kadaver von Zeds verteilt. Einige trugen Uniform, andere waren offensichtlich im Laufe der Zeit eingedrungen und hatten den Weg hinaus nicht mehr gefunden.

Die Mannschaften besetzten die Positionen, während die Kampfschwimmer damit begannen, die Zeds durch die Türme nach oben zu befördern und im Hafen zu versenken, was sich angesichts der in den U-Booten herrschenden Enge als schwieriger Akt erwies. Oben an Deck warfen die Soldaten die Leinen los und drückten die Boote mit Eisenstangen, die sie an Land aufgetrieben hatten, von der Kaimauer weg. Zum Glück herrschte hier im Hafenbecken keine Strömung und der aus südöstlichen Richtungen wehende Wind erwies sich als nützlich. Langsam, Zentimeter für Zentimeter, drückten die Männer die Boote von der Pier weg. Das sollte zumindest die Walker vom Übertritt auf das Deck abhalten. Hunter würden es aufgrund ihrer deutlicher ausgeprägten Agilität sicherlich noch schaffen, an Bord zu springen, doch dafür hatten die Männer ja ihre Waffen.

Die Taucher kamen zurück an die Oberfläche und gaben ihr Okay für den Start der Maschinen. Sie berichteten von Hunderten, vielleicht Tausenden Skeletten am

Grund des nicht allzu tiefen Hafenbeckens, in dem wegen des klaren Wassers eine ausgesprochen gute Sicht herrschte. Der Boden war übersät mit Gebeinen und Schädeln, an denen sich die Meerestiere gütlich getan hatten.

Im Inneren der Boote kannte jeder seinen Platz, und binnen Minuten waren die immer noch im Stand-by-Betrieb laufenden Brennstoffzellen reaktiviert und die Kommandokonsolen betriebsbereit. Die Kommandanten entschlossen sich, die Turmschotten noch offen zu halten, um die Boote zu lüften und den Gestank der Zeds loszuwerden, während die zurzeit nicht beschäftigten Soldaten unter Einsatz von Gasmasken dazu übergingen, die überall verteilten Hinterlassenschaften der Zeds zu beseitigen, denn die Zombies besaßen kein besonders ausgeprägtes Bedürfnis, Toiletten zu benutzen. Und so blieb den Elitekriegern nichts weiter übrig, als sich mit Scheuerlappen und Putzmittel bewaffnet der Schmutzbeseitigung zu widmen. Auch die Navigatoren, die in diesem Moment noch keine Tätigkeit zu verrichten hatten, schlossen sich ohne zu murren dieser ungeliebten Tätigkeit an.

An Deck wurde es nun unruhig, denn ein großer Haufen Zeds stürmte aus Richtung Innenstadt heran und verschaffte sich Zutritt zum Hafengelände. Die Zombies brandeten auf das Areal wie eine Springflut und stürzten Richtung Kaimauer.

Inzwischen hatten die Boote jeweils gut zwei Meter Abstand zur Mauer, was jedoch nicht ausreichte, um die Hunter-Zeds abzuwehren. Diese sprangen auch in Gruppen vom Kai in Richtung der U-Boote. Die Männer wehrten sie mit ihren Sturmgewehren ab, so gut es ging. Einer der Soldaten hatte herausgefunden, dass die langen Stangen, mit denen sie die Boote abgestoßen hatten, sich ebenfalls hervorragend dazu nutzen ließen, die Zeds mitten im Sprung zu stoppen und ins Wasser zu befördern, wo sie sogleich dem Grund entgegensanken.

»Maschine! Wie lange dauert das noch? Ich brauche den Antrieb!«, schrie Kapitänleutnant Richter unzufrieden in das Bordmikrofon. Der Lautsprecher in der Zentrale reagierte prompt.

»Verzeihung, Herr Kaleu, wir arbeiten dran! Nur noch ein, zwei Minuten!«

Zuerst sprang der siebenflügelige Propeller von Herders *Tanin* an, sie zog langsam an der *Rahav* vorbei. Die Soldaten warfen eine Leine über, die auf der *Rahav* am Bug vertäut wurde. Ziel war es, das Boot so schnell als irgend möglich aus dem Zugriffsbereich der Zeds hinauszubefördern, egal wie. Auch auf der Nord- und Ostmole versammelten sich mehr und mehr Zeds und versuchten, durch gewagte Sprünge die Decks der U-Boote und Zodiacs zu erreichen, doch vergeblich. Ihre sinnlosen Versuche endeten stets im azurblauen Wasser des

Mittelmeeres, wo sie künftig Krabben und Fischen als Nahrung dienen würden.

Als die Boote die Hafeneinfahrt passiert hatten, sprangen auch die Maschinen der *Rahav* an und der Propeller drehte sich einwandfrei. Die Decksmänner warfen die Leinen los und die *Rahav* schloss schnell zur *Tanin* auf. Gemeinsam steuerten die Kommandanten die Boote zur *Erfurt*, wo sie an Backbord und Steuerbord festmachten. Bei der Bergungsaktion hatte kein deutscher Soldat sein Leben verloren und die drei Kommandanten beschlossen, an dieser Stelle liegen zu bleiben, um die Boote auf Herz und Nieren zu testen, vor allem, um sicherzustellen, dass sich die acht Popeye-Turbo-Marschflugkörper an Bord befanden und einsatzbereit waren. Hierzu waren zwei französische Raketentechniker an Bord, die sich um die Überprüfung und gegebenenfalls Instandsetzung kümmern sollten.

Korvettenkapitän Kaspar entsandte noch einmal die vier Zodiac-Schlauchboote mit Soldaten, um an geeigneter Stelle in Haifa an Land zu gehen und, wenn möglich, Proviant zu requirieren. Als die Zodiacs unterwegs waren, stattete er Richter einen Besuch auf der *Rahav* ab. Die beiden trafen sich in der Kommandozentrale. Man salutierte, dann ging es etwas legerer zu.

»Und, wie sieht es aus, Richter«, fragte der Kapitän, »hat sich der Sommertrip für uns gelohnt?«

»Das will ich wohl meinen«, gab der Kapitänleutnant

sichtlich zufrieden zurück. »Alle acht Flugkörper sind vorhanden und augenscheinlich gefechtsbereit. Genauere Untersuchungen stehen noch aus. Aber ich bin zuversichtlich, dass sich keine ernst zu nehmenden Schwierigkeiten mehr ergeben.«

»Dann kann ich dem Admiral also Vollzug der Mission melden und um Einsatzbefehle bitten?«

»Unsere Vorräte an Wasserstoff sind begrenzt, reichen aber noch für gut vier Wochen, dann müssen wir an Nachschub denken. Auch Proviantnachschub ist nötig. Eine erste Bestandsaufnahme ergab, dass nur ein geringer Teil der Nahrungsmittel an Bord noch nutzbar ist.«

»Ich berücksichtige das Treibstoffproblem. Wegen des Proviants habe ich gerade vier Boote rausgeschickt. Mal sehen, was die so alles Koscheres von ihrem Einkaufsbummel mitbringen. Da die U-Boote, wenn sie gut abgeschottet sind, für die Zeds kaum angreifbar sind, vermute ich, dass der Admiral sie in die großen Flüsse entsenden wird, um von dort bei Bedarf die Raketen einzusetzen. Also bereiten Sie sich und Ihre Leute mal darauf vor, dass es zu Liegezeiten in der Kälte kommen wird. Wahrscheinlich geht es vorher noch in die Ägäis, um die dortigen Wasserstoffreserven anzubohren. Letzte Gelegenheit für einen Badeurlaub, Richter. Schätze, dort bekommen Sie auch eine volle Mannschaft zugeteilt.«

»Deutsche Marine?«

»Wahrscheinlich gemischt. Franzosen, Engländer, ein paar Griechen, wer weiß?«

»Wie schön, ein buntes Multikulti-Boot. Wollte ich schon immer mal fahren.«

»Wir sind wohl kaum in der Lage, uns das aussuchen zu können, Richter. Auf jeden Fall haben Sie und Ihre Leute gute Arbeit geleistet, das verdient Respekt.«

Jahr drei, 9. Juni, Morgen

»Ihr werdet vernichtet werden! Ich werde die Menschheit im Staub zertreten! Mein Zorn kommt über euch und wird euch vom Angesicht meines Planeten wischen! Eure Anmaßung, den Verkünder des Dunklen Lichts herauszufordern, werdet ihr bitter bereuen, bevor euer Ende gekommen ist!«

Die Stimme des Zeds, über das Erdmagnetfeld von Heru'ur gesteuert, überschlug sich förmlich brüllend und tosend. Die Bestie schleuderte Rotz und Sabber von sich wie eine Dogge. Der Zed zerrte an den schweren Ketten, was ein dumpfes Krachen im stählernen Schiffsleib erzeugte, doch General Pjotrew schaute ihn ungerührt an. Er ließ ihn toben und zetern, fluchen und drohen. Sollten seine Untergebenen, insbesondere Kzu'ul, doch sehen, wie viel Menschliches noch in Heru'ur steckte. Dass er zwar auch tot war und sich wie sie von Menschenfleisch ernährte, aber dass er keineswegs von ihrer Art war. Heru'ur war ein künstliches Geschöpf, das im Grunde sich selbst in seiner eigenen widergöttlichen Monstrosität erschaffen hatte. Seine Blutgier wurde nur von seiner unglaublichen Brutalität und einem unbändigen Willen zur Macht übertroffen.

Pjotrew beschloss, ihn weiter zu reizen, während er ab und an einen verstohlenen Blick zum Monitor riskierte, wo er eine kleine Anzeige betrachtete, die ihn interessierte. Dort wurden mehrere Werte angezeigt, die ihm einen Hinweis lieferten, wie weit bestimmte Aktionen fortgeschritten waren. Er musste Heru'ur unbedingt noch ein Weilchen unter Dampf halten, um sein Vorhaben zu vervollständigen. Deshalb nickte er erneut dem amerikanischen General am anderen Ende der Leitung zu. Der gab einige Befehle an seine Offiziere weiter.

»So«, setze Pjotrew aggressiv und spöttisch nach, »es ist auf einmal *Ihr* Planet, Doktor? Nicht der Planet der *Nation Zombie?*«

Der General verweigerte seinem virtuellen Gesprächspartner nach wie vor die direkte Ansprache als Struggler mit seiner selbst gewählten Bezeichnung, die dieser in seinem Größenwahn aus der ägyptischen Mythologie entliehen hatte. Er flocht möglichst oft die menschliche Identität des Nephilim ein, um ihn zu reizen, und das funktionierte gut. Er geriet zusehends in Rage und sein Avatar in der Zelle der Brigg tobte wie eine Marionette, deren Fäden von einem dreijährigen Kind geführt wurden.

»Ich bin nicht dein Doktor, ich bin Heru'ur, Herrscher über diesen Planeten, Gebieter über die Kalten, Bringer des Dunklen Lichts! Diese Nation Zombie, von der du sprichst, ist eine dumme Erfindung der Menschen, um sich genug Zeit zu verschaffen. Zeit, um eine Biowaffe zu kreieren, die alle Kalten vernichten soll. Ist es nicht so, General?«

Pjotrew wusste Bescheid. Heru'ur hatte tatsächlich das Amerika-Gespräch aus dem Gedächtnis des sich verwandelnden Offiziers gelesen, daher stammte die Information mit der Biowaffe. Und wie es aussah, fürchtete er, die Menschen könnten Erfolg haben. Der General war sich ziemlich sicher, dass Kzu'ul noch immer auf der Welle mithörte und interessante Dinge erfuhr. Er hoffte inständig, dass noch genug menschlicher Verstand in Kzu'ul war, der diese Scharade begriff, die sein Anführer da inszenierte, um ihn und seinesgleichen zu instrumentalisieren.

»Meine Leute forschen an einem Heilmittel, Doktor«, antwortete er sicher und gefasst, »einem Heilmittel, das *Ihren* Frevel an der göttlichen Schöpfung wiedergutmachen soll.«

»Frevel? Ihr Menschen seid der Frevel, den es zu beseitigen gilt! Ungeziefer! Ich habe die Grundlage einer neuen Existenz geschaffen, habe den Wunsch der Menschheit nach ewigem Dasein Realität werden lassen, ich erschuf die wahre Krone der Schöpfung. So bin ich Gottes Werkzeug! Wie einst die Sintflut, so werden die Nephilim sich erheben und die Menschheit aus dem Weinstock Gottes herausspülen wie Blattläuse!«

»Ja, nicht wahr? Und die Walker, die Hunter und nicht zuletzt die Struggler ebenso, um Platz zu machen für Ihre eigene Schöpfung, Doktor, ich verstehe.«

Ein infernalisches Brüllen der Bestie erfüllte den

Raum. Das hatte gesessen. Dem Anführer der Struggler sollten die Beweggründe seines falschen Propheten langsam klar werden.

»Du wagst es! Niederes Vieh! Leiden wirst du! Meine Armeen werden euer Territorium überrennen, egal wie viele Atombomben ihr auf sie werft. Es werden weitere kommen, Millionen, Abermillionen, und sie werden sich nicht von euch aufhalten lassen!«

Pjotrew zog gekonnt die Augenbrauen nach oben.

»Ups!«, meinte er lapidar. »Schon wieder ist ein Atomsprengkopf detoniert, wieder eine Million weniger. So was aber auch. Ach, ich könnte den ganzen Tag so weitermachen, aber ich befürchte, wir müssen unsere kleine Plauderei nun beenden. Da ich nicht davon ausgehe, dass Kzu'ul noch daran gelegen ist, mit mir zu kommunizierten, beende ich unser kleines Teestündchen dann jetzt hier. Hat mich gefreut, mal wieder etwas von Ihnen zu hören, Doktor. Leben Sie – nein –, *seien* Sie wohl. Wir sehen uns dann auf dem Schlachtfeld.«

Damit drehte er sich um und verließ den Raum. Der Struggler brüllte ihm noch einige Obszönitäten nach, doch das interessierte ihn nicht. Ziel der Kommunikation war gewesen, den geheimen Anführer – Heru'ur – aus der Reserve zu locken. Das war geglückt. Nun wusste der General, mit wem er es auf der anderen Seite zu tun hatte. Kzu'ul hätte man möglicherweise zum Einlenken bewegen können, aber diesen durchgedrehten Fanatiker – niemals!

Er ging zunächst zur Radarstation, die sich inmitten des Schiffes befand. Dort trat er an das Pult eines Offiziers, der die Langstreckensensoren bediente.

»Und? Sie konnten etwas finden? Die Ladeanzeige war vorhin positiv.«

»Jawohl, Herr General. Ich hatte Zugriff auf die europäischen GOCE-Satelliten und auf den GRACE-Satelliten der Amerikaner. Durch eine Synchronisierung der elektrostatischen Gravitationsgradiometer war ich in der Lage, das Signal, das unser Gefangener empfing, zu triangulieren.«

»Und?«

»Es stammt aus Sankt Petersburg, Innenstadt, unterirdisch. Mehr kann ich dazu nicht sagen, es gab einige Interferenzen.«

»Das haben Sie gut gemacht, Leutnant. Meinen Sie, Sie sind in der Lage, dieses Signal weiterhin zu verfolgen?«

»Jetzt, da ich weiß, nach welcher Signatur ich suchen muss, sicherlich. Ich müsste noch einige Anpassungen vornehmen, um den Sender exakter zu lokalisieren.«

»Verfolgen und protokollieren Sie das Signal. Versuchen Sie, es so exakt wie möglich zu bestimmen. Und erstatten Sie mir täglich Bericht.«

»Jawohl, Herr General! Zu Befehl!«

Pjotrew nickte und begab sich direkt zur Brücke. Von dort aus betrat er den Bereitschaftsraum des Kapitäns, in dem Kassatonow vor einem Monitor saß, der das Konterfei von General Dempsey zeigte. Er nahm sich einen Becher Tee und setzte sich zum Kapitän an den Tisch. Dempsey machte ein zerknirschtes Gesicht.

»Das ist also unser eigentlicher Gegner«, meinte er griesgrämig. »Dieser Schreihals, der Zombies als Telefon benutzt? Ich hoffe, wir haben ihm ordentlich was vor den Bug geschossen!«

Kassatonow sah Pjotrew fragend an. Der General nickte.

»Also ich glaube nicht, dass wir ihn sonderlich beeindrucken konnten«, gab er zur Antwort, »denn dieser Heru'ur hat keine Angst vor uns. Die Zeds, die er in diesem sinnlosen Kampf verheizt, sind ihm völlig egal, und wenn es eine Milliarde wären. Aus unserer Kommunikation konnte ich drei positive Aspekte mitnehmen. Erstens, ich weiß jetzt mit Bestimmtheit, wer er ist und wozu er fähig ist. Zweitens, ich bin mir sicher, dass Kzu'ul und einige andere Struggler-Anführer mitgehört haben und sich hoffentlich so ihre Gedanken über ihren toten Messias machen. Drittens, wir wissen jetzt, wo Heru'ur sich aufhält, zumindest ungefähr; unsere Leute grenzen das Gebiet demnächst systematisch ein.«

»Schicken Sie ihm eine von ihren P-700!«, grantelte Dempsey.

»Das ist nicht so einfach, denn er sitzt mitten in einer unserer Städte.«

»Was? Der Typ sitzt mitten in einer menschlichen Siedlung auf Ihrer Seite des Zaunes und lässt Legionen von Zombies ins offene Messer laufen? Na, das ist mir ja ein wahrer Prachtbursche. Was werden wir gegen diesen Mistkerl unternehmen?«

Pjotrew trank einen Schluck Tee und überlegte. Kassatonow mischte sich ein.

»Wie wäre es, wenn wir – vorausgesetzt es gelingt uns, seine exakte Position zu bestimmen – eine FOAB einsetzen? Die Zerstörungskraft einer großen Vakuumbombe müsste ausreichen, ihn in seinem Versteck zu erledigen. Dann haben wir kein Strahlungsproblem. Wir müssten nur die unmittelbare Umgebung evakuieren. Wenn wir der Schlange den Kopf abschlagen, könnte es sein, dass Kzu'ul und seine Leute aufgeben und sich wieder zurückziehen.«

Dempsey schürzte die Lippen.

»Na ja, mir soll es egal sein. Ich habe hier genug zu tun, hier braut sich auch Ärger zusammen. Der Grusel-Overlord scheint überall die Zombies verrücktspielen zu lassen. Bei der Gelegenheit, danke noch mal für die Baupläne der Mikrowellenwaffen. Unsere Techniker sitzen dran und sind dabei, die Maschinen zu bauen. Sie nennen es *Projekt Zombietoaster*. Nicht besonders einfallsreich, aber treffend.

Bleibt es dabei, nächste Besprechung in zwei Tagen?«

»Ja, in zwei Tagen«, bestätigte Pjotrew. Die Verbindung wurde getrennt und die beiden Russen waren allein im Bereitschaftsraum. Kassatonow stand vom Tisch auf, nahm eine Flasche aus einer Schreibtischschublade und bot sie Pjotrew an. Der nickte, und der Kapitän schenkte beiden einen guten Schluck Wodka in die Teetassen ein. Sie stießen an und tranken.

»Dieser komische Doktor wird uns richtig Ärger machen, was, Mikail?«

»Ja, das befürchte ich auch, Wladimir. Dieses furchtbare Serum, das ihn verwandelt hat, es hat seinen ohnehin schon beschädigten Geist völlig ins Dunkle verkehrt. Ich meine, das muss man sich einmal vorstellen: Er kreiert extra eine finstere Religion, um Untote in eine Art *Heiligen Krieg* gegen die Menschheit zu führen.«

»Das ist das mit Abstand Kränkste, was ich je gehört habe, Mikail. Ich hätte nie gedacht, dass ich so etwas noch mal erleben werde. Nastarowje!«

»Nastarowje!«

Die Männer leerten ihre Becher und Kassatonow schenkte noch einmal nach.

»Was denkst du, Mikail, werden wir diese Schlacht gewinnen?«

»Ich hoffe es, mein Freund, ich hoffe es …«

Erneut klickten die Becher aneinander. Kapitän Kassatonow setze seinen Becher auf dem Tisch ab und fragte:

»Wie geht es für uns hier weiter, Mikail? Bleiben wir vor Ort, schießen wir unsere Raketen ab? Oder wie?«

Der General rieb sich das Kinn.

»Da die P-700 Granit eine große Reichweite besitzen, können wir zunächst hier vor Anker liegen bleiben. Die Deutschen haben die Dolphin-Boote in Haifa sichergestellt; jedes der U-Boote ist mit vier Atomraketen bestückt. Admiral Duginow beabsichtigt, die Boote die großen Flüsse hinaufzuschicken, da sie aufgetaucht einen relativ geringen Tiefgang besitzen. Deine Männer müssten nur noch einen Eisbrecher requirieren, um ein Fahrwasser freizubrechen. Unsere, nein, *deine* Aufgabe ist es, den gesamten Radius der P-700 in Bezug auf die Bewegungen der Zeds zu überwachen. Ich werde mich mit der Lokalisierung dieses Heru'ur befassen. General Ruetli hat in Ramenskoje eine Tupolew 160 bereitstehen, die wir für die Target-Mission herrichten werden. Der *weiße Schwan* wurde von einem Sonderkommando auf der Basis *Engels* requiriert. Ich werde ihm den Vorschlag mit der FOAB nachher unterbreiten und denke, dass er auf Zustimmung stößt. Vielleicht ist es wirklich das Beste, diese Kreatur in Schutt und Asche zu versenken.«

»Wenn dieser Heru'ur oder Doktor tatsächlich auf der ganzen Welt die Zeds erreicht und sie mobilisiert, dann wird das wohl wirklich das letzte Gefecht, unser Armageddon, oder?«

»Ja, Wladimir. Diesmal müssen wir alles in eine Waagschale werfen, und ich hoffe, wir halten durch, bis das Projekt Kuru einsatzbereit ist. Wenn das nicht funktioniert, dann fürchte ich, ist es um die Menschheit geschehen. Am besten nutzt du die Zeit bis Einsatzbefehle hereinkommen, um Proviant und Wasser aufzufüllen. Versuche weitere Munition aus Sewastopol zu requirieren, und bereite dich darauf vor, im Falle unseres Versagens den Rückzug wie besprochen zu organisieren.«

»Der Gedanke will mir überhaupt nicht gefallen, Mikail.«

»Mir auch nicht, aber wir müssen uns auf alle Eventualitäten vorbereiten. Ich selbst werde noch diese Woche mit dem Struggler nach Rennes-le-Château zurückkehren, werde aber noch ein paar Tage hierbleiben, falls Kzu'ul sich entschließt, mit mir reden zu wollen. Sollte das nicht passieren, wird der Struggler in einen abgeschirmten Stahlkäfig verpackt und fliegt mit mir zurück nach Frankreich. Dort kann er als Testobjekt noch nützlich sein.«

»Nicht schön, wenn man bedenkt, dass er einmal einer von uns war«, meinte Kassatonow nachdenklich.

»Sie waren alle einmal einer oder eine von uns, Wladimir«, gab Pjotrew trocken zurück. »Jetzt ist er nur noch ein Struggler, der uns nützen kann.«

»Ja, natürlich, du hast recht, Mikail.«

Der Kapitän schenkte noch einmal nach. Schweigend tranken die Männer, diesmal jedoch, ohne vorher anzustoßen. Als sie die Becher geleert hatten, erhob sich Kassatonow und verließ den Raum durch eine rückwärtige Tür.

»Ich habe jetzt Freiwache und lege mich ein wenig hin. Wenn es auf der Brücke etwas gibt, lass mich bitte wecken, Mikail.«

Der General nickte und Kassatonow verschwand. Pjotrew aktivierte erneut das SatCom-System und stellte eine Verbindung her. Er wollte so schnell als möglich mit General Ruetli sprechen, der im Hauptquartier in Rendsburg für die Koordination der Luftwaffeneinheiten zuständig war. Eine halbe Stunde später war das ebenfalls zu seiner vollsten Zufriedenheit erledigt und er gönnte sich den Luxus eines Videoanrufes zu Hause bei seiner Angetrauten. Dann begab er sich in die Offiziersmesse, um sich ein ausgedehntes, verspätetes Frühstück schmecken zu lassen.

Jahr drei, 9. Juni, Mittag

»Da! Sie stürmen den Zaun!«

Die Wache an der Wolgaquerung bei Wolgograd schlug Alarm. Im Laufe des Tages war es im östlichen Uferbereich bei Krasnoslobodsk zu vermehrten Ansammlungen von kleineren Rotten gekommen, die sich zu einer relativ großen Zed-Horde zusammengeschlossen hatten. Mehr als zehntausend Individuen stürmten auf den Zaun am Ostufer ein, um sich über das Eis auf den Weg in die von Menschen besiedelten Gebiete zu machen.

Der Zaun war an dieser Stelle nicht ganz so massiv wie zum Beispiel im Norden bei Nischni Nowgorod. Er bestand aus einem fest im Stahlbeton-Bodenfundament verankerten Maschendrahtgeflecht mit verstärkten Querverstrebungen und Stahlpfeilern. In etwa drei Metern Höhe gab es auf der Westseite einen Laufgang. Zur Ostseite hin verliefen Strom führende Drähte. Jeder zweite Pfeiler war mit Scheinwerfern bestückt, an einigen Pfeilern waren Mikrowellenstrahler montiert. Diese wurden nun von den Wachhabenden aktiv geschaltet und verbreiteten sofort ihre gefährlichen, zerstörerischen Strahlungskegel.

Doch die Zeds hatten scheinbar dazugelernt, zumindest die Struggler. Während die Walker unbeirrt in den Strahlungsbereich der Mikrowellenwaffen hineinschlurften und jämmerlich darin zugrunde gingen, hielten sich die Struggler und Hunter davon fern. Die Hunter bekamen von den Strugglern, welche die Gefahr erkannten, die telepathische Order, die Bereiche zu meiden, in denen sich am Boden Pfützen bildeten. Während die Walker in den Strahlungskegeln quasi gar gekocht wurden, umgingen die Hunter diese Zonen und versuchten, sich dem Zaun auf andere Weise zu nähern. Sie sprangen kreischend und brüllend hin und her, versuchten die Kegel zu meiden, doch immer wieder durchbrachen ihre Glieder die unsichtbare No-go-Linie, was übelste Verbrühungen zur Folge hatte.

Wie bei den Walkern, die völlig merkbefreit sehenden Auges in ihre Vernichtung stolperten, bildeten sich auf der Haut sofort dicke Blasen, die aufplatzten und große Mengen Wasserdampf freisetzten. Die im oberen einstelligen Gigahertzbereich formatierte Strahlung versetzte die Wassermoleküle im Fleisch der Zeds in Schwingung und erzeugte dadurch binnen kürzester Zeit hohe Temperaturen, die das Wasser im Körper spontan verdunsten ließen. Die massive Ausdehnung des den Aggregatzustand wechselnden Wassers sprengte die zellulären Verbindungen, während die Temperaturen die Eiweißverbindungen zerstörten. Das hatte natürlich auf die körperliche Integrität verheerende Auswirkungen. Das Fleisch löste sich ab, Hautpartien verrutschten und der Zed-Körper zerfiel bei der geringsten Bewegung, was bei den Walkern schon fast skurril-komische Züge hatte. Sie zerfielen im Vorwärtsstolpern quasi in ihre Bestandteile und ein seltsamer Geruch, wie von Hühnersuppe, machte sich breit.

Die Hunter, welche die Strahlungskegel streiften, traf es weniger schwer, aber auch bei ihnen lösten sich Haut und Muskeln von bestrahlten Extremitäten, was sie zusehends unbeweglicher machte. Halb skelettiert und mit zum Teil grotesk wirkenden, großflächigen Fleischablösungen am Torso näherten sie sich weiterhin dem Zaun. Die meisten von ihnen bekamen dann vom Elektrozaun den Rest, der Starkstrom durch ihre Körper – oder was davon übrig war – hindurchjagte und, sämtliche Nervenreize überlagernd, die Zeds gewissermaßen per Kurzschluss ausschaltete. Was sich dann immer noch rührte, wurde von den Wachsoldaten per Kopfschuss eliminiert.

Nun schlug die Stunde der äußerst kräftigen, besonders muskulösen Zeds. Sie hatten aus den Ereignissen der Vergangenheit und aus ihren eigenen Erfahrungen gelernt und bedienten sich einer Taktik, die sie das erste Mal in der Schlacht bei Krakau zum Erstaunen der menschlichen Kommandeure gezeigt hatten. Die Struggler bauten sich einige Meter hinter dem Zaun spontan auf, griffen sich besonders agile, schmal gebaute und damit leichte Hunter aus der Horde und schleuderten sie im hohen Bogen in Richtung Zaun. Durch ihre enorme Körperkraft war es ihnen möglich, die Hunter geradewegs über den vier Meter hohen Zaun hinweg weit in das Uferdickicht der Wolga zu schleudern. Dort verschwanden sie in verschneiten Büschen, tauchten in den Schnee ein und waren nur schwer auszumachen.

»Abteilung eins! Schießt auf die Arme und Beine der Struggler! Abteilung zwei schießt auf die Hunter, die geworfen werden!«

Der Kommandeur der Grenztruppe hatte etwas Ähnliches noch nie gesehen. Die Aktion der Struggler verwirrte ihn völlig. Er mochte nicht glauben, was er da sah. Zeds, die andere Zeds durch die Luft warfen. Das war einfach *grotesk!* Dennoch handelte es sich nicht um einen Traum; dieser skurrile und völlig unerwartete Angriff fand tatsächlich statt. Nun galt es, den Schaden zu begrenzen, wenn möglich. Die Soldaten der ersten Wachabteilung schossen mit Vierzig-Millimeter-Gewehrgranaten auf die Standorte der Struggler. Ein Körpertreffer zerstörte diese zwar nicht, schränkte aber für einen Augenblick ihre Fähigkeit ein, die Hunter über den Zaun zu schleudern. Währenddessen versuchten die Schützen der zweiten Abteilung, die zappelnden Wurfgeschosse mit Kopfschüssen zu erledigen, bevor sie im Schnee versanken.

Die Struggler gerieten mehr und mehr in Rage. In immer kürzeren Abständen schleuderten sie die Hunter über den Zaun. Das Kreischen der fliegenden Zeds wurde ein ums andere Mal durch den Dopplereffekt zu einem an- und abschwellenden Jaulen verzerrt. Wenn die Situation nicht derart bedrohlich wäre, hätte man sich wohl über das Zombiewerfen trefflich amüsieren können, doch die Soldaten waren mit gänzlich anderen Dingen beschäftigt. Inzwischen hatten einige der Zeds, die im Buschwerk gelandet waren, sich aufgerichtet. Sie begannen, die Grenzanlage von Westen aus zu attackieren, so dass die Soldaten am Boden und auf den Laufgängen sich einer doppelten Front gegenübersahen.

Einige der Hunter, die von den sehr starken Strugglern zu weit geschleudert wurden, landeten kopfüber auf dem noch immer dicken Eis der Wolga. Ihre Schädel zerplatzten bei der Landung und hinterließen hässliche Flecken. Obschon der nukleare Winter sich merklich zurückzog, verlief in dieser Region zwischen Wolga und Don noch die Frostgrenze. In wenigen Wochen würde das Eis hier verschwinden und eine gänzlich veränderte Natur würde zum Vorschein kommen, in der an den Grenzanlagen Millionen Zed-Kadaver anfangen würden, zu verwesen.

Die Struggler verbargen sich nun geschickt hinter den anderen Zeds, so dass diese ihnen Deckung gaben. Mehr als einhundert Zeds kamen hier in jeder Minute um, denn die Soldaten feuerten, was ihre Waffen hergaben. Doch die Struggler waren nicht untätig. Ohne Unterlass schleuderten sie die Hunter über den Zaun, dann gingen sie dazu über, sich aufzuteilen. An einer Stelle, die etwas abseits des Hauptkampfplatzes lag, änderten sie ihre Taktik. Drei Struggler wurden von je zwei weiteren gepackt und im hohen Bogen über den Zaun geworfen. Sie tauchten in die Schneewehen ein und vergruben sich darin. Zwar feuerten die Soldaten auf diese Stellen, doch es gab keinerlei Gewissheit, ob sie entscheidende Treffer gelandet hatten. Damit bewegten sich nun auch Struggler auf der von Menschen bewohnten Seite der Grenze, ein Umstand, der noch zu Schwierigkeiten führen konnte.

Das skurrile Tontaubenschießen am Grenzzaun hielt noch eine Weile an, dann wurde es plötzlich laut. Eine kleine Rotte Su-34-Jagdbomber von der Militärbasis Ramenskoje traf ein. Es waren drei Maschinen, die ein Tankflugzeug bei sich führten. Die Piloten gingen sofort zum Angriff über und attackierten die Zeds mit Luft-Boden-Raketen, die ein Höllenfeuer über die Horde hereinbrechen ließen. Jede der Maschinen führte gut sechzig Raketen mit sich und auch die Dreißig-Millimeter-Bordkanonen fällten so manche Reihe der Zeds. Diese gerieten zusehends in eine Art kollektive Unruhe. Sie begannen, wild durcheinander zu rennen und rannten sich gegenseitig über den Haufen. Die große Explosionshitze der Raketen ließ das Körperfett einiger Zeds spontan verdampfen, so dass es sich entzündete. Sie liefen als quasi lebende Fackeln umher, bis sie nach wenigen Minuten zusammenbrachen und in Pfützen aus getautem Schnee liegen blieben.

Gut einhundert Zeds hatten die Struggler inzwischen über den Zaun befördert – und sogar ein halbes Dutzend ihrer eigenen Art –, als der Luftschlag ihre Attacke weitgehend zusammenbrechen ließ. Die Suchoi-Flugzeuge stiegen wieder auf in den Himmel und wurden dort von einem Airbus der ehemals deutschen Luftwaffe betankt.

»Team eins sichert die Anlage«, ordnete der kommandierende Offizier an, »Team zwei nimmt die Verfolgung der Eindringlinge auf. Wichtig ist, dass Sie die Struggler erwischen, bevor sie untertauchen! Also los, Bewegung!«

Die Soldaten gruppierten sich neu, frischten ihre Munitionsvorräte auf und schwärmten in kleinen Trupps zu je drei Mann aus, um den Spuren im Schnee zu folgen, solange das Tageslicht es noch zuließ. Feldwebel Sergej Ablomow leitete eine solche Gruppe. Gemeinsam mit den Gefreiten Mischa Objenik und Iwan Dolzijetschik folgte er einer Struggler-Spur im dünn besiedelten Schwemmland nördlich der Krasnoslobodsk-Brücke. Hier gab es dicht am Ufer eine Anhäufung armseliger Hütten, in der einst Fischer und Kleinverdiener gehaust hatten, hierher führte eine Spur mit weit ausgreifenden Schritten. Die Baracken und Schuppen, Garagen und Hühnerställe waren aus rohem Holz zusammengezimmert, die einst bunten Anstriche verwitterten bereits und auch die Grundstücke wurden nur durch Zäune aus Paletten- und Treibholz voneinander getrennt. Alte Bettgestelle bildeten die Pforten und verrostete Kleinwagen standen in den Einfahrten. Abgerissene Stromleitungen hingen von den Masten.

Die Soldaten verständigten sich untereinander durch Handzeichen und versuchten, möglichst wenig Geräusche zu erzeugen. Langsam stapften sie durch den knirschenden Schnee, der anzeigte, dass Tauwetter im Anmarsch war. Noch war der Boden tiefgefroren, aber das würde sich bald ändern. Dann wäre das Grenzgebiet nur noch eine nach Verwesung und Fäulnis stinkende Matschgrube. Wahrscheinlich würde der Pegel der Wolga so weit steigen, dass diese erbärmliche Siedlung wieder zu dem Treibholz werden würde, aus dem man sie einst errichtet hatte.

Der Feldwebel ging geduckt, sich aufmerksam umschauend, voran und dirigierte seine Kameraden mit Fingerzeichen nach rechts und links. Objenik sicherte von seinem Standpunkt rechts vom Gruppenführer nach beiden Seiten, während Dolzijetschik von der linken Flanke aus die Rückendeckung übernahm. Die Geräusche vom angegriffenen Zaunabschnitt waren hier noch deutlich, wenn auch durch den Schnee gedämpft, zu vernehmen. Langsam, Schritt für Schritt, rückte das Trio vor. Um den Struggler aufzuspüren und zu vernichten, der sich hierher geflüchtet hatte. Wobei *geflüchtet* vielleicht nicht das richtige Wort war, denn der Struggler selbst betrachtete sich nicht als Flüchtling. Die Frage, wer hier in der kalten Einsamkeit des Wolga-Ufers Jäger und wer Gejagter war, stellte sich genau genommen in jeder Minute neu.

Die Spuren führten zu einem baufälligen Fabrikgebäude, das wohl einmal so etwas wie ein Holz verarbeitender Betrieb gewesen war. Die Türen standen weit offen und der Wind pfiff durch das mehrstöckige, heruntergekommene Gebäude; die Ketten der Laufkatzen an den Deckenbalken klirrten leise. Fauliger, pilziger Geruch lag in der Luft.

Ablomow betrat das Gebäude zuerst, seine beiden Männer folgten ihm zögernd. Die Fingerzeichen des Feldwebels bedeuteten, auszuschwärmen. Sie sollten jedoch in Sichtweite bleiben.

Mit einem Mal verschwand Objenik aus dem Sichtfeld. Wie eine Rakete hob er nach oben ab und seine Füße verschwanden zwischen einigen Balken, ohne dass er einen Warnruf ausgestoßen hatte. Dolzijetschik feuerte sofort in die Richtung, in der sein Kamerad verschwunden war, aber er traf nur die Balken. Ein Regen aus Holzsplittern und Vogeldreck ergoss sich in das untere Geschoss. Doch es gab keine Vögel mehr, die im Gebälk aufflattern würden, sie waren alle schon früh dem heimtückischen Virus zum Opfer gefallen.

Der Feldwebel eilte zurück zu seinem verbliebenen Kameraden, und als er ihn erreichte, gellte ein markerschütternder Schrei durch das Gebäude. Ein blutiger Regen ergoss sich aus einem der oberen Stockwerke nach unten, überall klatschen dicke rote Tropfen auf die Dielenbretter. Ohne Frage hatte der Struggler Objenik erwischt und ihn getötet ... oder Schlimmeres getan. Ablomow und Dolzijetschik schauten einander an, sie dachten beide dasselbe. Wenn der Struggler ihren Kameraden nicht auffraß, dann hätten sie beide ein ernstes Problem – nein: *zwei* ernste Probleme.

»Wir müssen dicht zusammenbleiben, Iwan«, meinte der Feldwebel. »Wenn der Struggler Mischa verwandelt, dann könnte es für uns sehr eng werden.«

Der Gefreite Dolzijetschik bekreuzigte sich.

»Er wird sich sicherlich vermehren wollen und Mischa umwandeln. Oh Gott, ich habe noch nie so sehr gewünscht, einer der Kameraden möge gefressen werden.«

Aus den oberen Geschossen, nicht exakt feststellbar woher genau, dröhnte triumphales Siegesgeheul herunter. Der Gefreite hielt sich die Ohren zu, doch das nützte ihm nichts. Das Brüllen an sich war nicht so schlimm, das kannten die Soldaten der Grenztruppen von den Strugglern bereits, doch der Umstand, dass es *zweistimmig* war, machte es schier unerträglich.

»Schätze, dein Wunsch geht nicht in Erfüllung, Iwan.

Komm jetzt, wir müssen hier weg und Verstärkung herbeirufen!«

Die beiden zogen sich im Rückwärtsgang zurück, nach allen Seiten hektisch sichernd. Von oben hörte man das Gebälk knarren, das dumpfe Bollern massiver Füße, die auf rohen Dielen landeten und das Schnaufen eines Strugglers, der die Witterung aufnahm. Eines? Als Ablomow sich das fragte, war es bereits zu spät. Dolzijetschik hatte sich eben rückwärts durch die Tür hinausbewegt, als hinter ihm sein Kamerad Objenik landete. Er war vom zweiten Stock durch eine Ladeluke heruntergesprungen. Ohne zu zögern, griff er den Gefreiten an, riss ihn zur Seite und biss ihm in den Hals. Das alles geschah in einer einzigen, fließenden Bewegung.

Das Blut spritzte in einer hohen Fontäne aus der klaffenden Halswunde, als der Struggler plötzlich von ihm abließ und zur Seite hechtete. Ablomow riss seine Kalaschnikow hoch und sandte einen Feuerstoß in die Richtung, wo der Struggler soeben aufgetaucht war. Diese Bestie war binnen weniger Sekunden nach ihrer Infektion erwacht und hatte sofort angegriffen. Der Feldwebel hatte dergleichen noch nie gesehen, nicht in einer solchen Geschwindigkeit. Er folgte mit dem Lauf der Bewegung des Strugglers, traf ihn auch, nur schien das der Bestie nicht im Mindesten etwas auszumachen. Der Struggler hinterließ zwar eine deutliche Blutspur, als er draußen zwischen den Holzstapeln verschwand, doch hätte Ablomow nicht sagen können, ob es das Blut des Untoten oder das seines Kameraden war, das dort eine bizarre Linie in den Schnee zeichnete.

Er wollte dem Struggler folgen, ein Geräusch ließ ihn jedoch innehalten. Der Kamerad Dolzijetschik, eben noch verwundet röchelnd und Unmengen Blut speiend, gab merkwürdige Töne von sich. Aus dem Röcheln wurde eine Mischung aus Schreien und Knurren, ein kehliges Gurgeln, das durch weitere Blutfontänen ausgelöst wurde. Gleichzeitig konnte man erkennen, wie die Glieder sich verformten. Sie standen in abstrusen Winkeln ab, knackten und krachten, und in seinem Fleisch erhoben sich seltsame Beulen, die Arme, Beine und Brustkorb seltsam unförmig wirken ließen. Und um die Abscheulichkeit der Szenerie noch auf die Spitze zu treiben, erhob sich die seltsame Gestalt vom Boden, als wäre sie eine Gummipuppe, die man mittels eines Kompressors aufblies.

Ablomows Verstand weigerte sich, das Gesehene zu verarbeiten. Ein heiserer Schrei verließ seinen Mund, bevor die eigene Hand diesen erstickte. ›Weg hier!‹, dachte sich der Feldwebel und wollte zurückweichen, doch ein weiteres Geräusch ließ ihn zu Eis erstarren. Ungefähr drei Meter hinter ihm, im Türrahmen, durch den sein Kamerad und er eben ins Freie getreten waren, stand der Struggler, der sie – und das war Ablomow jetzt vollkommen klar – hierhergelockt hatte. Die drei hatten diese Bestie nie gejagt, sondern waren ihrem Köder auf den Leim gegangen.

Im nächsten Moment erschien der durch eine klaffende Halswunde und hässliche Mutationen ebenfalls völlig verformte Objenik wieder zwischen den Holzstößen, so dass Ablomow nun von drei Strugglern umringt war. Ohne weiter nachzudenken, entschied er sich für die einzige Alternative, die ihm noch blieb. Er riss seine Pistole aus dem Holster, entsicherte sie und hielt sich den Lauf unter das Kinn. Dann drückte er ab.

Die Struggler labten sich im nächsten Moment an seinem Blut, dem frischen Fleisch und den dampfenden Eingeweiden.

Jahr drei, 10. Juni, Morgen

»Der Anführer Kzu'ul will den Anführer der Menschen sprechen.«

Pjotrew stand unten in der Brigg am Gitter und blickte auf den Struggler hinunter. Er hatte sich gedacht, dass es noch zu einer Kommunikation kommen würde.

»Ich höre.«

Einen Moment dauerte es, dann veränderte sich die Körperhaltung des Strugglers, er streckte sich, drückte den Rücken durch. Seine Stimme wurde dumpfer, dunkler.

»Dies ist die Stimme von Kzu'ul, er spricht zum Anführer der Warmen. Kzu'ul hat das Gespräch des Anführers mit Heru'ur mit angehört. Der Gebieter war darüber erzürnt und hat Kzu'ul einen Tag in Agonie verharren lassen, um ihn zu bestrafen.«

»Gehe ich recht in der Annahme, dass du mit den Entscheidungen deines Meisters nicht einverstanden bist?«

»Der Gebieter trifft Entscheidungen, die Kzu'ul nicht zu hinterfragen hat. Dennoch hegt Kzu'ul den Wunsch, dem Anführer mitzuteilen, dass er gewisse Zweifel an der Rede des Gebieters hegt. Der Anführer möge verstehen, dass es nicht Kzu'uls Willen entspricht, die Warmen erneut anzugreifen. Der Gebieter sprach jedoch von tödlichen Waffen. Hat er wahr gesprochen?«

Pjotrew überlegte kurz, dann reagierte er.

»Kzu'ul, natürlich wenden wir tödliche Waffen gegen euch an, jetzt, in diesem Moment, da deine Horden entgegen unserer Absprache gegen den Grenzzaun vorgehen. Das hatte ich dir gesagt. Du hast die Abmachung nicht eingehalten, das sind die Konsequenzen.«

»Der Gebieter sprach von speziellen Waffen. Waffen, die Kalte angreifen, krank machen und zerstören.«

»Nun, was Heru'ur – *der gute Doktor* – meint, sind biologische Waffen, Viren zum Beispiel. Du *bist* in deiner Essenz ein solches Virus, das Menschen angegriffen hat und sie tötete, um sich ihrer Körper zu bemächtigen. *Du* bist eine biologische Waffe.«

»Aber jetzt gibt es eine Abmachung. Wirst du sie brechen?«

»Du meinst die Abmachung, die *du* bereits gebrochen hast?«

»Man könnte vielleicht erneut die Kämpfe ruhen lassen. Was für Waffen schaffen deine Untergebenen?«

Pjotrew entschloss sich, den Struggler anzulügen.

»Unsere Wissenschaftler sind auf der Suche nach einer Art Heilmittel, eine Art Impfstoff, der verhindert, dass ein Biss für die Menschen den Tod bedeutet. Wir sind es leid, unsere Freunde an euch zu verlieren. Wenn wir ein solches Mittel finden, sind die Menschen gegen euer Virus immun und verwandeln sich nicht mehr.«

»Keine neuen Kalten also?«

»Ihr seid doch eh viel mehr als wir.«

»Aber ihr habt die Maschinen, die die Existenz von Kalten beenden.«

»Ist doch nur recht; ein Vorteil für euch, einer für uns. Ich bin auch nicht hier, um einen wackeligen Kuhhandel zu machen, Kzu'ul. Deine Leute greifen uns an. Wir werden uns verteidigen. Und wir haben viele Todesmaschinen, neue Maschinen. Wir werden euren Sturm stoppen und dann werdet ihr es sein, die von uns gejagt werden. Letztlich ist das doch genau das, was Heru'ur will: Wir sollen aufeinander losgehen, damit er dann als lachender Dritter dasteht und seine eigene Art hervorbringt. Du solltest eines nicht vergessen, Kzu'ul: Er ist nicht von deiner Art.«

Einen Moment lang herrschte Stille im Raum, dann klirrten die Ketten erneut. Der Struggler hob den Kopf.

»Das ist Kzu'ul auch klar geworden. Aber er ist der Gebieter, verfügt über große Macht. Es ist gefährlich, gegen ihn aufzubegehren.«

»Es ist auch für uns gefährlich, unser Territorium gegen euch zu verteidigen. Aber wir tun es. Bis zum letzten Mann.«

»Kzu'ul hat großen Respekt vor den Kriegsherren der Warmen. Auch ihre Krieger sind sehr mutig und stark.«

Pjotrew rieb sich das Kinn.

»Weißt du, Kzu'ul«, setzte er nach, »wir hatten auch einen Gebieter, der große Macht besaß. Du hast ihn sogar einmal selbst gesehen, als du unser Gefangener warst. Doch als er für unsere Art gefährlich wurde, haben wir seine Befehle nicht mehr befolgt. Er verwandelte sich in ein Wesen von der Art, wie es Heru'ur ist, und ich habe ihn mit meinen eigenen Händen zum Schweigen gebracht.«

»Das war zweifellos ein großer Akt des Krieges, Anführer der Warmen. Aber Heru'ur verfügt über Mächte, die weit über das hinausgehen, was der ehemalige Warlord der Warmen entwickelte. Kzu'ul steht im Bunde mit dem Einen Gott, dem Bringer des Dunklen Lichts und er verfügt über Kräfte, die Kzu'uls Möglichkeiten weit übersteigen. Kzu'ul würde eine direkte Konfrontation nicht überstehen. Keiner der Kalten würde das, weil Heru'urs Kräfte auf den Linien der Kraft wandern. Kzu'ul muss dem Befehl des Gebieters folgen. Er hat keine Wahl.«

Pjotrew entnahm der Rede des Strugglers, in welcher Misere dieser sich befand. Er ließ erkennen, dass er an Heru'ur zweifelte, er wollte diesen Krieg nicht. Pjotrew bemerkte noch etwas, das er sich bei einem Struggler nicht hatte vorstellen können. Aus der Rede von Kzu'ul sprach Angst. Pure, unverhohlene Angst. Was hatte dieser Heru'ur für Fähigkeiten, dass diese einen mächtigen Struggler, sogar den Anführer der Zed-Armeen, derart in Furcht versetzen konnten? Gegen Menschen konnte er diese Kräfte offenbar nicht einsetzen, zumindest war kein solcher Fall bekannt. Überhaupt schienen diese telepathischen Fähigkeiten unter Zeds, und zwar nur und ausschließlich unter ihnen, zu funktionieren, denn von menschlicher Seite gab es keinerlei Berichte hierzu.

»Du fürchtest den Zorn des Gebieters?«, fragte Pjotrew.

»Kzu'ul hat gelernt, dass es besser ist, den Weisungen des Gebieters zu folgen.«

»Wirst du das auch weiterhin tun?«

»Das ist nicht sicher. Es gibt Dinge, die Kzu'ul nachdenken ließen. Darüber, ob die Worte des Gebieters auch wirklich Wahrheit tragen.«

Der General lächelte. Dann erwiderte er:

»Ich sage es dir einfach so, wie es ist, Kzu'ul. Dein Gebieter hat keinen Gott, er hält sich selbst für einen Gott. Und wenn er vorgibt, für einen Gott zu sprechen, dann spricht er nur für sich selbst.«

»Aber … die Reise in das Bahr Bela Ma zu der Stadt der Pyramiden … der Eine Gott …«

»… waren möglicherweise Induktionen, visuelle Eingebungen. Wenn er dich in Agonie versetzen kann, kann er dich dann nicht auch in die Stadt der Pyramiden schicken?«

Pjotrew nährte die Flamme des Zweifels in Kzu'ul, er setzte jeden sprachlichen Brandbeschleuniger ein, der ihn zum Ziel führen konnte.

»Dein Gott ist ein Lügner, Kzu'ul. Weißt du, wir beide werden sicher niemals Freunde sein, aber was er tut, das würdet ihr Kalten euch wohl untereinander nie antun. Wenn ich es richtig verstehe, dann ist es bei euch so, dass ein Struggler, der die Führung beansprucht, den aktuellen Führer herausfordert. Er steht ihm im Kampf gegenüber, Auge in Auge. Ist es nicht so? Was hat Heru'ur getan? Hast du ihn je gesehen? Weißt du überhaupt, wie er aussieht? Nein? Und trotzdem führt er die Armeen in einen sinnlosen Krieg, der mit eurer völligen Vernichtung enden wird? Wird Heru'ur euch anführen, wird er auf dem Schlachtfeld stehen, wie du es tust, Kzu'ul? Bei uns Warmen gab es mal eine Bezeichnung für Kriegsführer, die lautete: Herzog. Das war derjenige, der vor dem Heer zog. Vorn, in der ersten Reihe. Meine Soldaten würden mich verachten, wenn ich nur in der warmen Stube säße. Deshalb bin ich bei ihnen, kämpfe mit ihnen im Feld. Weil ich ihr Anführer bin.«

Die Worte des Generals verfehlten ihre Wirkung scheinbar nicht, denn es blieb für einen Moment still in der Zelle. Doch plötzlich veränderte sich die Situation. Die Gesichtszüge des Strugglers verhärteten sich und seine Stimme wurde drohend.

»Was bildest du dir ein, Sterblicher, dass du meine Anführer gegen mich aufhetzen kannst?«

Es war Heru'ur, der sich in die Unterhaltung einmischte. Das allein war das Ziel von Pjotrews Provokation gewesen. Dass Heru'ur die Magnetfeldlinien überwachte, war klar; es galt jedoch, ihn zur Interaktion zu bewegen.

Pjotrew drückte den Knopf an einem kleinen Gerät in seiner Tasche und die Satellitenüberwachung begann, die Feldlinien zu scannen. Die Operatoren schalteten die verbundenen Satelliten auf und begannen, das Signal von Heru'ur zu triangulieren.

»Dachte ich mir«, erwiderte Pjotrew, »dass Sie das nicht unwidersprochen stehen lassen, Doktor.«

Noch immer verwendete er die menschliche Bezeichnung des Strugglers, um ihn emotional in größtmöglichem Maße zu kompromittieren. Je wütender Heru'ur wurde, desto besser ließ sich sein Signal verfolgen. Also setzte er noch eins drauf.

»Ich hörte davon, dass Sie den Strugglern Gruselmärchen als Gutenachtgeschichten erzählen, Doktor. Was Besseres ist Ihnen wohl nicht eingefallen, was? *Bahr Bela Ma* – so nannte man die Sahara früher, ist es nicht so? *Das Meer ohne Wasser*. Und dann die *Stadt der Pyramiden* – ich muss schon sagen, ich hätte Sie für weniger klischeebezogen gehalten. Für was halten Sie sich? Pharao Tutanchamun? Sie können von Glück reden, dass die Struggler im Tode ihren Verstand weitgehend eingebüßt haben, sonst würden die wohl nicht so folgsam reagieren, nicht wahr?«

»Deine Stunden sind gezählt, Sterblicher! Heru'urs

Armee wird euch niederrennen. Dann darfst du mir dienen, wenn du verwandelt bist.«

»Ach ja, Verwandlung. Das ist so eine Sache. Warum kommst du nicht zu mir und erledigst das persönlich? Oder hast du ein bisschen Furcht, es könnte dir ergehen, wie deinem ehemaligen Befehlshaber, dem du so brav unterwürfig und hündisch gedient hast? Den habe ich nämlich selbst getötet, Doktor. Aber das wissen wir ja.«

»Du Unwürdiger! Spielst dich auf! Du konntest Marschall Gärtner nur überwinden, weil er noch nicht vollständig verwandelt war. Versuch es nur mit mir. Du wirst sehen, wohin dich das führt. Dein Versuch, Zwietracht zu säen zwischen meinen Strugglern und mir, ist jämmerlich gescheitert. Versuch es nur wieder, du wirst wieder scheitern. Und wieder. Und wieder. Ich werde dich besiegen, und dann gehört dein Planet mir!«

Der Struggler in der Brigg fiel von der Sitzbank und blieb zitternd am Boden liegen.

»Wache«, rief Pjotrew, »EM-Abschirmung aktivieren!«

Das EM-Gitter im Raum wurde aktiviert, so dass der Raum feldfrei wurde. Pjotrew hatte diesen Schutz von Anfang an in den Raum installieren lassen. Der Struggler entspannte sich wieder und sank in sich zusammen. Die Verbindung zu Heru'ur war abrupt unterbrochen. Pjotrew beabsichtigte, diese Kreatur, die da am Boden lag, nicht einfach mit einem Kopfschuss auszuschalten, sie war noch wertvoll für die weitere Forschung im Rahmen des Projekts Kuru. Mitleid mit dem armen Kerl, der dieser Struggler früher gewesen war, konnte er sich nicht leisten. Der General begab sich auf direktem Weg zur Radarstation, wo er vom Diensthabenden salutierend empfangen wurde.

»Und, konnten Sie ihn diesmal exakter lokalisieren?«

Der Soldat beeilte sich, auf den Monitoren eine von lauter Linien durchzogene Kartenansicht darzustellen.

»Wir konnten seinen Standpunkt tatsächlich ziemlich exakt lokalisieren. Es handelt sich um das Petrowski-Büro der Sankt Petersburg Bank, hier.«

Er zeigte auf eine Stelle der Karte unweit des Newa-Ufers in der Nähe der Festungsinsel. Dort war die Bank in einen großen, ringförmigen Bürokomplex untergebracht.

»Sicher, dass dort sein Versteck ist? *Dort?*«

»Äh, ja, wir haben das laufend geprüft und das Areal deckt sich mit den Ergebnissen der vorherigen Peilungen. Wir sind sicher, dass er dort aufhältig ist, wenn er sendet. Wir haben in den letzten vierundzwanzig Stunden mehr als zehn Messungen vorgenommen, sie stammten alle aus diesem Gebäudekomplex. Wir können natürlich nicht genau sagen, welches Stockwerk oder welches Zimmer, aber er hält sich definitiv dort auf.«

»Wie ist die Besiedlung?«

»Nun, bei den Gebäuden am Finlyandskij Prospekt handelt es sich auf beiden Seiten fast ausschließlich um derzeit ungenutzte Bürokomplexe, wobei Teile des südlichen Blocks durch Feuer zerstört wurden. Die zum angrenzenden Bolschoi Samosonijewskij Prospekt gewandten Gebäude stehen ebenfalls komplett leer. Westlich grenzt das Areal an die Newa.«

»Können wir dort eine FOAB hochgehen lassen? Was meinen Sie?«

»Nun, wir haben hier zu drei Seiten – Nord, Ost und zum Teil auch Süd – um den Ringkomplex herum hohe Gebäude, die einen Großteil der Druckwelle einer Explosion absorbieren und dabei einstürzen würden, wobei der Vakuumeffekt das Trümmerfeld räumlich begrenzen würde. Im Westen und Süden liegt die Newa, da sehe ich kein Problem.«

»Was ist mit Menschen? Wie viele Menschen halten sich da auf?«,

»Das dürfte sich in Grenzen halten. Die Besiedelungsgebiete nach der Rückeroberung beschränken sich zurzeit auf die Areale östlich des Finnischen Bahnhofs. Der westliche Teil ist eher dünn besiedelt. Da leben nur Aussteiger und Zivilisationsverweigerer, ein paar Kriminelle und notorische Säufer.«

Pjotrew fuhr mit dem Finger über die Areale, die der Monitor anzeigte.

»Das heißt, hier lagert er und dort drüben hat er ein ergiebiges Jagdgebiet. Perfekt! Und das genau vor unserer Nase. Gut, stellen Sie mir daraus eine Akte zusammen und speichern Sie sie auf einem Datenträger. Ich bin auf der Brücke.«

»Zu Befehl, Herr General!«

Während Pjotrew durch die Gänge des Schiffs marschierte, um sich auf der Brücke mit dem Kapitän zu treffen, grübelte er. Der irre Doktor, der sich selbst in einen unsterblichen Zombie verwandelt hatte, weilte also mitten unter den Menschen, die er eigentlich vernichten wollte. Seine unbändige Gier nach Menschenfleisch stillte er, indem er sich Obdachlose, Trinker oder andere Elemente der Gesellschaft griff, die niemand vermisste. Er hauste in einem Bankgebäude, wahrscheinlich irgendwo im Keller, ein Ort, den außer seiner Beutegruppe in Zeiten wie diesen kein Mensch aufsuchte. Wahrscheinlich musste er seine Beute nicht einmal erjagen, denn diese kam in regelmäßigen Abständen zu ihm. Irgendein Verwegener kam doch jeden Tag irgendwo auf die Idee, nachzusehen, ob es nicht in den Bankschließfächern Dinge von Wert gab, die man stehlen konnte. Gold oder Schmuck oder etwas Ähnliches. Und so brauchte er nur zu warten, bis diese Desperados seine Höhle aufsuchten, um sich zu bereichern. Ihm wurde jedes Mahl sozusagen frei Haus geliefert.

Das ärgerte Pjotrew. Diese gemeingefährliche Kreatur saß da wie eine Made im Speck und nährte sich an der jungen, wiederauferstehenden Gesellschaft. Dabei plante sie gleichzeitig deren Untergang, um künftig als primäre Daseinsform den Planeten zu bevölkern. Diesem Spiel würde er ein Ende machen. Es galt nur, sicherzustellen, dass die Bestie auch tatsächlich im Hause war, wenn die bunkerbrechende Vakuumbombe fiel.

Er fasste den Entschluss, das Areal zu verwanzen. Es durfte keinen Rückschlag geben, ein zweiter Versuch wäre wohl obsolet. Sinnvoll war es, ein kleines, bewegliches und gut ausgerüstetes Team dort hinzubringen, das Kameras, Sensoren und Mikrofone installierte, um die Höhle des Löwen zu bewachen. Pjotrew musste sichergehen, keine Bombe über dem Gebäude abwerfen zu lassen, wenn der Struggler nicht darin war. Eine solche Aktion kam wohl dem Begriff *Himmelfahrtskommando* nahe, doch es war unabdinglich, den Struggler mit dem ersten und einzigen Schlag zu erwischen.

Als er die Brücke erreicht hatte, besprach er mit dem Kapitän seine Idee. Nicht, dass dieser entscheidungsbefugt war, doch als Pjotrews Freund hatte seine Meinung beim General durchaus Gewicht. Zudem war Kassatonow als Kommandant eines mit Nuklearraketen bestückten Schlachtschiffes durchaus kompetent genug, die Wirkung einer massiven, bunkerbrechenden Waffe abzuschätzen.

»Was du da vorhast, ist nicht ganz ohne Risiko, Mikail«, meinte Kassatonow, »zumindest nicht für das Team, das den Gruselzaren da unten ausfindig machen soll.«

»Ich weiß, ich bringe die Männer in extreme Gefahr, aber es geht nicht anders. Aber wir haben nur diesen einen Versuch. Und wenn es klappt, dann können wir Kzu'ul vielleicht erneut dazu bringen, die Sinnlosigkeit seines Kampfes einzusehen.«

»Was es uns ermöglichen würde, unsere ultimative Waffe gegen ihn und seine Armeen in Stellung zu bringen, um unsererseits dieses Abkommen zu brechen.«

»Natürlich, Wladimir. Ich hatte nie die Absicht, auch nur einen von ihnen ... zu verschonen. Pah, beinahe hätte ich gesagt: ›am Leben zu lassen.‹ Soweit ist es schon gekommen. Nein, das sind Monster, Wladimir, mit denen schließt man keine Verträge, man tilgt sie vom Angesicht unseres Planeten. Du weißt, ich bin normalerweise ein ehrenhafter Mann und Soldat. Aber diese Bestien verdienen keine Ehre, denn sie besitzen auch keine. Da gibt es nur *sie oder wir*. Das verstehst du doch, oder?«

»Natürlich verstehe ich das, Towarischtsch. Sehr gut sogar. Sie passen einfach nicht in unsere Welt. Du hast schon recht. Ich habe gehört, auf Ramenskoje gibt es eine sehr gut ausgebildete Gebirgsjägereinheit, zu der auch der arme Kerl gehörte, der jetzt in unserer Brigg schlummert. Könnte mir vorstellen, dass die Männer dieser Einheit gut motiviert sind, um einen solchen Auftrag auszuführen, oder?«

Pjotrew nickte.

»Ich werde mich mit den Männern treffen. Aber ich muss vorher noch mit Ruetli reden. Die Leute auf der Luftwaffenbasis dürfen auf keinen Fall diesen Struggler sehen, das gibt nur böses Blut. Ich werde für den Struggler einen Transporthubschrauber ordern, der ihn sofort zu der C-160 bringt, die ihn nach Toulouse ausfliegen soll. Ich werde mit dem Bordhubschrauber dann zur Basis fliegen und dort ein vorübergehendes Operationszentrum einrichten.«

Ein Matrose betrat den hinteren Teil der Brücke, wohin Kassatonow und Pjotrew sich zurückgezogen hatten. Er salutierte und hielt dem General einen USB-Stick hin.

»Herr General, die angeforderten Unterlagen aus der Radarstation, wie befohlen.«

Pjotrew nahm den Datenspeicher und salutierte ebenfalls.

»Danke. Wegtreten!«

Der junge Mann machte zackig auf dem Absatz kehrt und verschwand wieder. Pjotrew schloss den Stick an einen Computer an und rief die Datei auf. Der Tischmonitor zeigte eine Auswahl an Thumbnails. Kassatonow tippte mit dem Finger ein kleines Bild an und es wurde auf Vollbildansicht vergrößert. Es zeigte die Zielregion.

»Dort willst du eine thermobarische Ladung zünden, Mikail? Da wird aber ordentlich Glas zu Bruch gehen.«

»Die Sprengung der AWBPM entspricht in etwa vierundvierzig Tonnen TNT. Wir müssen sie aber bis in das Untergeschoss bringen, also vorher eine KAB-1500 abwerfen, um die Deckenstruktur zu knacken. Eine Sekunde später folgt die Vakuumbombe. Das sollte jede Kreatur – egal ob lebend oder tot – da unten vernichten und unter dem Gebäude begraben. Eine Tu-160 sollte beide Waffen bequem tragen und exakt abwerfen können. Meinst du nicht?«

»Oh ja, da bin ich sicher. Eine P-700 Granit würde natürlich dieselbe Arbeit verrichten, und wir könnten sie von hier starten.«

»Wladimir«, entgegnete Pjotrew mit sorgenvoller Stimme, »ich möchte nicht in die Geschichte eingehen als derjenige, der Sankt Petersburg mit einer Atomrakete eingeäschert hat. Immerhin leben dort Menschen. Wir können nicht noch mehr von ihnen verlieren. Und wir dürfen an die Kommunen nicht das Signal senden, dass wir ihr Leben nicht achten. Ihre Söhne, Töchter, Brüder und Schwestern kämpfen an der Front für unsere Welt. Na ja, und außerdem werden wir wohl noch jede deiner Raketen an der Ostfront brauchen, Wladimir. Diese Höllenmaschinen kommen schon noch früh genug aus den Silos.«

»Da hast du sicherlich recht, Mikail. Und eine FOAB ist immerhin auch so viel wert wie eine kleine Atombombe. Ich habe damals den Erstabwurf im Fernsehen verfolgt. Mein lieber Mann, diese Dinger hauen vielleicht was weg.«

»Wir haben sie auch während der Operation Payback eingesetzt«, merkte Pjotrew an. »Ich bin heilfroh, dass auf der Basis Engels noch welche gelagert wurden.«

»Ähm, da werden wir wohl in nächster Zeit noch so manchen explosiven Schatz bergen, würde ich meinen«, erwiderte Kassatonow grinsend.

Jahr drei, 12. Juni, Mittag

»Ich glaube, ich habe eine Lösung!«

Tom war völlig aus dem Häuschen, als Alv, Eckhardt und Ernst ihn im Labor besuchten, um die Ergebnisse seiner jüngsten Forschung zu besprechen. Der junge Physiker hatte seit Tagen exzessiv an einer bestimmten Problematik innerhalb der technischen Anforderungen im *Projekt Kuru* gearbeitet, so dass sogar seine französische Freundin Nicola ihn quasi zum Essen hatte zwingen müssen. Obschon es seit zwei Tagen regnete, hatte sie mit dem Topf voller Risotto und Dosenwürstchen vor seinem Fenster gestanden, ohne ein einziges Wort zu sagen. Allein ihr strafender Blick aus dem triefnassen Gesicht hatte irgendwann ausgereicht, um ihn aus dem Labor zu treiben. Allerdings hatte er sie erst am zweiten Tag bemerkt, so dass sie diesen *Dolchstoßblick* nicht abgelegt hatte, als er, Entschuldigungen murmelnd, das Gebäude verließ, sie völlig sinnlos in eine Jacke hüllte und mit ihr nach Hause ging. Die junge Dame war inzwischen wieder getrocknet, der Versöhnungssex hatte offensichtlich stattgefunden und nun sprang Tom wie ein Aufziehmännchen durch das Labor, um seinen Besuchern von den Fortschritten zu künden, die er gemacht hatte. Alv schaute besorgt aus dem Fenster, aber der Regen hatte aufgehört. Letzte Rinnsale tropften von den Lehmziegeldächern und suchten sich ihren Weg durch die Grand Rue von Rennes-le-Château. Wenigstens würde Nicola sich nicht noch erkälten.

»Schaut her!«

Tom aktivierte den Großbildschirm, der an die Optik des Elektronenmikroskops angeschlossen war. Auf dem Monitor konnte man verschiedene Eiweißmoleküle erkennen, die nach scheinbar zufälligen Bewegungsmustern in einer Nährlösung schwammen. Dann richtete Tom einen kleinen Lautsprecher auf die Prüfkammer, der mit einer Art Synthesizer verbunden war. Dieses Gerät besaß mehrere oszilloskopische Anzeigen und einen Haufen Schaltknöpfe. Tom aktivierte eine Reihe von Schaltern und auf den Anzeigen konnte man eine Amplitude erkennen.

»Das Aktivierungssignal wird sich im Infraschallbereich bewegen, bei maximal fünf Hertz und etwa sechzig Dezibel. Damit ist das Tonintervall nicht hörbar. Ich habe es an den Strugglern getestet, sie haben nicht direkt darauf reagiert.«

Inzwischen existierte ein Exekutivlabortrakt außerhalb des Dorfes unter dem Nordhang. Hier verlief ein alter Bergpfad, an dessen Rand man insgesamt zehn Stahlcontainer aufgestellt hatte, in denen Hochsicherheitszellen untergebracht waren, die diverse Zeds beherbergten. Drei waren mit je einem Struggler belegt, drei mit Huntern, drei mit Walkern und eine Zelle enthielt eine gemischte Gruppe aus Huntern und Walkern.

Jeder Container verfügte über eine Sicherheitsschleuse zur Dekontamination, eine faradaysche EM-Abschirmung und ein gasgefülltes Flammenwerfersystem, mit dem man den gesamten Container bei hohen Temperaturen ausbrennen konnte, falls etwas schieflaufen sollte. Nachdem tags zuvor auch der letzte der unfreiwilligen Struggler-Probanden eingeflogen und sofort von Toulouse nach Rennes-le-Château gebracht worden war, konnten die ersten Testreihen nun bald beginnen. Die Hunter und Walker befanden sich schon ein paar Tage länger in Gewahrsam. Man hatte sie im näheren Umkreis von Toulouse eingefangen, was sich bei diesen ausgehungerten Kreaturen als nicht allzu schwierig erwiesen hatte. Die Soldaten von Eckhardts Division waren froh um jeden Zed, den man aus ihrer Umgebung entfernte.

»Ich beschalle jetzt die Moleküle.«

Tom betätigte einen letzten Kippschalter, der den Infraschallton beziehungsweise die entsprechende Sequenz in die Prüfkammer leitete. Auf dem Oszilloskop konnte man die wechselnde Tonfolge visuell erfassen, zu hören war – wie Tom erläutert hatte – nichts. Auch auf dem Monitor tat sich etwas. Aus den Aminosäuren, organischen und weiteren anorganischen Kleinstbestandteilen entwickelte sich durch Ballung und Anhaftung ein Cluster, der zunächst die Form einer kleinen Bohne hatte. Dann jedoch bildeten sich winzige Fortsätze, die wie die Ruderfüße einer Amöbe aussahen. Der Anblick des eigenartigen Gewächses, das man so gar nicht mit dem Begriff *Nanoroboter* in einen Sinnzusammenhang bringen mochte, war den Anwesenden geläufig. Der Durchbruch lag darin, dass durch ein äußeres Stimulans der Selbstorganisationsprozess in Gang gesetzt wurde. Die kleine biologische Kampfmaschine besaß also nun einen Schalter.

»Genial!«, entfuhr es Alv. »Wie hast du das gemacht, Tom?«

Der junge Mann war sichtlich stolz auf seinen Erfolg, und das zurecht.

»Na ja, zuerst hatte ich keinen Plan, wie ich das bewerkstelligen sollte. Und ehrlich gesagt, ich hatte auch ein wenig Schiss, es nicht zu packen, immerhin hängt das gesamte Projekt von diesem Schritt ab. Die Bots zu bauen war mit der Unterstützung von Ernst eigentlich keine allzu große Hürde, obwohl das natürlich auch Neuland war, für ihn genauso wie für mich. Aber die Programmierung des Bauplanes und das Startsignal stellten uns vor Probleme, die am Anfang wirklich aussahen wie der Mount Everest. Ich habe lange überlegt und mir dabei eine Led-Zeppelin-Scheibe angehört, ihr wisst ja, ich stehe auf Vinyl. Und wie die Platte so vor sich hin knackte, da kam mir die Idee: *Resonanzrillen*.«

Alv und Eckhardt blickten etwas verwirrt drein. Ernst lächelte, dann ergriff er das Wort.

»Ich weiß, der Begriff klingt etwas seltsam. Technisch – und vor allem biologisch – gesehen ist er auch nicht ganz korrekt, aber in Ermangelung exakter Termini haben Tom und ich uns auf diese Bezeichnung geeinigt. Ich habe die Grundbausteine der Präcluster, die sich im Rahmen der üblich zu nennenden Anhaftung nach dem Passieren der *Blut-Hirn-Schranke* bilden, genetisch manipuliert und sie mit einer spezifischen submolekularen Oberflächenstruktur versehen. Diese Oberflächenstruktur ist bei allen Bauteilen der Bots identisch. Trifft nun unser Infraschallmuster auf diese spezielle Struktur, so erregt sie die Teile, erzeugt eine biochemische Resonanz und stimuliert die Ballung zum finalen Cluster, dem Nanobot. Hierbei bildet sich auf der Clusteroberfläche ein neues Resonanzrillenmuster, das auf eine andere Tonfolge reagiert, in diesem Fall den Stoppbefehl, der die Desorganisation des Clusters bewirkt. Somit sind wir in der Lage, die Nanobots sowohl an- als auch auszuschalten. Ich demonstriere Letzteres.«

Der Professor nahm eine Einstellung an dem Tonerzeuger vor und die Molekülhaufen auf dem Monitor zerfielen sofort in Bestandteile, die allerdings anders aussahen, als die ursprünglichen Komponenten.

»Die Endprodukte«, erläuterte er, »sind nicht remodulierbar, so können wir eine spontane Reorganisation von vornherein ausschließen. Jetzt müssen wir noch die zweite Stufe der Aktivierung initialisieren, nämlich dass der Nanobot auch seine Tätigkeit aufnimmt. Ich arbeite dafür bereits an einer entsprechenden Ribosomenprogrammierung. Dazu muss ich allerdings die RNA der Zielgruppenviren verarbeiten, was mir nun ja möglich ist. Außerdem muss der Bot eine Art genetisches Verfallsdatum und einen Telomer-Zähler erhalten, der unmittelbar mit der Selbstorganisation ausgelöst wird und die sogenannte Hayflick-Grenze bestimmt. Auch dazu benötige ich noch tiefer gehende Studien. Denn unser Bot soll nicht zu lange leben, aber auch nicht absterben, bevor er den maximalen Schaden angerichtet hat.«

»Das wird unsere Sicherung?«, wollte Eckhardt wissen.

»Genau. Der Bot besitzt im Grunde die Eigenschaften einer Zelle. Er ist auch in der Lage, sich durch eine Art Zellteilung zu duplizieren. Dieser Begriff ist nicht ganz richtig, muss jedoch für unsere verständliche Erläuterung ausreichen. Der Bot wird angewiesen, eine bestimmte Anzahl von Mitosen, also Zellteilungen, zuzulassen. Dazu verkürzt sich ein Strang in der RNA, das sogenannte Telomer, jeweils ein Stück. Wenn die kritische Länge erreicht ist, teilt sich die Zelle nicht mehr und stirbt schließlich ab. Vereinfacht gesagt, lassen wir die Nanobots altern, und zwar im selben Maß, in dem sie im Gehirn des Zielobjekts Schaden verursachen. Dieses Gleichgewicht zu bestimmen und es durch genetische Manipulation auf den Bot zu programmieren, wird Bestandteil der nun folgenden Forschung werden.«

Alv lächelte.

»Soso, und das denkt ihr zwei euch hier so aus, während andere Leute im Gemüsegarten das Unkraut jäten, was? Mann, bin ich froh, dass wir Freunde sind.«

»Im übertragenen Sinne«, erwiderte der Professor ebenfalls lächelnd, »machen *wir* das genaue Gegenteil. Wir pflanzen Unkraut in die Gehirne der Zeds, bis ihr Gedankengemüse überwuchert ist und eingeht.«

»Und ein Komiker ist er auch noch. Hat man so was schon gesehen?«

Die vier lachten befreit, denn dieser Tag war wirklich ein Moment des Durchbruchs. Sie hatten vereinbart, den Militärs noch nichts zu sagen, bis die *sichere* Variante des Nanobots mit der Altersbegrenzung fertiggestellt war. Wenn dies der Fall sein würde, sollten alle Vorstufen komplett vernichtet und die einzige Kopie der gesamten Forschungsdokumentation an einem sicheren Ort verwahrt werden. Alv und Eckhardt waren übereingekommen, dass dies die Krypta mit der Grabkammer im Südhang sein sollte. Sie fanden, dass dieser Ort die entsprechende Würde besaß, um die Daten aufzunehmen.

»Wenn das hier alles überstanden ist«, fügte Alv noch hinzu, »wenn die Bedrohung durch die Zeds neutralisiert wurde und wir wieder zu einer wirklich menschlichen Zivilisation zurückkehren, die diesen Namen auch verdient, dann möchte ich, dass ihr zwei den ersten Nobelpreis für das bekommt, was ihr hier getan habt. Das ist mein voller Ernst. Was ihr hier mit unseren verhältnismäßig bescheidenen Mitteln zustande kriegt, ist einfach unglaublich. Die Welt ist doch immer wieder voller Wunder, und im Angesicht der in Aussicht stehenden Vernichtung entfaltet der Mensch ein weiteres Mal seine unglaubliche Kreativität und seinen kollektiven Genius. Ich bin sehr, sehr stolz auf unsere kleine Gemeinschaft hier und auf das, was sie hervorbringt. Danke, meine Freunde, für alles, was ihr für uns und den Rest der Menschheit tut.«

Tom grinste und entgegnete:

»Passt schon, das liegt mir eh mehr, als Unkraut zu jäten.«

Jahr drei, 14. Juni, Mittag

Schnarrend liefen die Propeller der C-160-Transportmaschine auf dem nördlichen Rollfeld des Pulkowo-Flughafens aus. Feldwebel Storgau instruierte seine Männer letztmalig. Er stand im Mittelgang auf der Ladefläche an die zwei Paletten mit Material gelehnt. Seine sechs Männer und ein Technikerteam, bestehend aus acht hervorragend ausgebildeten Fachleuten von der Heeresaufklärungstruppe, saßen angeschnallt auf den Stahlsitzen an der Außenwand. Die Restrukturierung der Streitkräfte war in den vergangenen zwölf Monaten weit vorangeschritten. Selbst die Inklusion internationaler Einheiten in die nunmehr eurasischen Verbände funktionierte bestens. Die Sprachbarrieren erwiesen sich als wesentlich unerheblicher als zunächst gedacht; was auch dem Umstand geschuldet war, dass die Verbände funktional aufgestellt wurden, nicht nach Nationalität. Es gab feste Regeln für die Dienstsprache und untereinander verständigten sich die Soldaten meist mit Händen und Füßen. Bei den Technikern handelte es sich um Franzosen, Russen und sogar Spanier. Die Gebirgsjäger waren Deutsche und Schweizer. Storgau sprach mit dem gesamten Team deutsch, nachdem er sich vergewissert hatte, dass alle ihn verstanden.

»Also, Männer! Operation *Hellboy* beginnt. Am Terminal erwarten uns zwei Militärlaster, jeder fasst eine

Palette. Von hier aus führt eine der Hauptverkehrsadern mitten in die Stadt. Wir nehmen die Liteiny-Brücke über die Newa, was uns schon auf Sichtweite an das Zielobjekt heranführt. In der Brandruine des Hotels Sankt Petersburg beziehen wir Quartier. Da wir nicht exakt bestimmen können, wo genau der Struggler in dem Bankgebäude haust, werden wir zunächst Sichtaufklärung betreiben und ein Bewegungsprofil erstellen. Dazu legen wir noch einen vorgezogenen Horchposten im Gebäude gegenüber dem Eingang der Bank an, auf der anderen Straßenseite des Finnland-Prospekts. Die Gebäude sind groß genug, perfekte Tarnung ist möglich. Zweiundsiebzig Stunden Dauerobservation, wenn nötig länger. Unsere Mission ist nicht befristet, wir können uns jederzeit im Ostteil der Stadt mit weiteren Vorräten versorgen. Das Areal um die Sampsoniewski-Brücke und das südöstliche Newa-Ufer werden für den Publikumsverkehr gesperrt. Viel los ist in der Ecke sowieso nicht, schätze, der Struggler wird nicht aufmerksam werden. Wichtig ist: nicht gesehen werden, keine verdächtigen Bewegungen, Schatten oder Sonstiges. Dieser Struggler ist völlig anders als die anderen, denen wir bislang begegnet sind. Er denkt wie ein Mensch und handelt taktisch klug und umsichtig. Unterschätzt den Burschen nicht, Männer! Ihr greift ihn unter keinen Umständen an. Geschossen wird nur im äußersten Notfall zur Verteidigung, ist das klar?«

»Verstanden!«, riefen die Männer synchron.

»Noch eines«, fügte Storgau hinzu, »und ich sage das nicht gern, Männer. Wenn einer von euch im Kampf mit der Bestie verletzt wird oder in die Hände des Strugglers gelangt, dann haben die Kameraden die Pflicht, ihn sofort mit einem gezielten Kopfschuss auszuschalten. Das ist ein Befehl von allerhöchster Stelle! Dieses Mistvieh kann eure Gedanken lesen von dem Moment an, wo ihr infiziert seid. Der Struggler darf jedoch unter keinen Umständen von unserer Mission erfahren. Verstanden, Männer?«

»Verstanden!«, riefen die Männer erneut mit fester Stimme, doch man sah ihren Gesichtern an, dass so manchem nicht wohl war bei dieser Mission. Man hatte Storgaus Zug ausgewählt, weil keiner der Soldaten darin noch lebende Angehörige hatte und weil die Männer bereits Auge in Auge mit V32-Strugglern gekämpft hatten. Auch die Männer der Aufklärungsgruppe waren handverlesen und hatten schon so manch heiklen Auftrag in ihren ursprünglichen Einheiten ausgeführt. Zweck der Operation war es, zunächst das Zielobjekt zu identifizieren, dann die Gewohnheiten des Strugglers auszukundschaften, eine möglichst umfassende Kameraüberwachung unauffällig zu installieren und natürlich für den geplanten Luftschlag ein Ziel zu markieren. Den letzten Punkt allerdings hatte das Oberkommando keinem der Soldaten mitgeteilt, für den Fall, dass einer von ihnen in Heru'urs Hände geriet und dieser dem Sterbenden die militärischen Details der Mission mit seinen telepathischen Fähigkeiten entriss. Offiziell handelte es sich um eine Aufklärungs- und Überwachungsmission. Die Kameras waren natürlich alle mit exakten GPS-Chips ausgerüstet, so dass die Bomben für den Luftschlag direkt vom Einsatzzentrum aus auf die Kamera programmiert werden konnten, die dem Struggler dann aktuell am nächsten war.

Glücklicherweise hatte sich die Bestie in einem Bankgebäude eingenistet, das ohnehin nur so vor Überwachungskameras strotzte. Alle Geräte, die das Team einsetzte, waren Repliken der vor Ort montierten Kameras. Sie liefen passiv im *Silent Mode,* so dass der Struggler nicht bemerken würde, dass die Kameras ausgetauscht und aktiv geschaltet worden waren.

Die Schwierigkeit lag darin, in das Bankhaus einzudringen, die erforderlichen Modifizierungen dort vorzunehmen und wieder rauszukommen, ohne von der Bestie erwischt zu werden und vor allem ohne irgendwelche Spuren zu hinterlassen. Straßen und Wege waren noch immer verschneit, was für die geplante Annäherung ein echtes Hindernis darstellte, was Spuren anging.

Storgau hatte beschlossen, das individuelle Vorgehen direkt vor Ort unter Berücksichtigung der lokalen Gegebenheiten zu bestimmen. Zunächst musste ein Basislager eingerichtet werden. Für Strom und Wärme hatten die Männer eine kleine Brennstoffzelle dabei, außerdem Winterbiwaks und selbsterhitzende Fertigmahlzeiten. Es gab östlich des Finnischen Bahnhofes zwei Anlaufstellen, wo sich das Team mit weiteren Gütern versorgen konnte.

Die Bewaffnung bestand aus vier Scharfschützengewehren, davon zwei Orsis-T5000, die mit panzerbrechender Uranmunition vom Kaliber .338 Lapua Magnum jeden Struggler auszuschalten in der Lage waren. Zwei weitere Gewehre amerikanischer Bauart mit Hartkerngeschossen und zwei Gewehrgranatwerfer standen ebenfalls zur Verfügung. Außerdem natürlich Sturmgewehre, Handfeuerwaffen sowie Blend- und Spreng-Handgranaten.

Ein solches Arsenal reichte aus, um eine kleinere Kaserne einzunehmen; hier diente es allein der Abwehr eines einzigen Zeds. Aber Storgaus Team, das die flapsigen Bemerkungen der Aufklärer schnell mit ein paar Schwänken aus dem Alltag an der Ostfront zu parieren wusste, kannte die Gefahr, die von diesen Kreaturen ausging. Erst vor wenigen Tagen hatten sie einen Kameraden an eine solche Bestie verloren und der General hatte unmissverständlich klargestellt, dass die Kreatur, der sie sich hier näherten, aus einem anderen Holz geschnitzt war als alle Struggler, die sie je vorher gesehen hatten.

Das Flugzeug stoppte und die Ladeluken öffneten sich langsam. Schneidender, kalter Ostwind wehte Eiskristalle herein, die sich in jede Ritze drückten. Über das Flugfeld kamen zwei LKW mit Spriegel und Plane herangebraust. Sie wendeten und fuhren rückwärts an die waagerecht stehende untere Ladeluke der Maschine heran.

»So, auf, Männer! Fahrzeuge beladen und besetzen, klarmachen zum Abrücken!«

Die Soldaten sprangen von ihren Sitzen auf und schoben die Paletten auf den Ladeschienen bis zum Rand der Luke. Von dort aus glitten sie auf Rollbretter, die auf den Ladeflächen der LKW verstaut wurden. Storgau verteilte die Teams auf die LKW, während die C-160 bereits für den Weiterflug betankt wurde und ein Tragflächenenteisungsteam sich an die Arbeit machte. Kurz darauf waren die Lastwagen unterwegs nach Norden, durchquerten den inzwischen wieder belebten Zentraldistrikt und hielten auf das nördliche Stadtgebiet zu. Die Newa besaß bereits eine eisfreie Fahrrinne, so dass Waren- und Güterverkehr erneut anliefen. Nur in den nördlichen Stadtbezirken war die Besiedelung dünner und man traf am Stadtrand zuweilen auf Zeds. Meist handelte es sich dabei um aufgetaute Walker, seltener Hunter, die dort auf der Suche nach Menschenfleisch umherstreiften.

Die meisten, eigentlich fast alle Siedler waren mit T93 beziehungsweise T93-X behandelt, so dass die Stadt nur wenige ihrer Bürger an die Zeds verlor. Die Berater der zivilen Verwaltung hielten an vielen Stellen in Bürgerbüros Seminare ab, in denen versierte und fachkundige Leute den Bürgern das richtige Verhalten bei Zed-Sichtungen beibrachten. Hier ging es vor allem darum, ruhig zu bleiben, möglichst geräusch- und bewegungslos zu verharren und im Falle eines Angriffs sich selbst und andere angemessen zu verteidigen. So gelang es der Verwaltung, auch Menschen aus weit entlegenen Gebieten für ein Leben in der Stadt zu begeistern. Nur wusste niemand, welche Gefahr hier in den Katakomben lauerte.

Nachdem die LKW die Newa-Brücke überquert hatten, lenkten die Fahrer sie über die *Pirogowskaja naberezhnaja* am Nordufer des Flusses entlang, um schließlich auf Höhe der Aurora-Konzerthalle über den dortigen Parkplatz auf das Gebäude des Sankt-Petersburg-Hotels zuzusteuern. Das längliche Plattenbauwerk war schon zu besseren Zeiten ein hässlicher Klotz gewesen, doch nun, da die westliche Hälfte als verkohlte Brandruine darniederlag, wirkte das gesamte Gebäude noch abstoßender. Die Fahrer lenkten die Fahrzeuge an eine Rampe zwischen der runden Konzerthalle und dem Haupthaus; hier schien es Lieferanteneingänge zu geben. Dies war die dem Bankgebäude abgewandte Seite des Hotels, so dass die Entladearbeiten zügig und unbemerkt erledigt werden konnten.

Storgau beschloss, das zentrale Camp in die nach Süden zeigenden Zimmer im dritten Stockwerk zu legen. Der Überblick war von hier aus gut und die Versorgungseinrichtungen in den Untergeschossen waren erreichbar. Den Beobachtungsposten wollte er im zehnten Obergeschoss der Nordseite einrichten. Von hier aus konnte man sowohl den Innenhof der Bank wie auch die Flanken des Zirkelbaus beobachten und bis zum Finnland-Prospekt sehen.

Etwa zwei Stunden später war das Camp eingerichtet, das Beobachtungsnest im Hotel war ebenfalls fertig – der Gefreite Werner hatte hier Position bezogen – und Rüers und einer der Techniker hatten sich in dem schmuddelig-blauen Gebäude gegenüber dem Haupteingang der Bank über einer Drogeriekettenfiliale eingerichtet. Der Feldwebel hatte ein Acht-Stunden-Rotationsprinzip für die Wachablösungen befohlen und die Techniker versahen verschiedene Rucksäcke und Taschen mit dem jeweiligen Tagespensum an Ausrüstung. Am ersten Tag sollten lediglich die festen Wachstationen bestückt werden und man würde die Rechner, die Sendeanlage und die Funkverbindung installieren. Die Soldaten sollten derweil Tarnung, Abwehrmaßnahmen und erste visuelle Aufklärung übernehmen. Ischgl, der seit dem letzten Kampf mit einem Struggler noch immer etwas in Mitleidenschaft gezogen war, wurde zur permanenten Sicherung des Lagers eingesetzt, denn Storgau brauchte draußen, im Jagdgebiet des Strugglers, nur voll einsatzfähige Soldaten in bester Kondition.

*

Im Versteck in der sechsten Etage im Haus Nummer vierundzwanzig am Finnland-Prospekt hatte der Gefreite Rüers sein großkalibriges Scharfschützengewehr auf dem umbauten Balkon einer großzügig eingerichteten Stadtwohnung aufgestellt. Sie hatten die Wohnung verschlossen und nahezu unversehrt aufgefunden. In den letzten drei Jahren hatten weder Menschen noch Zeds diese Räume betreten. Das Mobiliar und die Wandbehänge aus schweren Teppichen wirkten typisch russisch, mit Hang zum Kitsch. Die Fenster waren intakt, so dass es hier nicht allzu kalt war; dennoch kamen die Thermoschlafsäcke zum Einsatz. Aus Teppichen, Vorhängen und Kissen hatten die beiden schnell eine relativ bequeme Ecke hergerichtet, in der man es aushalten konnte. Die Außentemperaturen lagen mittlerweile nur noch wenige Grad unter null, tagsüber gab es immerhin schon ab und an Tauwetter. Die Tage des nuklearen Winters waren gezählt, langsam stellte sich der Trend zur Wetternormalität wieder ein. In der Küche fanden die beiden sogar noch haltbare Konserven, das meiste war eh durch den Frost konserviert worden. Die Gläser mit Gemüse- und Obstkonserven waren allesamt geplatzt. Rüers freute sich über die Entdeckung einer nicht schlecht bestückten Hausbar im Wohnzimmer. So konnte er ab und zu einen Drink zu sich nehmen, freilich ohne sich zu betrinken, denn schließlich verließen die Kameraden sich auf ihn, der ihnen Deckung gab.

Mit dem Glasschneider hatte er ein faustgroßes Loch für den Lauf seiner zwischen vertrockneten Zimmerpflanzen verborgenen Waffe in die Scheiben geschnitten und die restliche Scheibe dann gut geputzt, um die Optik des Zielfernrohres nicht zu stören. Die Distanz zum möglichen Ziel betrug zwar nur maximal fünfzig Meter, so dass es einer ausgefeilten Zielberechnung nicht bedurfte, wenn es jedoch zum Einsatz kam, dann musste der erste Schuss sitzen.

»Du bist Spanier, oder?«, fragte er den Techniker, der neben ihm ein Periskop aufbaute und einstellte, damit man ihre Köpfe nicht am Fenster sah.

»Si. Ja, Spanier. Ich heiße Vargas.«

»Rüers, kannst mich Gerd nennen.«

»Antonio.«

»Du sprichst gut Deutsch.«

»Mein Vater war zeit seines Lebens in Deutschland als Gastarbeiter, später als Rentner. Bis ich achtzehn war, lebte ich bei ihm, dann ging ich in Spanien zum Militär.«

»Wie war das bei euch in Spanien, als die Apokalypse losging?«

Der andere hantierte mit dem Akkupack, das die hochauflösende Restlichtverwertung speiste und schloss die Kabel an. Auch das Richtmikrofon versorgte er mit Spannung.

»Ich glaube, nicht anders als bei euch im Norden. Die größeren Städte hat es zuerst erwischt: Barcelona, Valencia, Madrid natürlich, und so weiter. Meine Einheit war im katalanischen Bergland stationiert, dort verlief es etwas langsamer. Als dann allerdings auch Vögel, Hunde und Katzen angesteckt wurden, ging es wie ein Lauffeuer um. Ich habe sogar gesehen, wie Wildschweine in ein Dorf einbrachen und die Menschen dort angriffen und auffraßen. Sie drangen in die Häuser ein. Dieses unglaubliche Kreischen der infizierten Schweine werde ich nie vergessen. Ich habe später nie wieder etwas ähnlich Furchtbares erlebt.«

»Schon mit Strugglern zu tun gehabt, Antonio?«

»Ja, ich war in Krakau stationiert, als die große Horde angriff. Diese Dinger sind wirklich sehr gefährlich. Ich habe da gesehen, wie sie sogar Kampfhubschrauber zum Absturz brachten. Ich hoffe, wir bekommen mit unserem Zielobjekt keinen Ärger.«

»Hast du das Binokular-Ding aufgebaut?«

»Si, alles fertig soweit. Wir können die gesamte Gebäudefront auf dem Monitor sehen und ich kann auf Nachtsicht umstellen. Das Richtmikrofon versorgt uns mit Geräuschortung, ich habe verschiedene Standardfilter aktiviert. Sobald der Struggler sich auf der Straße blicken lässt, erzeuge ich ein spezifiziertes Geräuschprofil, das der Rechner mit der optischen Erfassung verknüpft. Theoretisch müssten wir nicht einmal hier sein, um den Burschen zu beobachten.«

»Okay, super. In etwa einer Stunde beginnt der Erkundungstrupp mit der ersten Begehung. Sie werden durch die Tiefgarage dort links reingehen und sich da mal etwas umsehen. Die Chancen, dass unser Hellboy erst rauskommt, wenn es dunkel wird, ist groß. Also können wir uns erst mal ein Schlückchen genehmigen und 'ne Dose Soljanka aufmachen. Hast du einen Gaskocher dabei?«

Antonio nickte. Er zog einen kleinen Esbitkocher aus seinem Rucksack und stellte ihn auf. Normalerweise wurde dieser nur für die Zubereitung warmer Getränke genutzt, da die Mahlzeiten sich in selbsterhitzenden Verpackungen befanden. Er ging mit dem Gerät in die Küche, die sich nach hinten zum Hof hin befand, und nach ein paar Minuten stieg Rüers der verlockende Duft von Gemüsesuppe in die Nase. Vargas kam mit zwei gefüllten Schüsseln zurück und nach dem Essen genehmigten sie sich einen Schluck guten Wodka aus der Hausbar.

»Was für Leute hier wohl gelebt haben?«, fragte Vargas nachdenklich.

»Tja«, gab Rüers zurück, »arm waren sie jedenfalls

nicht. Das Banken- und Geschäftsviertel war sicher nicht billig, was Mieten anbelangt, und die Einrichtung der Hütte spricht auch für sich. Vielleicht war es die Wohnung eines Kaufmanns oder irgendein Oligarch hat hier seine Fickbeziehung vor der Ehefrau versteckt, wer weiß. Ich habe keine Familienfotos oder so was gesehen, ein Kinderzimmer gibt es auch nicht, kaum persönlicher Kram.«

Vargas nickte.

»Im Bad gibt es Schminkartikel und Körperpflegemittel. Ein Paar war es sicherlich. Und im Schlafraum sah es seltsam aus. Alles voller Ketten, Peitschen und lauter so Zeug. Verwirrend.«

Rüers stand auf, ging in das Nebenzimmer und lachte. Nicht zu laut, aber hörbar.

»Ach du Scheiße«, meinte er, als er zurückkam, »das ist ja ein voll eingerichtetes Dominastudio! Ich werd irre! Tja, Antonio, falls du dir die Zeit noch mit ein paar Sadomasospielen vertreiben willst …«

»Danke«, winkte der ab, »kein Bedarf. Schenk lieber noch einen ein. Ich koche eine Kanne Tee.«

Sprach's und verschwand erneut in der Küche, wo er einen hervorragenden Tee mit Erdbeeraroma zubereitete.

Eine gute halbe Stunde später kam vom Hotel aus der Einsatzbefehl, und weitere zehn Minuten darauf konnten die beiden das Erkundungsteam sehen, das sich über den Innenhof dem Rundbau näherte, in dem die Bank ihre Filiale betrieb.

*

»Los, los, Männer!«

Der Gefreite Goebel hatte das Kommando über die Erkundungsgruppe, die aus ihm, den Kameraden Hornau und Platinas und zwei Technikern bestand. Goebel ging voraus, ihm folgten die natürlich ebenfalls bewaffneten Techniker. Platinas bildete die Nachhut und Hornau fungierte als Springer.

Der Verwaltungstrakt der Bank erstreckte sich über mehrere Stockwerke des Rundbaus und einige Anbauten, die in den Hof hineinragten. Als sie sich nach vorn vorarbeiteten, boten die stabilen, mit Metallplatten verkleideten Betonpfeiler der äußeren Arkaden Sichtschutz. Zum Glück war der Schnee auf dem Hof von zahlreichen Fußspuren durchzogen, so dass die der Gruppe nicht besonders auffielen. Offenbar bot eine Bank selbst in einer postapokalyptischen Zivilisation immer noch ein interessantes und lohnendes Ziel für allerlei lichtscheues Gesindel.

Ohne auf irgendeine Form von Leben oder Nicht-Leben zu treffen, erreichten die Männer den Finnland-Prospekt, die mehrspurige Straße, die zum Newa-Ufer führte. In der Deckung einer Mauer, die eine Auffahrtrampe begrenzte, schlich sich die Gruppe an den doppelspurigen Eingang der Tiefgarage heran. Einer der Techniker setzte einen Bewegungsscanner ein, doch die Untersuchung verlief ohne Ergebnis. Die Männer aktivierten ihre Helmkameras und die Gewehrlampen und drangen in gefächerter Formation in das Kellergeschoss des Gebäudes vor.

»Gefreiter Goebel«, hörte der aus seinem Ohrstöpsel, »dringen Sie nicht in die tiefer liegenden Kellergewölbe vor. Ich vermute, Hellboy hält sich dort im Tresorraum oder so auf. Dokumentieren Sie die Zugänge, untersuchen Sie Ihre Umgebung auf Spuren und sichern Sie die Techniker, damit diese ihre Einsätze planen können.«

»Verstanden, Feldwebel!«

Goebel flüsterte ins Kragenmikro, während die Lichtlanze seiner Waffe durch die relative Finsternis der Garage stach. Überall standen PKW herum, nicht anders als an der Oberfläche, ineinander verkeilt, offen, zum Teil ausgebrannt. Die Wände und Decken hier unten trugen ebenfalls Brandspuren, es roch nach verkohltem Kunststoff. Aber da war noch ein anderer Geruch, der sich subtil und dennoch wahrnehmbar unter die Brandgerüche mischte. Ein süßlicher, ekelerregender Verwesungsgestank zog durch die offenen Zugangstüren aus den Untergeschossen des Kerngebäudes hoch. Die Männer mussten einen zunehmenden Würgereiz unterdrücken.

»Okay, alles gesichert hier«, sagte Goebel halblaut, »ihr könnt anfangen.«

Die Techniker begannen damit, die vorhandenen Kameras auf ihren Handheld-PCs zu kartografieren; einige Modelle fotografierten sie zusätzlich. Geplant war, baldmöglichst einige dieser Kameras auseinanderzunehmen und das Innenleben gegen die mitgebrachten, netzunabhängigen IP-Cams auszutauschen, so dass man ihnen die Veränderung nicht ansah. Die Männer waren für einen solchen Job bestens qualifiziert und würden ihn nach bestem Wissen und Gewissen ausführen, dafür hatte man sie schließlich ausgewählt.

Gerade waren sie mit den Arbeiten im Garagendeck fertig und wollten durch einen breiten Flur in den Zentralbereich vordringen, um sich hier einen ersten Überblick zu verschaffen, da erstarrten sie förmlich in der Bewegung. Aus den Tiefen des riesigen Gebäudekomplexes dröhnte ihnen über die Treppenaufgänge ein Gebrüll entgegen, dass die meisten von ihnen eher einer Kreatur wie Godzilla oder einem Tyrannosaurus Rex zugebilligt hätten, nicht jedoch einem Zed. Und sie hatten keine Ahnung, wie treffend ein solcher Vergleich wäre angesichts der Historie des Zed-Virus. Selbst diejenigen in der Gruppe, die bereits Erfahrungen mit Strugglern hatten, sahen einander mit schreckgeweiteten Augen an. Sie waren harte Jungs, hatten so manche Schlacht erlebt, doch das, was sie hier vernahmen, erzeugte selbst in altgedienten Kämpfern Angst in einer Qualität, die sie bis dahin nicht gekannt hatten.

Der Nephilim-Struggler schien eine unbändige Wut mit der Lautstärke eines startenden Phantom-Jets herauszubrüllen, was vielleicht mit den Nuklearexplosionen der letzten Tage zu tun haben mochte. Immerhin hatten die Menschen beschlossen, die Angriffe der Zeds auf das Staatsgebiet der Eurasischen Union nicht länger hinzunehmen. Die Atomschläge hatte Millionen von Zeds vernichtet, so dass der Vormarsch der untoten Armeen leicht ins Stocken geraten war. Ein Umstand, der Heru'ur nicht gefiel und der seinem Untergebenen, Kzu'ul schon so manche Welle der Agonie gebracht hatte. Das Gebäude bebte förmlich, an einigen Stellen fielen bereits gesprungene Glasscheiben aus den Rahmen und zerbarsten am Boden. Das Gebrüll verstummte schlagartig.

Der Gefreite Goebel und seine Kameraden sahen einander fragend an, dann gab der Gruppenführer Handzeichen: ›Deckung suchen!‹

Die Männer stoben in verschiedene Richtungen davon und verbargen sich in Zimmern, unter Schreibtischen und in Aktenschränken. Sie versuchten, dabei so wenig Geräusche wie möglich zu erzeugen, was sich in voller Kampfmontur als schwierig erwies. Goebel selbst bewegte sich in einen dunklen Raum, der sich schnell als Putzmittelkammer offenbarte. Um sich und etwaige

Geruchsrückstände zu tarnen, goss er etwas Ammoniakreiniger auf dem Boden aus. Er war zwar mit T93 behandelt worden, aber niemand hatte eine Ahnung, ob das Pheromon, das aufgrund der genetischen T93-Disposition die Menschen für den Jagdtrieb der Zeds quasi *unsichtbar* werden ließ, auch bei dieser künstlichen Mutation wirkte. Es stand durchaus zu befürchten, dass die Wissenschaftler in den Geheimlaboren der untergegangenen Festung Rungholt das Virus dahin gehend manipuliert hatten, dass der Träger nicht mehr durch das T93 abgelenkt wurde. Nun, man würde es bald wissen, denn Hornau hatte sich über einen Tresen geworfen, an dem normalerweise der Mitarbeiter einer Sicherheitsfirma Eingangskontrollen vornahm. Dieser Tresen verbarg ihn zwar zum Flur hin, aber er bestand nur aus einem L und besaß damit eine offene Seite, die zum Ende des Flurs hin zeigte.

Mit einem Mal bebte erneut der Boden, und zwar von schweren Tritten, die aus dem Untergeschoss über eine der Haupttreppen ihre Schwingungen nach oben übertrugen. Eine Kreatur der Kategorie ›*sehr groß, gefährlich, nicht angreifen*‹, näherte sich, und das schnell. Keiner der Soldaten wagte es, durch einen Türspalt zu linsen.

Einer der Techniker hatte geistesgegenwärtig eine der IP-Kameras in einem Topf mit einer Kunststoffpflanze drapiert, so dass die Linse auf die nächstliegende

Treppe zeigte. Damit konnte man zumindest im Camp einen Blick auf das werfen, was hier die Treppe heraufkam.

*

Im Hauptquartier standen Feldwebel Storgau, der Gefreite Ischgl und die restlichen Techniker vor der gerade in Betrieb genommenen Empfangsanlage und betrachteten die ersten Bilder, die das hastig platzierte Aufnahmegerät aus der Bank lieferte.

»Mein Gott!«, entfuhr es Storgau, als er den Nephilim-Struggler sah, der dort aus dem Kellergeschoss erstaunlich behände die Treppen emporschritt. Die einfache Helmkamera übertrug zwar nur Schwarz-Weiß-Bilder, doch diese allein schon waren grausig genug. Der Monitor im Basiscamp zeigte eine Kreatur, die man sich in schlimmsten Albträumen nicht grauenvoller ausmalen mochte.

Es war eine entfernt humanoide Erscheinung mit Muskelverwachsungen, die ein schlimmeres Bild boten als die Krankenakte eines Elefantiasis-Patienten im Endstadium. Nur dass es sich in diesem Fall nicht um Wassereinlagerungen und mangelnden Lymphfluss handelte, sondern um gewaltige Muskelpakete, wie man sie ähnlich vom imaginären grünen Helden einer Marvel-Comicreihe kannte. Die Gestalt reichte trotz des vornübergebeugten Gangs noch mehr als zwei Meter in die Höhe und war aufgrund der mächtigen Armmuskeln fast ebenso breit. Sie nahm fast den gesamten Raum des Treppenaufgangs ein und würde jede Tür im Bürotrakt seitlich durchschreiten müssen.

Das Bild zitterte etwas wegen der festen Tritte, die diese säulenartigen Beine verursachten, auf denen sich der Struggler bewegte. Sie ließen tatsächlich den Betonboden des Baus erzittern. Stufe für Stufe näherte sich die Bestie dem oberen Treppenabsatz und ließ dabei ein aggressives Knurren ertönen, das nur unzureichend durch die Kamera übertragen wurde. Storgau betrachtete das Wesen möglichst genau, so gut es die Übertragung eben zuließ, um sich jede Einzelheit einzuprägen. Immer wieder *schneite* es im Bild, weißes Rauschen verzerrte auch den Ton. Möglicherweise störten die starken EM-Wellen, die der Struggler emittierte, um telepathisch mit seinen Artgenossen in Kontakt zu treten, die Funkübertragung. Wenn es hier Überlagerungen gab, hoffte Storgau, dass der Struggler diese nicht zu deuten wusste, denn das konnte für seine Leute extrem gefährlich werden.

»Können wir unseren Funk so modifizieren«, fragte er einen der Techniker, »dass der Struggler unsere Wellen nicht stört und diese auch nicht bemerkt? Ich habe etwas Sorge, dass uns der Bursche auf die Schliche kommt.«

Der andere, ein Franzose, Spezialist für alles, was in irgendeiner Art mit Funk zu tun hatte, wiegte den Kopf abschätzend hin und her, als er antwortete.

»Im Großen und Ganzen unterscheidet sich die Frequenzüberlagerung nicht von atmosphärischen Störungen. Der da müsste schon ein wirklicher Horchexperte sein, um diese Rauschsignale einer Kommunikation zuzuordnen.«

»Nun ja, er kann über Tausende Kilometer telepathisch kommunizieren. Sie sind Funkexperte, können Sie das auch?«

Der Techniker schnaufte verächtlich.

»Sie haben ja recht, Feldwebel. Kein Mensch hat irgendeine Ahnung davon, was diese Biester wirklich können. Ich setze Zerhacker und Verschlüsselungsalgorithmen ein und gehe auf eine höhere Frequenz. Das sollte dann eigentlich ausreichen. Aber ich muss warten, bis die Situation sich entspannt hat, sonst entdeckt er uns garantiert.«

»Ja, tun Sie das. Es reicht sicherlich, wenn die Änderungen mit dem nächsten Einsatz wirksam werden. Ich möchte unsere Leute nicht unnötig in Gefahr bringen, die Sache dort ist schon heikel genug.«

Der Franzose nickte und alle wandten sich wieder dem Bildschirm zu. Der Struggler hatte mittlerweile den Treppenabsatz erreicht, stand dort still und sah sich um. Er schnüffelt wie ein Hund, hielt dann inne und horchte, schnüffelte wieder. Dann setzte er sich langsam in Richtung Seitenflur in Bewegung, ausgerechnet in den Flur, in dem Goebel und seine Leute sich mehr schlecht als recht verbargen. Schritt für Schritt drang er grunzend und knurrend in den Flur vor. Dichter, immer dichter kam er dem kleinen Empfangstresen, hinter dem sich Hornau verbarg. Der Tresen war zum Garagendurchgang hin offen, und wenn der Struggler ihn passierte und sich umdrehte, würde er den Soldaten unweigerlich sehen.

Storgau, der die Szene noch immer gespannt am Monitor verfolgte, grübelte. Es schien, als sei die Kreatur unwirsch, nervös, fahrig. Vielleicht benötigte sie bald Nahrung, mutmaßte er.

Das Versteck in der Bank bedeutete ja einiges an Vorteilen. Meterdicke Decken und Wände, breite Zugänge und besonders gesicherte Türen, aber eben auch viel zwielichtiges Gesindel, das hier auftauchte, um nach irgendwelchen Reichtümern Ausschau zu halten. Das reduzierte die erforderliche Ausdehnung des Jagdgebietes möglicherweise erheblich, was wiederum mehr Schutz vor Entdeckung bedeutete.

*

Der Gefreite Hornau war förmlich zu Eis erstarrt. Er wagte es nicht, in seinem Versteck hinter dem Tresen auch nur tief zu atmen. Ein Meter! Die Bestie stand nur einen Meter entfernt von ihm und nichts außer einer kunststoffbeschichteten Resopalplatte war zwischen ihm und dem Monster. Er hatte durch den schmalen Schlitz zwischen senkrechter und waagerechter Tischplatte bisher nicht viel von dem Ungetüm sehen können. Dafür war jedoch der ekelhafte Verwesungsgestank, der von dem Wesen ausging, wie eine Flutwelle über den Tresen geschwappt und hatte ihm fast die Sinne geraubt. Es kostete ihn einige Mühe, nicht dem Würge- und Brechreiz nachzugeben, der unweigerlich aufkam, als die zweifelhaften Düfte des Monsters ihn erreichten.

Hornau konnte erkennen, dass die Reste der Bekleidung, die das Wesen trug, in Fetzen von dem unförmigen, massiven Leibwerk herabhingen. Möglicherweise war dies einst ein Overall gewesen oder irgendeine Form von Workwear. Hosenbeine und Arme waren aufgeplatzt und die Ränder fransig. Die Haut der Extremitäten des Strugglers wirkte fahl, aber nicht so beschädigt, aufgerissen und grau wie die der anderen Zeds. Sie hatte ein ledernes Aussehen und borstige, dicke Haare wuchsen daraus. Er lief barfuß; seine Sohlen jedoch wurden von den herumliegenden Glasscherben nicht verletzt, denn sie waren von dicker, gelblicher Hornhaut überzogen. Die Füße der Gestalt hatten mindestens Größe fünfzig, wenn nicht sogar mehr. Hornau beobachtete die Muskelbewegung der Beine, die in seinem schmalen Gesichtsfeld zu sehen waren. Er erkannte Muskeln, die er, selbst ein durchtrainierter Kraftsportler, von normalen Menschen nicht kannte. Da waren jede Menge zusätzlicher Stränge, die sich bei jedem Schritt geschmeidig der Belastung anpassten. Diese Kreatur war gemacht, um zu kämpfen – und um zu siegen. Hornau war alles andere als wohl in seiner Haut, als er darüber nachdachte, wie es sein würde, wenn mehr solcher Hünen auf Gottes weiter Erden herumliefen. Er hoffte inbrünstig, dass sich diese Zombieart nicht vermehren möge.

Gerade als der Struggler das offene Ende des Tresens erreichte und Hornau zu entdecken drohte, fegte ein kalter Windhauch durch den Flur und löste an der verglasten Vorderfront ein fast mannshohes Stück Glas aus der Einfassung. Es fiel zu Boden und zerbrach lautstark, wobei es in Tausende von Scherben zerbarst. Ruckartig hielt der Struggler mitten im Schritt inne und wirbelte herum. Aus dem Stand heraus sprang er einen Dreimetersatz, dann noch einen, einen weiteren und landete an der Fensteröffnung. Sorgfältig und aufmerksam musterte er den glaslosen Rahmen, beschnüffelte ihn ausgiebig, betastete die übrig gebliebenen Glasreste und grunzte dann missmutig. Er sah sich noch einige Male um, denn die augenblickliche Situation schien ihn nicht recht zufriedenzustellen. Als dann weitere Glasscherben aus dem Rahmen brachen und zu Boden fielen, neigte er jedoch den Kopf und zog sich wieder in den Keller zurück.

»Hellboy ist wieder auf dem Weg in die Hölle.«

Goebel hörte die Stimme von Feldwebel Storgau leise in den Ohrstöpseln.

»Warten Sie alle noch fünf Minuten, dann geordneter Rückzug.«

Die Soldaten harrten in ihren zum Teil sehr unbequemen Verstecken aus, bis der Feldwebel per Funk Entwarnung gab. Dann zogen sie sich durch die Tiefgarage wieder zurück und erreichten kurze Zeit später das Camp. Als sie bei einem warmen Tee zusammensaßen und die Bilder von der Bestie sahen, konnte man an den Gesichtszügen erkennen, wie froh die Männer waren, diesem Koloss entkommen zu sein.

»Ich habe gedacht, das war es jetzt«, berichtete der Gefreite Hornau. »Was zum Henker ist das für eine Kreatur? Ich meine, Struggler sind das eine. Alles gut. Ziemlich mies gelaunte Knochenlutscher, mit denen man nicht gut diskutieren kann. Aber als die Bestie an meinem Versteck vorbeikam, hab ich gedacht, King Kong tritt mir gleich so dermaßen in den Arsch, dass ich bis zum Mond fliege. Verdammt, hatte ich einen Schiss! Seht euch mal diese Muskelberge an!«

»Ich hatte Ihnen ja gesagt, dass dieser hier *anders* ist«, entgegnete der Feldwebel. »Er ist aus einem künstlich mutierten Virus hervorgegangen und verfügt neben fast unerschöpflichen Selbstheilungsfähigkeiten über nicht bekannte Kräfte und eine hohe Intelligenz mit dem Verstand eines Menschen, wenn auch eher dem eines Hannibal Lecter.«

»Der perfekte Supersoldat«, bemerkte der Gefreite Platinas genervt.

»Genau dafür war das Serum, das diesen Menschen verwandelte, auch vorgesehen«, gab Storgau zurück. »Nur lief eben nicht alles so, wie es gedacht war, vermute ich. Also, Männer! Wir wissen jetzt, mit wem oder was wir es zu tun haben. Wir warten ab, ob und wann sich Hellboy auf die Jagd begibt, dann muss es schnell gehen. Wir müssen das Untergeschoss in einem Einsatz komplett verwanzen. Die Gefahr ist zu groß, dass er uns sonst dort erwischt oder anderweitig etwas bemerkt. Vergesst nicht: Dieses Ding ist intelligent. Und jetzt haut euch aufs Ohr. In drei Stunden ist Wachwechsel und wir müssen davon ausgehen, dass unser Freund irgendwann seinen Unterschlupf verlässt. Ist die Technik soweit okay?«

Einer der Techniker nickte. Daraufhin zogen sich die Männer mit ihren Schlafsäcken in verschiedene Zimmer zurück, um sich etwas auszuruhen.

Jahr drei, 14. Juni, Abend

Irgendetwas war *anders*. Er hatte oben in den Räumen verschiedene Gerüche wahrgenommen, die zwar an dem Ort nicht fremd, aber auf eigenartige Weise intensiver gewesen waren. Dass er die Art und Weise der Veränderung nicht zu erkennen vermochte, verwirrte ihn zutiefst. Er versuchte wieder und wieder darüber nachzudenken, die Wahrnehmungen konkreten oder potenziellen Ereignissen zuzuordnen, doch wollte ihm dies nicht recht gelingen. Ein Alphawesen wie Heru'ur war es gewohnt, Kontrolle auszuüben, Macht zu gebrauchen, um Dinge zu manipulieren und in die vorgesehene Bahn zu manövrieren, doch nun passierte das genaue Gegenteil. Der drohende Kontrollverlust bahnte eine echte Krise an. Hunger trieb ihn um, nein, kein Hunger, eher unstillbare Gier, Gier nach Menschenfleisch. Frischem Menschenfleisch. Dieser Drang, der unbändige Trieb, verwirrte ihn zusehends, vernebelte seine Gedanken, ließ ihn nicht klar erfassen, was um ihn herum vorging. Irgendetwas war *anders*.

Heru'ur beschloss, heute nach Einbruch der Dunkelheit jagen zu gehen. Schon seit mehr als einer Woche hatte sich kein Mensch mehr in die Katakomben der Bank verirrt. Vielleicht hatte es sich bei dem Geschmeiß, das hier von Zeit zu Zeit aufschlug, herumgesprochen, dass dies ein Ort ohne Wiederkehr war. Nun musste er also wohl oder übel den sicheren Ort verlassen, um seinen Gelüsten nach Totschlag und Menschenfraß zu frönen.

Als gegen halb elf am Abend die Sonne endlich versank, machte sich Heru'ur auf den Weg. Er verließ das Bankgebäude und überquerte auf der Sampsoniewski-Brücke die Newa. Sein Ziel lag am anderen Ufer. Im weitläufigen Alexander-Park, der das alte Artilleriemuseum umgab, trieben sich oft Säufer und Junkies herum, die für ihren Stoff nicht selten ihre geschundenen Körper feilboten. Diese Leute stellten zwar nicht unbedingt die bevorzugte Form der Atzung dar, doch um die Gier zu stillen, reichte auch ein Strichjunge aus, fand Heru'ur. Er bewegte sich in der Nähe des Ufers entlang der Newa, passierte das Artilleriemuseum, das in einer alten, von einem gezackten Graben umgebenen Garnisonsfestung untergebracht war, und näherte sich dem Zoo, der westlich des Museums lag. Hier trafen sich oft die Homosexuellen, die Stricher sowie die Drogendealer und ihre Abnehmer. Tiere gab es dort längst nicht mehr, doch der Platz lag in einem weitgehend unbewohnten Stadtviertel, wo der Auswurf der Gesellschaft Unterschlupf fand. Ebenso wie Aussteiger, die mit der wiedererwachenden Verwaltungsstruktur nichts zu tun haben wollten.

Es dauerte eine Weile, bis der Struggler ein passendes Opfer ausmachen konnte, denn auch hier trieben sich nur sehr wenige Menschen herum. Im eingangsnahen ehemaligen Unterhaltungsbereich wurde er schließlich fündig. Hier ging ein junger Mann nervös auf und ab, sich ständig umschauend. Er war nicht eben ärmlich gekleidet, mager, aber dennoch als Atzung tauglich. Wahrscheinlich ein Stricher, der auf einen Freier wartete, oder ein Drogendealer, mutmaßte Heru'ur. Für einen Süchtigen war der Junge, Anfang zwanzig vielleicht, zu gut angezogen. Der Struggler näherte sich ihm aus südlicher Richtung, gedeckt durch eine vom Nuklearwinter dauerhaft entlaubte, aber dennoch dichte Gebüschgruppe. Mit für seine Körperfülle ausgesprochen flinken Bewegungen huschte der Struggler hinüber zu den Büdchen und den zum Teil eingestürzten Karussellständen, wo er bessere Deckung fand.

Irgendetwas schien den jungen Mann zu beunruhigen. Er sah sich häufiger und hektischer um, sein Blick suchte stets und ständig nach dem Eingangsportal. Er ruckte herum, als er ein kehliges Knurren hinter sich hörte, doch da war es bereits zu spät. Vor Angst gelähmt stand er stocksteif da, als sich der mächtige Struggler knurrend aufrichtete und ihn um fast einen Meter überragte. Im fahlen, durch einige Wolken gestreuten Mondlicht warf er einen finsteren Schatten auf das vor Angst schlotternde Bürschlein, unter dem sich abrupt ein kleiner gelblicher See im festgetretenen Schnee bildete. Eine angstbedingte Flatulenz quälte sich noch durch seine Hinterbacken, dann packte ihn der Struggler und schlug seine Hauer in den Hals des Jungen, der nicht einmal mehr dazu kam, einen Schrei loszulassen. Dickflüssige Spritzer seines Blutes überlagerten den zarten gelben Schein an dem Punkt im Schnee, wo eben noch seine Füße gestanden hatten.

Heru'ur brüllte seinen Triumph heraus, dann verschleppte er seine Beute in einen Pavillon, dessen Rückwand er mit einem Fausthieb zertrümmerte. Hierher zog er sich zurück, um das gute, zarte Fleisch zu fressen, solange es noch warm war.

Jahr drei, 14. Juni, Abend

»Elvis has left the building!«

Antonio Vargas gab diese etwas protokollfremde Nachricht per Funk an das Camp durch. Eigentlich war ein Wachwechsel vorgesehen, doch unter diesen Umständen galt es, die Mission unverzüglich durchzuziehen.

»Bestätige! Hellboy ist unterwegs nach Westen, überquert den Fluss.«

Die Stimme von Rüers, der im Obergeschoss des Hotels postiert war, dröhnte im Funk.

»Okay«, reagierte Storgau unverzüglich, »klar machen zum Ausrücken! Vargas, kommen Sie herunter und treffen Sie uns in der Garage. Rüers und Ischgl übernehmen die Sicherung von oben und behalten die Zuwege im Auge. Einer bleibt hier bei den Geräten ... Sie!«

Er deutete auf einen der französischen Nachrichtentechniker, der mit der Einrichtung der Server beschäftigt war. Storgau zeigte auf verschiedene Punkte in dem Bauplan, der vor ihm lag, und ordnete weiter an:

»Das gesamte restliche Team kommt mit mir. Wir dringen über die Garage ein, nehmen diesen Treppenaufgang, um in das Untergeschoss zu gelangen. Hier im Bereich vor dem Tresorzugang postieren Sie sich mit dem Granatwerfer, Platinas. Sie schießen auf alles, was durch die Tür dort kommt. Die anderen bilden eine Abwehrlinie um unsere Techniker, während diese die Montage durchführen. Obergefreiter Jalinek, wie lange brauchen Sie für eine ausreichende Installation?«

Der Zugführer der Techniker schürzte die Lippen.

»Also, um den Raum und die Zugänge zumindest einigermaßen abzudecken, werden wir ungefähr eine Stunde brauchen. Nach den Informationen, die über das Sicherheitskonzept des Gebäudes vorliegen, handelt es sich hauptsächlich um modulare Kameras, die wir schnell austauschen können. Bei einigen der Cams müssen wir aber die Stellung verändern, um bessere Übersicht zu bekommen, dann können wir einige andere auslassen. Ist das ein Problem, ich meine, wird er das merken?«

»Schwer zu sagen, das Risiko müssen wir wohl eingehen. Aber wenn er sich nun da draußen ein Opfer sucht, könnte es sein, dass er erst einmal ein Verdauungsschläfchen hält, und dann kommen wir so schnell nicht wieder in die Räumlichkeiten hinein. Also, beeilen wir uns! Jeder nimmt einen Rucksack. Die Schützen nehmen zusätzlich Munition auf, außerdem Handgranaten. Also los, auf geht's!«

Die Männer warfen sich in ihre Kampfmontur, schulterten die vorbereiteten Rucksäcke, fassten Munition und checkten ihre Waffen. Auch jeder Techniker trug ein Sturmgewehr und vier Ersatzmagazine, außerdem eine Pistole im Gürtelholster. Nur wenige Minuten später traten fünf Gebirgsjäger und sechs Techniker nach allen Seiten sichernd aus dem Schatten des Gebäudes in den Innenhof. Sie marschierten strammen Schrittes auf die Rampe der Tiefgarage zu, wo sie den Techniker Vargas trafen, der wortlos von einem Kameraden einen Rucksack und eine Waffe übernahm. Oben am Balkon in der Häuserzeile auf der gegenüberliegenden Straßenseite konnte man schemenhaft den Gefreiten Rüers erkennen, der in Richtung Westen mit dem Zielobjektiv seines Scharfschützengewehrs intensiv den Horizont absuchte. Schnell drangen die Männer in den Komplex ein, angeführt von Hornau und Goebel, die diesen Bereich ja bereits untersucht hatten.

»Achtet darauf, möglichst wenig zu verändern. Wir wissen nicht, wie detailliert Hellboy sich seine Wohnungseinrichtung gemerkt hat!«

Goebels witzige Bemerkung fußte durchaus auf einem ernsten Hintergrund, denn wenn der Struggler bemerken sollte, dass jemand in sein Gebäude eingedrungen war, bestünde die Möglichkeit eines Rückzugs. Damit wäre die gesamte Situation obsolet. Hier ging es darum, ihn zu überwachen und festzustellen, wie er lebte und was er zu tun pflegte. Ein Ortswechsel wäre in diesem Falle also außerordentlich kontraproduktiv.

Die Männer verstanden und Storgau ordnete an, in den an den Zugangsflur angrenzenden Räumen den Teppichboden zu nutzen, um die Stiefel von Schneematsch und Dreck zu reinigen, so dass sie keine Spuren hinterlassen würden. Als die Gruppe den kleinen Tresen der Zugangskontrolle passierte, überkam Hornau ein unangenehmes Gefühl. Noch vor wenigen Stunden hätte sein Leben beinahe hier geendet, wenn ihm nicht das Glück eines zufälligen Ereignisses hold gewesen wäre.

Der Trupp drang nun in die große Empfangshalle vor, in der ein ziemliches Chaos herrschte. Geborstene Scheiben, von Plünderern aus den Regalen gerissene Hochglanzprospekte, umgeworfenes Mobiliar und hereingewehter Schnee ließen diesen Ort seltsam abstrus und skurril wirken; das fahle Mondlicht tat sein Übriges.

»Licht an!«, befahl Storgau.

Die Männer aktivierten die Lichtquellen an ihren Helmen und an den Waffen. Augenblicke später stachen zwei Dutzend Lichtlanzen in die Dämmerung.

»Okay«, flüsterte Storgau, »wir gehen jetzt auf Funkkommunikation. Gedämpfter Ton bitte. Hornau, Goebel und ich gehen voraus, der Rest folgt. Die Techniker haben ihren Einsatzplan, einer von uns bleibt jeweils bei einem Team. Erstes Team die Halle ausrüsten! Und los!«

Der Gefreite Werner blieb mit dem ersten Team in der großzügig gestalteten Empfangshalle zurück. Hier sollten vier Kameras ausgetauscht werden. Der Rest der Gruppe bewegte sich über denselben Treppenaufgang nach unten, den der Struggler zuvor benutzt hatte. Auch hier lagen überall Relikte der Plünderungen herum. Vielleicht gingen die Spuren der Gewalt bis zum Tag des Beginns der Apokalypse zurück.

Drei Treppen ging es nun hinab in die Kellergewölbe, von wo den Soldaten ein stechender, Übelkeit erregender Geruch entgegenwaberte. Der Gestank von Fäulnis und Verwesung hing in der Luft. Die Dunkelheit nahm zu. Hier unten gab es keine natürliche Lichtquelle und der Strom war seit langer Zeit weg. Unter den Sohlen der Stiefel knirschten Scherben zerbrochener Neonröhren und der Tanz der Lichtstrahlen erzeugte eine unheimliche Atmosphäre, in der man die örtlichen Gegebenheiten mehr erahnen musste, als dass man sie zu erkennen vermochte. Der Gestank wurde umso penetranter, je mehr man sich dem Tresorbereich näherte. Storgau ließ ein Döschen mit starker Mentholpaste herumgehen, von der sich jeder eine Portion unter die Nase rieb, um den Brechreiz zu unterdrücken, den der eklige Geruch hier unweigerlich auslöste.

Das zweite und dritte Technikerteam machten sich nun daran, im Untergeschoss die Kameras zu ersetzen. Im Schließfachraum stießen die Männer dann auf etwas, gegen das auch keine Mentholpaste half, nämlich einen nicht eben kleinen Haufen von menschlichen Gebeinen, von denen der Geruch ausging. Ein etwa hüfthoher Haufen von abgenagten Knochen und Schädeln lag dort wild zusammengeworfen, dazwischen verwesende Hautfetzen, zum Teil mit dichtem Haarbewuchs. Dies waren wohl die bizarren Essensreste des Strugglers. Offenbar stand ihm der Sinn nicht nach dem Verzehr von Skalps und Knochen. Einige der Gebeine waren noch nicht sehr alt und bei den tiefen Temperaturen hier unten dauerte es eine Weile, bis die organischen Reste der Struggler-Mahlzeiten vollständig verwesten.

Storgau war ziemlich schockiert. Hier unten also lebte die Bestie, inmitten fauliger Kadaver und fleischloser Gebeine in einer Höllengruft, die einst eine der Herzkammern des Kapitalismus gewesen war. Und das in einer Stadt, die vor langer Zeit eines der Schmuckstücke des Sozialismus dargestellt hatte. Storgau fand, dass die Geschichte zuweilen seltsame Kapriolen schlug und schüttelte den Kopf.

Die Techniker beeilten sich, ihre Aufgaben möglichst schnell und routiniert zu erledigen, während die Soldaten, so gut es eben ging, nach allen Seiten sicherten. Storgau stand mit dem Techniker im Camp in steter Funkverbindung, denn er testete sofort jede der Kameras auf ihre Funktion. Ansonsten waren die Geräte völlig wartungsunabhängig. Sie würden mit den internen Akkus und integriertem Energiesparmodus bis zu zweiundsiebzig Stunden laufen. Gerade als die letzten Einheiten montiert wurden, kam von Rüers ein Funkspruch herein.

»Achtung! Hellboy im Anmarsch, Eintreffen in weniger als zehn Minuten!«

»Bestätige!«, kam von Ischgl im Aussichtspunkt oben im Hotel. »Er ist unterwegs. Vielleicht weniger als zehn Minuten bis Eintreffen!«

»Okay, Männer, ihr habt es gehört«, rief Storgau im Keller laut, »er kommt zurück. Alle begonnenen Arbeiten abschließen, danach noch einmal Kontrolle. Lasst hier unten nichts zurück!«

Jeder beeilte sich, die Sachen zu packen. Alles, was diese Räume verlassen musste, wurde hastig in Rucksäcke gestopft. Die Männer verließen das Untergeschoss genauso, wie sie es betreten hatten.

»Wir sind nicht fertig geworden«, meinte einer der Techniker im Erdgeschoss zu Storgau. »Wegen des losen Schnees auf dem Boden kamen wir nicht an alle Kameras heran, ohne Spuren zu hinterlassen.«

»Wie viele haben wir hier?«

»Drei. Zwei nach außen, eine auf den Treppenaufgang.«

»Das reicht. Schließt euch den anderen an.«

Dann wandte er sich an die Beobachtungsposten.

»Rüers, wie sieht es aus?«

»Habe Sichtkontakt verloren.«

»Ischgl?«

»Ich kann ihn noch sehen, Feldwebel. Er betritt jetzt die Brücke. Höchste Zeit, dass Sie da rauskommen!«

Storgau überlegte. Der Weg durch die Tiefgarage würde zu lange dauern. Bis dahin war der Struggler hier, und vor allem konnte er sie sehen, wenn er den Finnland-Prospekt heraufkam, da die Einfahrt der Garage in diese Straße mündete. Er traf eine Entscheidung.

»Alle Mann herhören! Planänderung. Wir gehen nicht durch die Garage. Wir gehen den Flur entlang zum Nebengebäude und versuchen dort, ein hofseitiges Fenster zu öffnen. Goebel, gehen Sie voraus! Los!«

»Er kommt näher, Feldwebel«, hörte Storgau die Meldung von Ischgl. Auch Rüers meldete sich.

»Ich sehe ihn auch wieder, er ist an der Ecke zum Uferboulevard. Ich nehme ihn jetzt aufs Korn, Feldwebel.«

»Nicht ohne Befehl schießen, Rüers!«

»Verstanden!«

Der Trupp rannte in den Flur hinein, der Rundung des Gebäudes folgend. Am Ende des Flurs musste es einen Übergang in ein angrenzendes Verwaltungsgebäude geben. Von dort aus wollte Storgau versuchen, mit den Männern auf den Innenhof zu gelangen.

»Noch zwanzig Meter«, hörte Storgau die Ansage von Rüers im Funk. »Bewegt sich schnell!«

Die Truppe hatte eben den Durchgang zur Tiefgarage passiert, da hörte man bereits das Klirren von Glasscherben in der Vorhalle. Der Struggler war in das Gebäude vorgedrungen und er machte sich offenbar nichts aus Scherben am Boden und in den Fensterrahmen. Hastig rannten die Männer möglichst leise den Flur entlang, und in dem Moment, als Storgau die Tür zum Nebengebäude hinter der Gruppe geschlossen hatte, stand der Struggler brüllend bei der Tür zur Garage weiter vorn.

Storgau gab das Haltesignal und die Bewegungen der Männer froren förmlich ein. Alle Lichter wurden gelöscht, der Mond warf wieder sein fahles Licht durch die Fenster zum Hof herein. Schnüffelnd und grunzend bewegte sich der Muskelkoloss langsam durch den Flur. Etwas schien ihn zu beunruhigen. Storgau hörte Rüers erneut in seinem Ohrstöpsel.

»Feldwebel, ich glaube, er ist in den Flur gerannt. Sichtkontakt verloren. Ich setze Schalldämpfer auf und lenke ihn etwas ab.«

Kurz darauf ertönte ein sehr lautes Klirren und Scheppern aus der Empfangshalle. Rüers hatte auf eine der noch intakten zwei Meter hohen Scheiben im Eingangsbereich geschossen, die nun zerbrach und geräuschvoll zu Boden ging. Das schreckte den Struggler auf und er hetzt sofort nach vorn, um zu sehen, was es dort gab. Diesen Moment nutzten die Männer, um ein Fenster zu öffnen und auf den Hof hinauszuspringen. Ihre Rucksäcke ließen sie auf Anordnung des Feldwebels in dem Büroraum unter einem Konferenztisch zurück, um mobiler zu sein. Als sie den Hof überquerten und zum Hotel zurückkehrten, konnte Storgau noch das Toben und Wüten der jähzornigen Bestie in der Empfangshalle der Bank deutlich hören.

Eine Stunde später traf Rüers ein. Er hatte den Posten am Finnland-Prospekt verlassen, da die Bank jetzt mit Kameras überwacht wurde, die auf jede Bewegung reagierten. Das Team hatte keine Verluste erlitten und man genehmigte sich nun einen kleinen Schluck auf den Erfolg aus den Minibars der Zimmer. Storgau befragte die Techniker.

»Wie sieht es aus, Jalinek? Haben wir etwas erreicht?«

Der Zugführer der Techniker nickte.

»Elf von vierundzwanzig geplanten Kameras konnten installiert werden. Alle elf laufen innerhalb der erwarteten Parameter, auch Nachtsicht funktioniert gut. Alles in allem haben wir einen guten Rundumblick; es ist uns gelungen, vier Verfolgerkameras in Deckenglaskuppeln auszutauschen, so dass wir ihn eigentlich ganz gut im Blick haben. Wir könnten nun noch einige Außenkameras montieren, um das Bewegungsprofil zu erstellen.«

»Das wird nicht nötig sein, Obergefreiter«, erwiderte Storgau, »ich habe vorhin mit dem Oberkommando kommuniziert. Wenn die Überwachung im Gebäude sichergestellt ist, sollen wir uns zurückziehen. Wie lange läuft die Anlage?«

»Die Kameras und Sensoren laufen in dieser Konfiguration maximal zweiundsiebzig Stunden, die Server könnten länger halten. Bis zu einer Woche mit der Brennstoffzelle.«

»Drei Tage. Ich glaube, das reicht.«

Storgau stand auf und die Gespräche der Kameraden verstummten.

»Also, Männer«, sagte er, sich im Halbkreis drehend und den Soldaten zuwendend, »wie es aussieht, ist unsere Mission beendet. Wir werden jetzt eine Mütze Schlaf nehmen und uns morgen früh zum Arsenal bewegen. Der Marsch dauert etwa dreißig Minuten. Marschgepäck bleibt zurück, wir nehmen nur unsere Waffen mit. Am Treffpunkt werden wir von einem Helikopter abgeholt. Der Abmarsch um null-achthundert wird zu Fuß erfolgen, denn wir wollen Hellboy ja nicht aus seinem Verdauungsschläfchen aufwecken. Das Oberkommando legt Wert darauf, dass wir ihn nicht reizen. Unsere Mission ist damit abgeschlossen.«

Die Männer nickten zufrieden und gönnten sich noch einige Drinks, um die Anspannung des Einsatzes von sich abfallen zu lassen. Der Tag war hart gewesen und es grenzte schon fast an ein Wunder, dass der Struggler sie nicht entdeckt hatte. Die Techniker hatten den Raum, in dem die Server standen, nach außen hin völlig abgeschottet und verdunkelt, und nun saßen die Soldaten feixend vor dem Monitor und beobachteten den

Struggler in der Nachtsichtwiedergabe in seinem Quartier. Gegen drei Uhr begaben sie sich zur Ruhe und verließen am Morgen wie geplant und ohne Zwischenfälle ihr Versteck.

Jahr drei, 16. Juni, Morgen

»Ich habe etwas gefunden.«

Oleg grinste wie ein Honigkuchenpferd. Er hatte sich vor der Apokalypse bereits einen Namen als Hacker unter dem Pseudonym Wissarion gemacht und sich in der kurzen, aber intensiven diktatorischen Phase der Apokalypse unter Mitwirkung des Generals Pjotrew als Whistleblower betätigt, um die Propaganda der sogenannten *New World* zu unterminieren. Nun warteten ähnliche Aufgaben auf ihn. Er hatte von Alv Bulvey den Auftrag erhalten, im noch funktionierenden Teil des Datennetzes Nachforschungen anzustellen über ein Projekt, das unter dem Namen *Cold Fire* den ersten Teil der *Operation Payback* unterstützt hatte.

»Ich wusste, du packst das.«

Alv legte dem Jungen seine Pranke auf die Schulter und drückte sanft zu. Er hatte, seit Oleg in Rennes-le-Château lebte, nur beste Leistungen von ihm gesehen. Auch Holger, der Bereichsleiter für Datenverkehrsangelegenheiten, war stets voll des Lobes für das Ausnahmetalent. Oleg bediente die Tastatur wie ein Pianist seinen Steinway-Flügel. Mit unglaublicher Virtuosität entlockte er den Schaltkreisen der durch das Netz verbundenen Computer ihre Geheimnisse.

In der Zeit seit dem Ausbruch der Seuche war das Internet mehr und mehr zerfallen. Ein Router nach dem anderen gab wegen mangelnder Wartung und fehlender Stromquellen den Geist auf. Zudem hatten einige der im Zombiekrieg gezündeten Atombomben massive elektromagnetische Impulse ausgelöst, die zum Teil flächendeckend sämtliche elektronischen Geräte zerstört hatten. Doch es gab an vielen Stellen noch Rechner, zum Beispiel in der automatischen Anlagensteuerung, die mit den letzten rudimentären Fragmenten des Netzes verbunden waren. Im Westen, in den Siedlungsgebieten der Eurasischen Union, wurde seit dem Beginn des ersten Zombiekrieges an der Wiederherstellung des Netzes gearbeitet, und durch die hohe Dichte an Wind- und Solarkraftanlagen stand ausreichend Strom zur Verfügung. Im asiatischen Bereich sah das zum Teil anders aus. Oleg sah sich gezwungen, hier mächtige Umwege zu nehmen, um zu seinem jeweiligen Ziel zu gelangen.

Nach eingehenden Besprechungen mit dem amerikanischen Oberbefehlshaber General Dempsey waren die Führungsoffiziere übereingekommen, dass bei der Suche nach *Cold Fire* nur eine größtmögliche Kooperation zum Ziel führen konnte, so dass Oleg auch auf amerikanische Nachrichtensatelliten zugreifen konnte. Zwar sahen ihm die transatlantischen Operatoren bei der Arbeit intensiv und interessiert über die Schulter, aber er war dermaßen schnell, dass sie oftmals Schwierigkeiten hatten, ihm zu folgen. Für Oleg war es das alte Spiel, und er beherrschte es mittlerweile hervorragend.

»Dann lass doch mal sehen, was du hast, Oleg«, meinte Alv guter Dinge. »Vielleicht machen wir erst einmal eine kleine Privatveranstaltung draus, ja?«

Alv hatte nicht vor, den Amerikanern die Ergebnisse der Nachforschungen vorzuenthalten, doch beabsichtigte er, die Datensätze zunächst in aller Ruhe zu sichten, bevor er sie herausgab. Wenn seine Techniker ihr Okay gaben, würde er die Daten weitergeben. Schließlich mussten in diesem finalen Kampf die Weichen für den Sieg gestellt werden, und zwar überall auf der Welt. Außerdem könnten diese Waffen sowieso nicht in Rennes-le-Château produziert werden, dafür brauchte es mächtigere Anlagen.

Das kleine gemütliche Bergdörflein, in das Alv Bulvey und seine Mitstreiter vor nunmehr anderthalb Jahren eingezogen waren und das sie in eine widerstandsfähige Festung verwandelt hatten, mauserte sich mit der Zeit zu einem Nexus, was den Krieg gegen die Zeds anging.

Nach und nach versammelten sich in der kleinen, eingeschworenen Gemeinschaft, in der jeder jeden kannte, die Koryphäen der verteidigungsrelevanten Forschung. Hier wurde in entspannter und doch konstruktiver Weise an Methoden zur Sicherung des Fortbestands der menschlichen Spezies gearbeitet. Biologen, Genetiker, Physiker, Chemiker und Techniker mit innovativen und interdisziplinären Ambitionen konstruierten hier Waffen, die es den Menschen ermöglichen sollten, die Apokalypse zu überleben.

»Ich habe Unterlagen in einem versteckten Datenverzeichnis auf einem chinesischen Server gefunden«, antwortete Oleg, während er den Netzwerkstecker am Rechner zog und das Gerät physisch vom Netz trennte. »In der Region von Haixi in der Provinz Qinghai, genauer gesagt in der näheren Umgebung der Stadt Golmud, bin ich auf eine geheime Anlage gestoßen, die die Bezeichnung *Lěng hu* trägt, was man mit *Cold Fire* durchaus assoziieren kann. Dort oben gibt es einen hoch gelegenen Bergsee ohne Namen, dafür aber mit einem Staudamm. Ich vermute, da im Bergmassiv ist diese militärische Einrichtung untergebracht. Der Zugang in das Netzwerk war schwierig, aber über die Turbinensteuerung bin ich letztlich in das System gelangt. Ich hab mich gewundert, dass die Anlagen noch laufen. Man mag es kaum glauben, aber da unten leben tatsächlich noch Leute im Berg, wie bei den Amerikanern. Ich musste ziemlich tricksen, aber letztlich ist es mir gelungen, brauchbares Material zu extrahieren. Die Chinesen haben mit den Daten des *Oranur*-Projekts von Wilhelm Reich rumgemacht. Ich habe das ja erst für esoterischen Unsinn oder ein Daten-Strohfeuer gehalten, bis ich die Daten dann mit den Sachen abgeglichen habe, die wir aus der Feste Rungholt ziehen konnten, bevor die den Bach runterging. General Pjotrew hat mir auf Nachfrage bestätigt, dass die Chinesen wirklich so merkwürdige Neutronenbomben konstruiert haben, wie die, die London sterilisiert hat. Sepp meinte, er hat damals mit einem Team die Dinger aus einem Depot ungefähr hundert Kilometer nördlich dieser Anlage geholt. Stimmt das?«

»Ja, das ist korrekt«, bestätigte Alv, »das hat er mir auch erzählt. Das war vor seiner Zeit bei uns. Die New World Army hat Millionen Zeds einfach ausgeknipst, ohne dass die etwas davon gemerkt haben. Projekt *Cold Fire* hat mit den DOR-Bomben über zwei Dutzend Großstädte komplett von jeder Art Leben befreit, berichtete mir General Pjotrew. Die meisten Regionen wurden durch entsprechende Technik wieder bewohnbar gemacht, aber zum Beispiel London ist noch heute eine absolute *No-go-Area,* während Moskau regeneriert werden konnte. Dort leben wieder jede Menge Menschen.«

»Was für eine krasse Scheiße«, entfuhr es Oleg, dem der Mund offen stand. »Das hat echt funktioniert?«

»Ja, das hat funktioniert«, erwiderte Alv. »Wir kamen damals aber nur an die eingelagerten Bomben heran, nicht jedoch an die Pläne. Die DOR-Waffen gehören meines Erachtens zu den wichtigsten Offensivwaffen gegen die Zeds, weil man mit entsprechenden Gegenmaßnahmen die verstrahlten Gebiete wieder renaturieren kann, was bei den Nuklearbomben halt nicht funktioniert. Wenn wir diese Bomben oder entsprechende Waffen konstruieren könnten, würde das uns eventuell den erforderlichen Zeitvorsprung verschaffen, den wir brauchen, um unser langfristiges Projekt zu etablieren.«

Oleg grinste. Alv sah ihn an.

»Du hast die Pläne, nicht wahr?

»Ich bin Wissarion, *natürlich* habe ich die Pläne.«

Auf einen Tastendruck hin öffneten sich auf dem Monitor verschiedene Dateien mit Konstruktionsplänen, Blaupausen, Aufrisszeichnungen, Berechnungsformeln und Projektbeschreibungen. Der Aufruf sämtlicher Dateien dauerte einige Minuten, in denen Alv mit offenem Mund vor dem Monitor stand und auf die in kurzer Folge wechselnden, sich überlagernden Bildschirmdarstellungen starrte.

»Du bist ein Genie, Junge!«, war alles, was ihm dazu einfiel.

Oleg grinste wie ein Lausbub, der soeben einen Streich vollendet hatte.

Jahr drei, 16. Juni, Morgen

»Ist Hellboy in der Hölle?«, fragte General Pjotrew.

Der Techniker sah sich alle Monitorausgaben noch einmal an.

»Jawohl, Herr General! Ich habe klare Bilder und ein eindeutiges GPS-Signal. Das Ziel ist markiert.«

»Ist die Tupolew in der Luft?«

»Jawohl, Herr General, sie kreist einsatzbereit über dem Zielgebiet.«

Pjotrew nickte.

»Geben Sie mir den Bomberpiloten.«

– to be continued –

Anfang November 2016 erscheint
T93, Band 14: Wage!

Z Revolution

Band 1: Gestrandet im Land der Toten
von Martin Randall

Leif besitzt einen starken Überlebenswillen. Doch seine Ent-
schlossenheit wird brutal auf die Probe gestellt, denn der
idyllische Schwarzwald verwandelt sich über Nacht in einen
Albtraum. Die Toten erheben sich und machen Jagd auf ihn.
Horden von grauenerregenden Kreaturen, die nur einen Antrieb zu kennen scheinen: die noch Lebenden zu verschlingen.

In den zombieverseuchten Dörfern und Städten schließen
sich ihm Weggefährten an. Kann er ihnen vertrauen?

Leifs Ziel ist Frankfurt, eine Stadt, in der alles noch sehr viel
schlimmer sein soll; eine Stadt, aus der die Menschen zu
flüchten versuchen. Dort ist seine Frau. Und dort erhofft er
sich Antworten auf die Fragen, die ihn bedrängen: Warum
fahren Panzertruppen durch Dörfer und greifen nicht ein?
Wer sind die Menschen, die man »Engel des Jüngsten Ge-
richts« nennt? Und vor allem: Wer oder was ist für den Schre-
cken verantwortlich, der die Welt befallen hat?

Nation-Z

von Eric Zonfeld & Co-Autoren

Bereits erschienen:
Band 1: Die Epoche der lebenden Toten
Band 2: Die Schlacht um Köln
Band 3: Projekt Aurora

Du hast deinen Platz in der Welt gefunden. Du siehst gern actionreiche Filme und liest Bücher, die von großen Schicksalen erzählen. Deinen Nachbarn und deinen Freunden geht es ebenso. Jeder träumt von einem wild bewegten Leben, weil er weiß, dass es ihn nie ereilen wird und dramatische Gefahren niemals Wirklichkeit werden. Aber was ist, wenn sich plötzlich alles ändert? Sind deine Freunde noch deine Freunde? Hilft dir dein netter Nachbar noch, wenn dein Leben bedroht ist, er aber seines retten will? Welche Abgründe öffnen sich in den Menschen, die du zu kennen glaubst, in einer Situation, die mörderisch für jeden ist? Welche Abgründe sind in dir selbst verborgen? Wenn nur einer leben kann, sollte das dein Freund sein oder du? Wird der überleben, der schneller seine Wahl trifft? Hat dein Freund seine Wahl bereits getroffen?

Auf welche abgründigen Gedanken wirst du kommen, wenn du weißt, dass absolut niemand mehr deine Handlungen ahnden wird, was auch immer du tust?

Was ist möglich, wenn das Unmögliche zur Normalität geworden ist? *Köln, Freitag den 05. September 2014, Tag 1 der »Seuche« …*